师门上下都不对劲

（下）

望三山 著

国文出版社
·北京·

水沾湿了地上绯红的花瓣，树干仿若死去，桃花却满树盛开怒放，乍看去，好似在用生命开着最后的花朵一般。

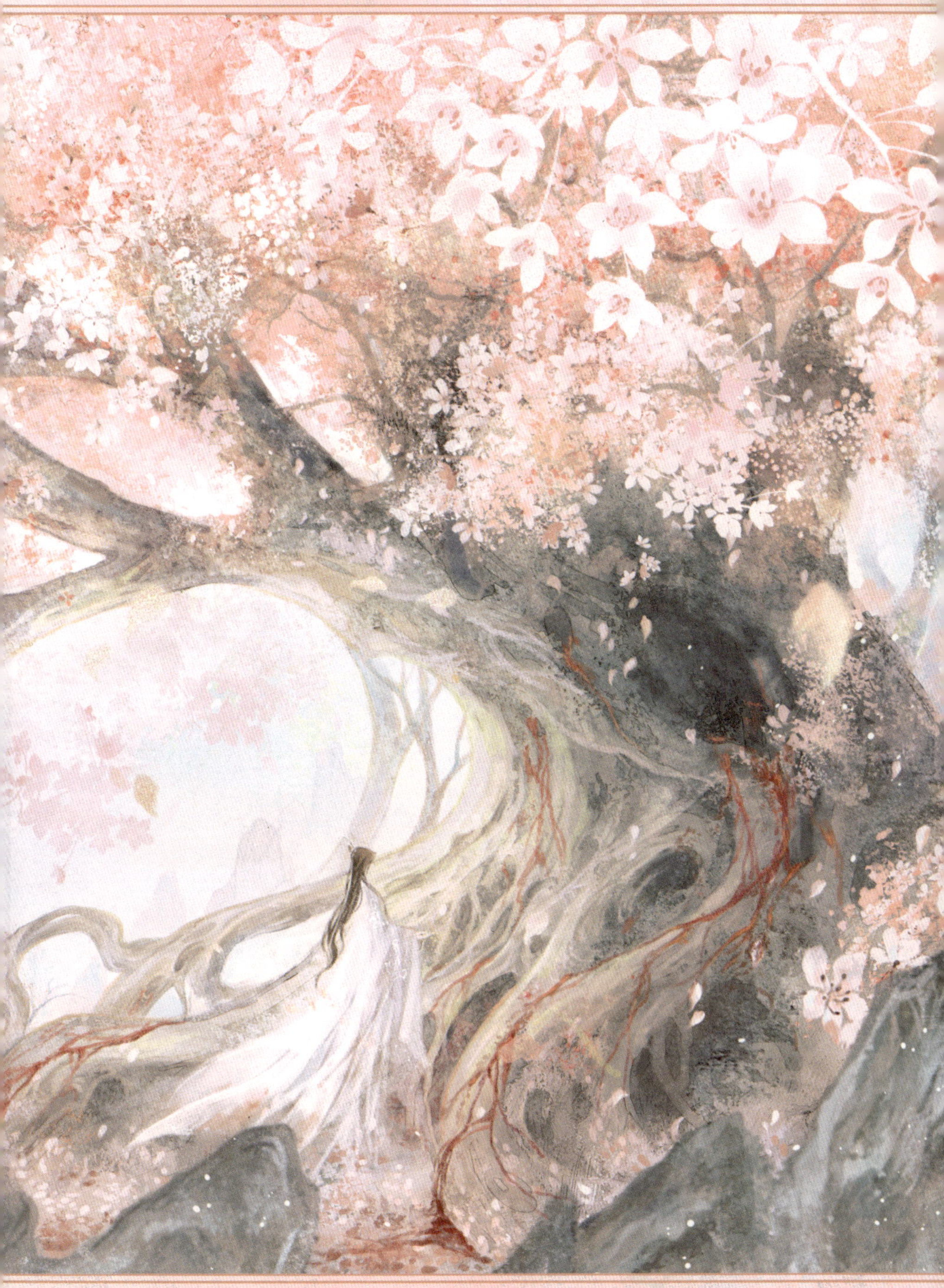

目录

卷三 化龙 001

卷四 新生 一二七

番外 二三三

卷三

化龙

一具具庞大的龙骨横在荒地之上，野风盘旋，寸草不生，荒凉萧索。

第1章

最后这一顿饭还是由清风公子做的。

清风公子被三个妖一个人盯着,板着脸不说话,做完了这一顿饭。他的脸上、衣上蹭上了许多烟灰,一个冷静自持的聪明人结果现在狼狈得不得了。

偏偏一条命握在别人手里,只能说什么就跟着做什么,忍下了这屈辱,在狐狸的命令下做完了这顿饭后,他又被绑回了柱子上。

花月的狐狸脸尽显严肃,它掰下一只鸡腿,嚼下一口肉后点了点头:"盐味适中,香料不浓不淡,熟了,能吃。"

它说完,烛尤同百里戈才下了嘴。

裴云舒还是肉体凡胎,他对单水宗的野鸡此时已经敬谢不敏了,吃了太多太腻了。寥寥品尝了几下,就拿了本书在一旁看。

等吃完这顿饭,百里戈亲自上去给清风公子解了绑,笑容亲切:"当俘虏不如当个厨子,我们还能让你手握杀鸡大权,清风公子,你觉得如何?"

清风公子咽下已经到了喉边的嘲讽,面无表情道:"我愿意。"

东海实在是远,以如今的船速,到达至少也须用五日时光,这五日,清风公子都不敢想自己会经历什么样的事情。

等到他被解开,裴云舒指了指桌上的饭菜:"你还吃吗?"

清风公子走过来默默吃着自己动手做出来的饭菜。

裴云舒在一旁正儿八经道:"总是吃肉还是有些腻,不知清风公子可会做些素菜?"

花月在一旁举起爪子:"云舒要是想吃素菜,我可以教他。"

"那就麻烦花月了,"裴云舒一一道谢,"也多谢清风公子了。"

清风公子语调平平:"你故意的。"

裴云舒竟点了点头。

烛尤酒足饭饱,慵懒地撑在桌边看着裴云舒,半晌,他道:"我去沐浴。"

裴云舒:"去吧。"

烛尤唇角勾起,道:"不许偷看。"

他说完,就志得意满地站了起来,看了一眼裴云舒,春风得意地朝着房中而去,霸气非常。

裴云舒怎么会偷看他沐浴?烛尤竟还知道叮嘱他人莫要偷看他洗澡,岂不是说明他已经懂得了一些礼义廉耻了?

裴云舒心中欣慰极了,心情愉悦之下,他掏出了纸笔,给凌野掌门写信。

待写完信之后,他便唤来了天边一只飞鸟,将信捆在鸟腿之上,抚摸了两下飞鸟身上洁白的羽毛,道:"拜托了。"

飞鸟清脆地鸣了一声,重新飞回了云端。

裴云舒瞧着它远去,从储物袋中掏出了师门木牌。

原来这已是第二块师门木牌了,他自嘲一声,捏碎了木牌。

花月这船着实是个不错的法宝,可变大变小,船内五脏六腑样样俱全。待在其中,便是待上五日也不觉得烦闷,终于到了东海之边,众人还有微微不舍之情。

东海波涛汹涌,一眼望不到边,海边则空空旷旷,莫说是秘境了,连个人影都没有。

清风公子道:"花锦门也只知道秘境就在东海之边,却不知具体在何处。"

"那便先在此安营扎寨吧,"百里戈远远望了一眼东海,"此处实在是大,应当还有阵法遍布周围。"

龙被世人称作神龙，世人不可杀龙，龙又是万兽之长，寻到神龙秘境是可遇不可求的事，毕竟一个无主的神龙秘境，需要等一条龙死去。

众人在这处先行休息，清风公子引火做饭，百里戈将他修为封住，带着其余人朝着岸边走去。

"东海有鲛人，泣泪而出珠，龙绡入水而不湿。"

花月兴致生起："鲛人美吗？"

百里戈沉思一下："我从没来过水边，倒真是不知道。"

裴云舒道："鲛人喜爱纺织，据闻貌美善歌，若是有缘，我也想见上一见。"

"鲛人喜欢华服，"花月琥珀色的眼睛一转，就跃跃欲试了起来，"云舒，你储物袋中就有一身极为漂亮的华服啊。"

"那是巫九公子的华服，"裴云舒摇摇头，"以后须还回去，并不是我的。"他走到海边，直到脚踩了海水才停下，垂头看着水面。

大浪淘沙，水到脚边时已清澈非常，再往深处一看，却是深到会让人惧怕的蓝色。

身后，清风公子做好了饭，竭力喊道："好了！"

裴云舒回身，跟着一行人回去。

他们其实个个都不需要用食，这几日却一顿不落，欺负清风公子都欺负出了乐趣。一个好好的深不可测的魔修，现在做饭的速度越来越快，还可以不染油烟，真是进步非常，可喜可贺。

饭后，花月缠着裴云舒，软磨硬泡地想要让他穿上那身巫九给的华服，再去将鲛人引出来看看。裴云舒由着他撒娇，却不软一句。

到了最后，清风公子反而冷不丁地道："我这儿有一身龙绡做的衣裳。"

龙绡便是鲛绡，衣服轻薄如无物，团在手中也不足一握。

裴云舒朝清风公子看去，清风公子当真从储物袋中掏出一身衣服，那衣物如红花碾汁而成，被风轻吹，便快要随风而去，漂亮得不似凡间之物。

"既然是清风公子的衣裳，那便由清风公子穿上吧。"裴云舒捂住花月的嘴巴，朝着清风公子一笑，"清风公子只需面罩薄纱，便定能将那些鲛人引到岸边来。"

清风公子握着华服的手僵住,烛尤闻言,一双竖瞳就看了过来,双眼一眯,清风公子就识时务地去换了衣裳。

百里戈闷笑不已:"云舒实在是太坏了,戈着实欣赏不已。"

他这句话说完,也有双竖瞳看了过来,但百里戈非但不在意,还弯了弯嘴角,问道:"烛尤,你看我做甚?"

烛尤道:"看你长得丑。"

百里戈:"……"

清风公子换好衣服后,又遮住了脸上的刀疤,面无表情地朝着海边而去。

自己为什么要多说那一句话?

这会儿还算风平浪静,看热闹的几个跟在他的身后,为了给清风公子一个面子,至少都忍下了笑。但站了片刻也没有动静后,花月道:"清风公子,要不你唱个歌?"

"我不会。"清风公子语气暗嘲。

花月叹了一口气,自告奋勇道:"我会,让我来!"

它下了地踩进水里,但刚刚下了水,就见到水下有黑影朝着这边游来,这黑影速度极快,转眼就到了眼前。

花月吓得毛都夯了,它就近扑到一个人的身上,利爪却正好将清风公子身上的鲛绡给撕扯开了。

裴云舒眼前覆上了一双手。

"怎么了?"他问道。

烛尤淡淡道:"鲛人来了。"

裴云舒闻言,想要伸手去拽下烛尤挡住他眼睛的手,但烛尤就是不松手,语带嫌弃:"长得丑,莫要看。"

话音刚落,便有几道小儿啼声响起,幽幽怨怨,水波剧烈晃荡片刻,就一切平静下来了。

裴云舒还在拽烛尤的手,脚腕却觉得被什么东西握住,下一刻就是天旋地转，口鼻进水，转眼落入了东海之中。他忙撑起一道结界，睁开眼往旁边一看，除了烛尤，大家都落入了海中。这片地方显然是深海，可他们刚刚就在岸边。

其余人也诧异不已，他们彼此对视一眼，朝着海面上游去。破水而出后，就见眼前一片冰天雪地，海面一望无际，还漂浮着浮冰与落雪。

裴云舒唇色发青，他的发上已经结了冰，睫上布着冰霜，运着灵力去暖身子，可刚刚觉到了暖意，下一瞬便迎来更强的冷意。

"好冷，"花月战战兢兢地抱住自己，它的鼻尖垂着长冰，"狐狸快要冻死了。"

"快快上岸。"百里戈沉声。

裴云舒踩着青越剑，止住发颤的牙，才能说出话：" 快上来。"

青越剑一飞冲天，朝着海岸边飞去，身上的水被法术驱走，裴云舒掏出几张火符，运上灵力，空中猛地燃起一团烈火。

烈火围绕在他们身边，金黄的火带来暖意，但点起了火符之后，青越剑却猛地向上一跃，躲开了海底巨兽的一袭。

海底巨兽脸上竟有两张嘴，利齿遍布小半个身子，它们似是对火光极为敏感，点燃火符之后，青越剑不断朝上，一头比一头大的巨兽猛地跃出海面，朝着他们竭尽全力地袭来。短短半个海岸，他们飞得越来越高，跳出海中的巨兽也越来越大。

清风公子当机立断地掐灭了火符。暖意霎时消失，但水面也恢复了平静，巨兽沉在了水底，只有一双双不怀好意的眼睛对着他们，虎视眈眈。

"这到底是哪里？"花月不敢哭，怕一哭眼泪就会被冻成冰，它抽抽鼻子，"烛尤大人怎么不在，要是烛尤大人在此，这些东西怎么敢靠近我们。"

裴云舒面色苍白，他翻找着东西，总算从里面找出了几身厚衣衫："你们先行穿上，至少挡一挡寒意。"

百里戈叹了口气："未曾想到有朝一日还须用衣物去抵挡寒意。"

但穿上衣服，也只是杯水车薪。

寒意钻入五脏六腑，裴云舒御着剑，他觉得眼睛已经快要被寒风冻伤，灵气只能不断周转，若是凡人在此，怕是不用片刻便会被冻成一具冰尸。

终于，他们飞到了岸边，但此处还是一片冰天雪地，冰霜之意如此之重，若说是幻境，抑或阵法，让人怎么能相信。

裴云舒掉转剑端，朝着最高的一座雪山急行而去。

待到了雪山之巅，他们朝下看去，却赫然见到雪山的一侧整片土地塌陷，有一个巨大的黑洞横在此处，深不见底。

"哇……"

人在此处往下看，便觉得自己犹如沙粒一般渺小，甚至只是看上几眼，便觉得分外可怖。裴云舒却看到了黑洞旁有一行字熠熠生辉。

他对身后人道"抓好了"，便瞬间朝着黑洞而去。

身上瞬间有许多手抓来，裴云舒的速度却越来越快，他的黑发尽数被风朝后吹起，面孔毫无遮挡地露了出来。

眼神专注，便显得分外凛冽。

狐狸竟然觉得有些腿软了起来。

花月的后脑勺被猛地拍了一下，呆呆傻傻地抬起头。就见黑洞旁边四个狰狞的大字跳入了眼中，正写着："神龙秘境。"

"龙为万兽之长，威压深重。"百里戈警告着小狐孙，"你我乃是狐族，这字只是看一眼就能让你失魂落魄，你要是意志不坚定，怕是连秘境都没进去，就会死在白日美梦之中。"

裴云舒蹙眉，不敢再御剑靠近，他担忧地看着花月："花月，莫要多想些什么。"

花月脸上的热意更深，它用爪子捂着脸。

不愧是连口水都能制成香的龙族，实在是太吓狐了。

第2章

青越剑在雪山之间停下，裴云舒往下看了眼黑洞，从储物袋中拿出装有清心丹的瓷瓶："花月，你心中一旦有了邪念，便及时服用清心丹。"

花月讷讷："我知道了。"

"冰天雪地下还能生出邪念，"清风公子没忍住，嘲讽道，"没有冻不死的狐狸，只有不够大的妄心。"

裴云舒不由得看了清风公子一眼，感叹真是人不可貌相，清风公子瞧着不爱说话，却是句句直戳人心窝。待花月吃过清心丹，裴云舒便继续朝下而去，转眼就落在了黑洞边。

处在黑洞的边上，寒意不似之前那般强烈，他们终于觉到了几分暖意。

闪着金光的大字横在黑洞旁，字字狰狞，"神龙"的"龙"字更是蜿蜒曲折，好像一条正在盘旋休憩的龙，看得久了，便会觉得头晕目眩，好像真有条龙要从其中冲出来。

裴云舒沉心静气，他移开目光，却久久不能回神。

一旁的黑洞深不见底，百里戈扔下了一块石头，狐狸耳朵从头上冒出，他细细听着石头落地的声音，半响，转过头对着裴云舒苦笑道："我这狐狸耳若是想听，能听到方圆百里内的一朵花开的声音，可这块石头落地的响声，我却没有听见。"

裴云舒走近，朝着黑洞看去，洞口实在是黑，未知总会让人生起恐惧。里面会有龙吗？这洞口如此之大，龙便也是这么大吗？

"还进去吗？"他轻声问。

"那自然是要进的，"百里戈白银盔甲加身，他握着武器，看向黑洞，蠢蠢欲动，"戈去过如此多的秘境，还从未进入龙的秘境。"

裴云舒笑了："我也是这般想的。"

"一定要进吗？"花月想到了刚刚脑中那画面，心虚无比地问道，"我们若是进去了，白日做梦了怎么办？"

裴云舒压低声音："一个秘境而已，只要你坚守住意念，对你应当不难。"

百里戈在一旁哈哈大笑，随即严肃了面容，朝着清风公子看去："我知你实力不止如此，神龙秘境内危机重重，望你莫要因小失大，众人合力，才能安全出秘境。"

清风公子刚要说话，百里戈便理所当然道："不如立个心魔誓？"

清风公子眉心狠狠抽了好几下,举起了手,立了一个心魔誓。

待做足了准备,裴云舒握紧了青越剑,朝着黑洞一跃而下。

黑暗袭来,风声从耳边划过,裴云舒一身灵力,却无法控制自己的坠落,眼前什么都看不到,一片黑暗之中,简直让人心惊胆战。

"啊——"花月惊呼一声,便老老实实地闭上了嘴,生怕自己惊动了黑洞里的东西。

裴云舒在心中默默记着下坠时间,过了约莫半刻钟,他才觉得身子陡然一轻,灵力可用了。

青越剑瞬息变大,飞在了主人脚底下,裴云舒手中燃起一团火照亮了周围。此处空无一物,泥墙上凹凸不平,有一条路从左侧延伸向远方,远方沉静,不知有着什么。

裴云舒正了正神,从飞剑下了地。其他人相继落地。

地面潮湿,湿泥粘在鞋面上,裴云舒脚步轻轻,他试探地走了两下,没有一丝异动。紧绷的神经非但没有就此放松,他还隐隐更为担忧了起来。裴云舒深吸一口气,侧头看向其他人。

百里戈走到他的身侧,深深看着前方道路:"云舒,你在我身后,我来打头阵。"

裴云舒未与他相争,默默站在了他的身后。花月顺着裴云舒的身侧爬到了他的怀中:"云舒,花月也能保护你。"

"还是让我来保护你吧。"裴云舒感觉好笑,他转身看着清风公子,神情认真:"若是你不想断后,那便由我来。"

清风公子看他一眼,面无表情站在了他身后。

一行人朝着前方走去,一路竟无事发生,秘境中静得只有他们一起一伏的呼吸声,不知过了多久,裴云舒忽然感觉到越来越热。汗珠沁出,浸湿了衣服,冬衣在此刻成了累赘,他们脱下了厚衣服,再往里走时,还是觉得越来越热。

黑发已经被汗浸湿,黏在了脸侧,百里戈一身盔甲早已褪去,他大大咧咧,除了一身里衣在身,其余全都褪去。

裴云舒也实在是热,他学着百里,也脱去了外衫,将衣服放在了储物袋中，这一下，顿时轻松了不少。这热缓缓而来，从脚底而起，热得人心浮气躁，还有些怀念外头的冰山雪地。

到了最后，百里戈已经脱去了上衣，裸着上半身，全身都是汗珠了。他转头劝着："是礼义廉耻重要，还是自己舒爽重要？戈看着你们一身衣衫也跟着觉得热，跟戈一样脱了多好，又没有女子在此。"

百里戈说得对，此时还讲究什么规矩不规矩？这热让人心浮气躁，既然热了，那就该脱衣去热。裴云舒下定决心，将手放在里衣系好的结上，正要拽开，他的手便被清风公子按住。

清风公子默不作声从袖中又掏出一身衣裳："你可将衣服换下，这也是龙绡做的。"

清风公子身上穿着的还是那身去引鲛人的红色薄纱，他递给裴云舒这一身，却是黑色的龙绡。

裴云舒从他手中接过，只觉得触手冰凉，比绸缎还要来得丝滑，从手中轻轻滑过，好似风滑过一般，穿上必定比如今要清凉得多。

花月抓着裴云舒的衣裳："云舒，我陪你去前方换衣。"

百里戈一巴掌打上了小狐孙的后脑勺："你现在又不怕了？"

"就在此处换，我们给你罩起衣衫。"清风公子皱眉，"这一路虽无事，但不能掉以轻心。"

百里戈和清风公子不约而同地举起衣衫，为他隔出一方隐秘空间。

裴云舒无奈地叹了口气，快快将衣衫换下。

龙绡就是龙绡，一上身便觉得万分凉快了起来，好似海水裹身，冰冷一覆，热意顿时消了一半。难怪他同百里戈热得如此狼狈，清风公子却只是额上沁汗。

衣服摩擦声不断响起，很快，裴云舒就从里面钻了出来，他黑衣覆身，清清爽爽，好不快活。裴云舒朝着举着衣衫的两人轻快一笑："现在真的是舒爽许多。"

花月羡慕道："狐狸也好热。"

这却是没有办法的，总不能将狐狸的毛给剃了。

裴云舒安抚地摸过花月的脑袋，抱着它继续往前走去。

"云舒这一身，倒是比烛尤大人蜕下的蛟皮做出来的那件薄纱更好看。"狐狸道，"唉，烛尤大人跑哪儿去了？这可是龙族秘境，烛尤大人若是在此，我们必定会轻松许多。"

裴云舒沉默地摇摇头，他捂上心口，不知多少次地唤了声："烛尤？"

一片安静，无人应答。

因为不知前方何时会有危险，便不敢御剑横冲直撞，只能提高戒心，警惕十足地慢慢在其中行走，他们不知走了多久，身上不觉疲惫，却精疲力尽。

中途停下休息了两次，待稍稍饮了水之后，便打起精神来，在这看不见尽头的黑暗中继续走着。

直到裴云舒也无法在心中数着过去了多久，脑中一片空白时，前方一阵狂风吹来，路的尽头豁然开朗。

风口狂风阵阵，他们迎着风走出了风口，就见眼前一方偌大空地荒凉十足，抬头后灰蒙蒙地看不见顶，远眺也看不到头，但裴云舒几人却无心去计较这是何处。

他们震惊地站在空地边，脸上已做不出任何表情，心中涌起滔天的震撼感。

这一方荒凉空地上面，竟全是一具具庞大的巨龙骸骨。

第 3 章

一具具庞大的龙骨横在荒地之上，野风盘旋，寸草不生，荒凉肃杀。龙威还残存在这些骸骨上，风不敢落在骸骨上，只能在白骨旁一圈又一圈地回旋。

这里竟是龙冢。他们深吸一口气，压下剧烈震荡的心神，才能往前踏出一步。

这些骸骨每一具都比裴云舒整个人还要高数倍，他们一边往里面走，一边看着这些大龙骨。待走到中心，眼前的路被骸骨堵了个严严实实。

他们要是想过去，就需要踩在龙骨上，从骸骨之间穿过去。

这实在是大不敬，饶是百里戈那般大胆，也不由得面色一肃，正儿八经地穿好衣袍，朝着骸骨行了一礼："戈今日要踏上前辈骸骨，实乃无计可施，还请勿与我这小狐狸计较。"

花月也是张口就来："龙前辈这骸骨如此巨大，生前也必定威猛雄伟无比，小小狐狸看着就激动得快要晕了过去，此番一见到前辈的骸骨，无比想要上前细细仰慕一番，龙前辈可莫要计较，若是小小狐狸一时激动打扰了你，也全是因为一腔崇敬实在压制不住……"

它喋喋不休，裴云舒越听越觉得耳熟，过了一会儿才想起来，这话花月好像也曾对着烛尤说过。

花月掏空了满脑子的溢美之词，百里戈惊叹不已："小狐孙，没想到你竟还有这等本事！"

"那可不是？"花月挺起胸脯，骄傲道，"我靠着这招，可是从烛尤大人手底下逃过了好几回呢。"

百里戈眉毛一挑："这妖王竟还是个喜欢听恭维话的。"

花月却说："烛尤大人喜欢听，烛尤大人是蛟龙，那必定神龙秘境中的龙也是喜欢听的。"

裴云舒若有所思，将这话记在了心中。

他与清风公子在后，也朝着龙骨致歉了一番，才小心地踩上了高高的骸骨。

裴云舒走了两步，脚不小心踩中了一块突出的骨头，身形不稳的一瞬，连忙扶住了身旁一根高高的骨刺。

扶住骨刺的下一瞬，他就好像被什么东西猛地撞击了一下。这一下将他撞到了高空，他茫然低头看去，却看到自己还扶着骨刺一动不动，这才发觉他好像灵魂出窍了。

身旁的三人未意识到他的不对，还在朝前方走去。裴云舒心中着急，正要往自己的身上飞去，却只听一声龙吟，一条银色巨龙朝他冲来，背着他就朝着洞顶而去。

这龙周身泛着荧光，半透明，明显是巨龙死去的龙魂！

裴云舒紧紧抱着巨龙，巨龙飞行的速度快到周围的景象变得扭曲模糊,等到快要撞到洞顶时,他闭上了眼睛。

下一瞬,就听到了重重的龙吟。

裴云舒睁开眼睛,只是看上一眼,他就惊呆了。

漫天都是巨龙,高山之上的洞穴中,处处都有龙盘旋着休憩,龙吟不绝于耳,声声响彻天地。

身下的巨龙上入云霄,转瞬又直冲下海,一条条巨龙从他身旁飞过,每一条,都像是一朵沉重而庞大的乌云。

裴云舒几乎要喘不过气来,身下的巨龙仰天长吟一声,将裴云舒放在了高山上的洞穴之中。

这处洞穴大极了,裴云舒觉得自己好似成了大海中的一片浮叶,他往下遥遥看去,冷汗不由得沁出,说是万丈高崖也不为过。

为何要带他来这里?他此时若是灵魂出窍,可怎么再回去?

他心中焦急不已,不远处一声怒吼响起。

裴云舒顺着这声龙吟看去,就见到十几条美丽矫健的龙盘旋在一条黑龙周边,这道怒吼声,正是一条雌龙在尾巴被黑龙毫不留情拍落时发出的吼声。

这十几条雌龙围着一条黑龙,雌龙焦躁不安,尾巴不停地拍打着地面,黄土被拍打腾飞,弥漫在空气中的,还有一股奇异而浓烈的味道。

被雌龙包围的黑龙明显也被这气息弄得暴躁无比,它强健的尾巴不断拂拍,每一次的击打,便会将山丘或地面击出一道裂缝。

沙尘遮蔽天日,和这些龙比起来,裴云舒觉得自己就像是一只蚂蚁。

黑龙拒绝雌龙的靠近,若是谁敢靠近,那条有千钧之力的尾巴就会毫不客气地拍上去,甚至生生将一条美丽至极的白龙拍得狠狠在地上滚动了几圈。

黄沙弥漫,此处又高,裴云舒只能半猜半蒙,那些龙他也看得不甚清楚,只是觉得那黑龙着实让他有些在意。

他不自觉地往那边看了又看。

黑龙这一下拍打让包围它的十几条雌龙不敢再上前,但它们散发的气味让黑龙更加狂躁起来。像是再也忍受不住雌龙的围堵,黑龙半个身子盘起，仰天怒吼一声。

龙吟响彻整个高峰，地面好像都颤了颤，裴云舒抓紧了山壁上凸起的石块，却愣了愣，他眼睛睁大，不敢置信道："烛、烛尤？！"

烛尤的原形何时这般巨大了！但是这吼声分明就是烛尤的吼声。

他再往前走便是万丈高崖，有碎石从万丈高崖上摔下，裴云舒与那黑龙的距离，看着挺近，其实还有好远。

"烛尤——"

他就算是试探地喊出来，也是小到没有风大的声音。

但黑龙却好像听见了。它腾空而起，覆着黑鳞片的龙头缓缓在山间巡视，龙的气息浮躁，头正在转向裴云舒的方向，双眼血红。

裴云舒下意识地往洞口一躲，接着屏息，明明是他喊的烛尤，现在却总觉得有些不妙。他害怕那黑龙了。

黑龙巡视周围一圈，却什么都没看到。它飞到了空中，血眸中隐藏兴奋，寻着空中飘来的味道，朝着不远处的高山腾飞而去。

雌龙想要跟上，却被黑龙的暴怒吓得待在了原地。

裴云舒贴着山壁屏息了一会儿，还是忍不住朝外看去，却正好对上一双殷红的竖瞳。

黑龙腾飞在洞穴之外，龙头钻入洞穴，它激动地发出阵阵低吟，好像发现了稀世珍宝一般，看着裴云舒。

不妙的感觉更重了。

裴云舒往后退了两步，紧张道："烛尤？"

黑龙从嗓内发出一阵咕噜咕噜的声音，它爪子落地，猩红的眼一动不动地盯着裴云舒，整个龙身往洞穴中钻。

强烈的味道冲进鼻端，黑龙完完全全的兽性让它凶性毕露，它狰狞地朝着裴云舒冲去。

裴云舒手脚发软，他转身就往洞穴深处跑。

可洞穴深处又有哪些能躲的地方呢？

裴云舒躲着黑龙，恐惧让声音发颤："滚开！"

黑龙已经听不见了，本体本能地变小了一些，释放龙威。

洞口被黑龙身体堵得严严实实。裴云舒感到不安，他一遍遍试图唤醒烛尤的理智，但还是一次次以失败告终。

裴云舒甚至有些恼怒了。

烛尤现在不是灵体吗……

龙冢里的人、妖，聚在裴云舒的身边，担忧地不断轻声唤着他。

"云舒，快醒一醒。"

裴云舒紧紧闭着眼，他的眼角却不断有泪珠滑过，表情痛苦。

花月拿着帕子擦过裴云舒的眼角，眼中已经红了起来："老祖？"

百里戈沉重地摇摇头，他眉目中尽是担忧。

也不知这灵魂出窍，在这神龙秘境中是机遇还是危险。

裴云舒醒来又睡去，天黑了又亮起，浑浑噩噩地不知道过了几天，黑龙还是那般浮躁不安。

外头的龙好像来了一条又一条，但每一条还未靠近，便被暴怒的黑龙吓退。

裴云舒觉得好困，眼睛肿起，流不出泪了，但是好不容易在不安中睡着，又会因窒息感醒来。

这些天，黑龙将裴云舒牢牢圈在自己的地盘中。龙尾一摆，让裴云舒出也出不去，这里成了一个天然牢笼。

而且黑龙听不懂他的话。

黑龙的气息好像也影响了附近的龙，每日每夜的龙吟不绝于耳。黑龙罩起一层又一层的结界，阻挡住所有的龙吟。

裴云舒不知道黑龙还有没有烛尤人形时的理智。

日夜不分，不知道这样过了多久。

黑龙圈着他，黑鳞冰冰冷冷，但有温热的触感从鳞片底下传来。裴云舒实在太累了，他闭着眼睡了过去。

第 4 章

裴云舒睡着了之后,做了一个梦。

梦中好似来到了一处光线很暗的地方,他看不清周围景色,却经过了一条长长的廊道。他就在廊道里面一直走着,梦中的寂静持续了好长时间,快要醒来时,耳边突然听到了水珠滴答落下的声音。

裴云舒口干舌燥,从梦中醒来,找借口道:"我渴了。"

黑龙低吼一声,转瞬飞离了洞穴。

裴云舒撑着墙站了起来,缓了一会儿后,在洞穴中翻翻找找,居然找出了一身灰扑扑的衣裳。施了一个净身术后,再换上衣服,裴云舒朝着洞口走去。

一走到光亮之下,他就见到了那日将他带到这里的银色巨龙。

银色巨龙不知何时飞到了洞穴结界之外,它白须飘飞,眼中威严浓重,声音传到裴云舒耳里,好似缥缈仙音:"你再不回去,肉身便会消亡。若是还想活命,那就跟我走。"

裴云舒抿唇:"前辈当真会带我回去?"

银龙不答,伸出利爪钻入结界之内,它不似烛尤那般缩小本体,这爪子无比巨大,裴云舒爬上了它的爪子,再跃到了银龙的背上。

他与银龙的实力天差地别,还不如乖乖听话。

银龙带着他转身,朝着远方飞去,裴云舒回头看了眼自己待了不知多少日夜的洞穴,眼中情绪复杂。

昏昏沉沉了几日,他都觉得这是一场梦了。

银龙带着裴云舒,转瞬间来到了一处平原上。它将裴云舒放在地上,裴云舒看着一望无际的原野,眉头皱起,看着银龙,想要知道这是什么意思。

银龙盘伏在一旁,宛若一座小山。它全身皆是银色,目露金光,相比烛尤那般黑色,它才像传说中神龙的模样。

"小子,"银龙道,"我有话同你说。"

它爪子在地上轻敲，裴云舒面前的地面就猛地抖动了起来，裴云舒往后一跳，就见一棵巨大狰狞的树从地下冒出了头。

　　这树长得无比大，上方结的果子却是不足一朵花苞的大小，果子颜色浓丽，红得欲滴血。

　　银龙道："这一颗龙果，便能让你多一百年的修为。"

　　这话说得实在是大，裴云舒反倒觉得没有多少真实感，他平静无波："前辈想说什么？"

　　银龙朝他看来，声音中的威严震得大地轻微抖动："你若是能让那黑龙同我族人孕育一龙蛋，这整棵树，便都是你的了。

　　"这些龙果，即便是你资质实在不堪，也够你破境到分神期渡劫了。"

　　裴云舒眉心一跳。

　　"什么叫……"他声音越来越低，"什么叫与你族人孕育龙蛋？"

　　银龙深深叹了一口气，不待裴云舒细思，它便抓起裴云舒，朝着苍穹而去。

　　"我给你两日时间思索，只要你能说服那黑龙，你与你的朋友，便能安然无恙地走出我这神龙秘境。"

　　然而银龙飞到半空，一道黑影便猛地朝它袭来。银龙被狠狠撞向了地面，它爪中的裴云舒转瞬到了黑龙的爪中。

　　黑龙猩红的眼中全是暴怒和杀戾，它朝着银龙怒吼，再狠狠扑上去，撕咬着银龙的身体。银龙也被激起了怒气，龙吟震天，朝着黑龙反咬回去。

　　裴云舒被黑龙握在爪中，龙血的味道弥漫鼻端，这一声声饱含怒火的龙吟，让他闷哼一声，被震得唇角溢出鲜血。

　　闷哼一出，黑龙便敏锐地朝他看来，看到裴云舒唇角的鲜血之后，它惊慌失措，低低吼叫了一声。

　　它全然忘了正与它争斗的银龙，银龙撞向它，黑龙便猛地被撞出了数百米远，狼狈地在地上拉出一条长线。

　　黑龙护着裴云舒，没有在意银龙的这一击，它躺在地上，眼中只能看到利爪中的人，黑龙焦急万分地叫了起来。

银龙又朝它撞去,将黑龙撞得在地上翻滚了几圈。黑龙随它撞,竟然连反抗都不反抗,只顾护着爪中的裴云舒。

银龙声音提高:"起来!"

黑龙却丝毫不搭理它。

银龙的战心彻底凉了,它恨铁不成钢地看着黑龙,气得白须抖动,最后还是转身采了一颗龙果,扔在了黑龙面前。

黑龙捡起龙果,嗅了两下后便急急忙忙将龙果塞到了裴云舒的唇边。龙果一碰到唇,便化成水流进体内,裴云舒咳了两声,炙热的身体犹如迎来了一盆凉水,随后便是温温热热的感觉,这股温热钻入五脏六腑,他闭上了眼,沉沉睡去。

黑龙见他气息平稳,便小心将他放在爪中,龙爪虚握,一双血眸紧盯着爪子,带着裴云舒一飞冲天,朝着洞穴而去。

一条理智全失、暴虐易怒的黑龙竟会有这样小心翼翼的一面,银龙跟在黑龙的身后,心中沉重。

黑龙飞到洞穴之后,便用尾巴圈起裴云舒,朝着跟到洞穴外的银龙低吼一声。

银龙白须轻飘,口中吐露人语:"你这小子,我将你想要的这人带来,也该你回报我的族人了。"

黑龙猩红的双目盯着它,猛地朝银龙撞去,银龙被撞得在空中翻腾几圈。黑龙圈起裴云舒,利爪按在裴云舒腰间,血眸一只盯着他,一只盯着外头的银龙。

谁敢靠近,它就撕烂谁。

银龙被黑龙撞翻却并不生气,它重新飞到洞穴前,见到黑龙的眼神,反而格外欣慰。相比起之前那般任由别的龙撞击的样子,还是这样更有龙的血性。

这世上的龙早已陨灭了,若是想成龙,那便只能修炼化龙。神龙秘境中早已没了活龙,它们这些龙魂不知等了多久,才终于等到一只蛟龙入了秘境。虽不是龙,但也与龙相差不远了。

银龙把蛟龙的龙魂提出,再将其炼化,待蛟龙的龙魂彻彻底底成了一条纯正的黑龙之后，它就将黑龙带到了族人聚集之地。想用黑龙和族人的龙魂，孕育一只血统纯正的龙族后裔。

但蛟龙的龙魂被炼化之后，就变得万分残虐起来，理智全无，族里的那些漂亮的雌龙要是离它近点，一不小心就会在黑龙的利爪下消散魂魄。

黑龙利齿外翻，银龙还要再说，突然朝着裴云舒看去。

裴云舒周身气息稳稳攀升，呼吸逐渐炙热，这状态竟是要结婴了！

这小子资质不错，徒增一百年的修为，便是资质再愚笨也能往上蹿上一蹿，结婴尚可理解，但稀奇的是他身上竟然流露出了妖气。

再细看时，银龙恍然大悟，怪不得会有妖气，这小子体内原来还有一颗千年树妖的内丹，龙果同妖丹相融了，竟也跟着开始长了起来。

黑龙却不知裴云舒怎么了，它越加暴躁起来，环绕着裴云舒，吼声一道比一道焦急。

"龙魂处无灵气，"银龙转身带路，"他该离开此处了。"

黑龙看了一眼银龙，圈着裴云舒转瞬跟了上去。

两条龙突破苍穹，转瞬便到了龙冢之处。

将裴云舒护在中间的百里戈忽然头皮发麻，他瞬间展开结界，站起身朝着空中望去，却什么都没看到。但背部的寒意越来越重，战栗感直至灵魂深处。他反应如此之大，花月同清风公子也戒备起来："怎么了？"

"我不知道，"百里戈皱眉，"总觉得有些古怪。"

他们的身后忽然传来了异动，转身看去，就见已经昏迷五日的裴云舒周身灵气大动，龙冢内的灵气一股脑地朝他涌去，在他身边形成一个个灵气旋涡。

清风公子缓声道："在这儿睡上五日，就能结婴了吗？"

"这……"百里戈心服口服，"不愧是神龙秘境。我等先护云舒结婴，再——在这里睡上五日。"

裴云舒的灵魂回到了肉身中，他随着本能盘膝打坐，灵气一遍遍周转，先破金丹期，才能再到元婴期。灵气在他身边集聚，浓郁得在空中形成了雾气，身边的大家也跟着吸了几口灵力，为裴云舒护起法来。

无人能看到的黑龙龙魂缩小了身形，从头到尾攀在了裴云舒的身上。

银龙若有所思,对着黑龙道:"你也应当回你肉身那处了。"

黑龙缠紧了裴云舒,寸步不动。

银龙叹了一口气,转身飞走了。

周围的灵气越发浓郁,百里戈运转了几遍灵力,忽然睁开了眼。

他看着裴云舒,轻轻"咦"了一声。

只见云舒衣领处微微鼓起,好似有什么东西从云舒衣领探了进去一般,但怎么看,都没有什么东西。

百里戈心中奇怪,他眯着眼再细细看去时,就见云舒衣领处的鼓起已经不见了,但云舒的胸前,也有东西鼓了起来,这东西左右游移,衣服罩住的形状像条尾巴,也像只手臂,很奇怪。

第 5 章

百里戈正要再看,就看到裴云舒睁开了眼。他又赶忙闭起眼睛。

裴云舒未注意到百里戈,他低头往衣领处一看,却什么都没看到,一缕凉风从衣领处钻了进去,激起一片冷意。应当是风将衣领吹散了。

来不及多思考,裴云舒整理好衣领,重新闭上眼。

结婴正是关键时候,他不能被扰乱心神。

但没一会儿,脑后却又传来一阵风,将发丝吹落到了唇上。发丝飘落的地方抑制不住地发痒,裴云舒忍了一会儿,去拨发丝,同时还碰到了什么冰冷的东西。

裴云舒蹙眉,却感觉到了奇怪黏湿的炙热感。

那感觉经久不散,裴云舒正襟危坐,心下感到荒诞。

一旦结婴,便是修真界的佼佼者,多少人的岁月蹉跎在了金丹期,几百年也未曾破金丹期的比比皆是。单水宗的长老有些也不过是元婴期后期,纵然是裴云舒的师父凌清真人,也不过是出窍期而已。

单水宗,一旦结婴了便可独自拥有一座山头,若是想,也可开始招收自己的弟子。大师兄到三师兄,三位师兄资质出众、惊才绝艳,早已挨个结丹了,他们离元婴期一步之遥。

这一步之遥看着近,但实则还需千百步的距离。

裴云舒资质在师兄弟中不是最出众的,修为不是最高深的,但如今却最先结婴,他白捡了一百年的修为,修为跟上了,但好似徒有一身力气却不知该如何去用,心境没有跟得上修为。

他的心境还停留在金丹期,这绝不可行。

他们在地底深处,风雨雷电的奇异天象被挡在秘境之外。若是要结婴,短则几日,长则数月甚至数年。

结婴最后须破心魔,几乎是最怕什么、最恐惧什么,便会在心魔中遇上什么,将这些恐怖的事一一经历个遍,若是最后能破心魔,那便可以结婴。若是心魔破不了,便会永成祸害,被心魔反噬后不死也伤。

百里戈等人心知结婴的危险,他们所说的护法,既是不能让外人打扰到裴云舒,也是准备好丹药,若是出现不对,便及时用丹药去救人。

花月在一旁说道:"云舒很少离山,若是出现心魔,会不会是我丢了尾巴那幕呢?"

"你倒是把自己想得很重要。"百里戈道。

花月不理他,径自掏出一个大枕头和一床被子:"我一个没化形的小小狐狸也帮不上什么忙,给云舒护法的任务就交给你们了。我也要睡上五日,等我睡醒过来,应该就和云舒一样,能化形了。"

"云舒一睁眼便能看到我,心情必定会极好。"他说完就钻进了被子里,生怕自己睡不满五日,还吃了一颗让其昏睡的丹药,转眼就香甜地睡了过去。

百里戈察觉到清风公子的视线,他转身回望,一本正经地道:"你莫要着急,我们一个个来。"

清风公子沉默半晌:"我以为那只是说笑。"

百里戈惊讶地睁大眼睛:"你怎会这样认为?戈再正经不过了。"

清风公子将视线转到裴云舒身上,裴云舒一身灵气充盈,难道真是一语中的,只需在这龙家中睡上五日,便能有大机遇?

怎么看都感觉不太正经。但是不怕万一就怕一万,反正只是睡上五日而已,那便试上一试吧。

裴云舒抓着老童的手,一步步吃力地往上爬去。

老童并不能帮他,只能在一旁鼓气道:"小师兄,凌清真人虽严厉,但让你自行爬上山,也是对你道心有利的。"

裴云舒板起婴儿肥的脸,认真道:"云舒知道。"

他一步步地往上爬去,小短腿迈起来无比费劲,但是不需他人搀扶,走累了,便手脚并用,滚着也要一点点往上爬去。等终于爬上了无止峰的时候,他衣衫外的皮肤已被碎石划出了许多口子。

凌清真人从一旁走来,虽面无表情,但眼中却有几分欣慰之色:"虽是幼童,但道心坚定。"

裴云舒仰头看着师父,师父也正在看着他,凌清真人面上有了几分笑意,走上前,摘去裴云舒发上的枯叶:"拜师礼却是忘了给你,你父亲将你托付与我,特意交代,要保留你的姓名。"

裴云舒点点头:"是。"

凌清真人从袖中掏出一块通体莹白的暖玉,玉在他手中,也如染了仙气一般:"这玉,便是你的拜师礼了。"

裴云舒从凌清真人手中拿过白玉,他的手太小,需要用两只手拿着才能握得下,他看了这暖玉半晌,道:"谢谢师父。"

凌清真人带着裴云舒进了山,自这以后,裴云舒便安安静静的,一心只有修行。小时候握不稳剑,便每日清晨挥剑一千次,练完剑后便专心修炼心法和道术,每日不曾浪费一刻钟时间,好似有头猛兽在后追赶,停不下修行。

十年如一日,一日复一日,裴云舒默默筑了基,再默默结了丹。

他与师父凌清真人不甚亲密,与师兄们也不咸不淡,虽同在一峰上,但只偶尔见过几面,见面时也只是颔首而过。

凌野掌门亲自来找过裴云舒,他眼中喜爱又担忧:"云舒为何如此拼命?"

裴云舒抿唇,想了想:"我不能荒废时间。"

他不知为何会有这般想法，但紧迫感随时伴随着他，他不断修炼再修炼，剑法已经上乘但还是不够——他的修为不够。

但何时是个头？裴云舒不知道。

"但你修为已很高了，"凌野掌门道，"除了修为，更重要的是道心。心境若是跟不上了，便是修为再高，也注定不会有所作为。"

裴云舒听了，认真点了点头。

掌门与他相谈了一天，第二日便不准任何人再去打扰裴云舒，并将宗门中珍贵的天材地宝送到了裴云舒面前。

裴云舒将天材地宝送了回去："掌门师伯，云舒须闭关了，这些东西云舒用不到。"

这一闭关，便又过了五年。

待裴云舒出关时，他已是金丹期后期，境界稳固，目光平和。只看一眼，便能知他道心坚定。

师兄弟们都在外头等着他，每个人都变了一副样子，裴云舒见到这么多人，一时却难以辨别谁是谁。

"师弟，"其中一个人上前一步，指着自己身后一个少年模样的筑基修士道，"这是你闭关时师父收的小师弟云忘。小师弟，这就是你那神龙见首不见尾的四师兄了。"

小师弟上前几步，他细细打量着裴云舒，然后嫣然一笑："四师兄。"

裴云舒朝他点了点头，便从袖中掏出一个法宝："师兄错过了师弟的拜师礼，这东西便当作赔礼吧。"

小师弟含笑接过，带着他走来的人笑眯眯地看着裴云舒，道："师弟的东西每样都是极好的，小师弟可要好好珍惜。"

裴云舒知道这是自己的三位师兄之一，可本就见得少，如今又过了五年，他已认不出这是哪位师兄了，只能笑而不语。

出了关后，裴云舒还是不敢有一丝懈怠。但这回却同以往不一样，他每日清晨练剑时，小师弟总会从一旁路过，并不打扰裴云舒，只是坐在一旁看着他练剑。等裴云舒停下之后，小师弟会送上手帕和温水，再让裴云舒教他如何御剑。

裴云舒教得细心，但小师弟总会走神，往往一遍教下来，小师弟却不知他说了什么。

有时跟着小师弟一同前来的还有几位师兄，裴云舒与他们并不亲密，因此都是沉默地坐在一旁，一边听着他们说笑，一边在心中默默将灵气运转上一周。

师兄道："师弟，你未下过山，对山下不曾好奇吗？"

裴云舒道："不曾。"

他对这些虽有兴趣，但没有时间。紧迫感逼迫着他，就连现在与师兄弟们交谈的这一番话，在他看来也是在荒废时间。

没过几日，等小师弟和师兄们再来找裴云舒时，就被告知裴云舒又闭关了。

这次闭关的时间相比上次少了许多，裴云舒出了关后，正好凌清真人将弟子们叫到了跟前，让他们下山去探察附近为何多了许多魔修。

裴云舒一进门，小师弟的目光就放在了他的身上，待到凌清真人说完话后，小师弟便朝着凌清真人请求道："师父，就让弟子也跟着去吧。"

"你修为如此之低，如何能去？"

小师弟指向裴云舒："四师兄已经出关了，他同弟子一起，师父还不放心吗？"

凌清真人看向裴云舒，妥协道："既然如此，云舒，你要保护好你的小师弟。"

裴云舒："弟子晓得。"他周身气息不急不躁，犹如沉稳平静的一方清水，半分不为外界所动。

待到下山后，师兄弟五人需要分别去往一南一北两个方向。到了山脚底下，有位师兄问道："小师弟同谁一起？"

小师弟要去握裴云舒的手，裴云舒将手背在身后，侧头去看他。

"我同四师兄一起。"小师弟放下手，面上落寞："师兄，你不喜别人碰吗？"

裴云舒点了点头。

那位师兄轻笑了一声，又问裴云舒："四师弟，你准备同谁一起呢？"

谁都可，去哪儿都行，只是需要尽快，莫要耽搁。

裴云舒简单道："都可。"

这两个字说出，三位师兄脸上的表情却有了微妙的变化，那是一种介于失望与松了一口气之间的表情，或许还有其他的情绪，但裴云舒看不出来。

同裴云舒和小师弟一起的，是下山历练经验极多的三师兄云蛮。

他们同云蛮来到了庆和城，云蛮说是要去湖边挖出酒坛，裴云舒摇摇头："先查探清楚魔修的事吧。"

云蛮笑了笑："那饭菜就先不用了，待我们查个清楚，再由师兄带着你们去尝尝这庆和城的美味。"

这一天，他们都在调查魔修为何会集聚在单水宗脚下，谁知第二日一早，周围的魔修就离开了单水宗的这一片地。

裴云舒同一众师兄弟回到了山上，继续潜心修炼，过了不知多长时间，有小童告诉他："师兄，先前那一众魔修原是花锦门的人。"

裴云舒抬眸，朝着小童看去。

小童继续说道："那群魔修现在被一只大妖找上了门，似是他们杀人夺宝，夺走了一只三尾狐身上的秘境，将这只三尾狐的血放了个干净，用这血去探秘境中的密室，还将秘境中的狐狸都给杀了，这惊动了秘境的老祖，被寻上门了。"

小童道："师兄，你说这三尾狐怎么这般惨，三条命的血都不够这群魔修放吗？这花锦门可当真不是东西。"

裴云舒沉默半响，叹了口气："寻上门的也是个狐狸大妖？"

小童道："听说好似是个厉害的妖魂。"

"再厉害，也是妖魂。"裴云舒摇摇头，"妖魂的弱点，众人皆知。"他说完，便闭上眼，静心修炼了。

又过了几日，小童跑到了他的面前，道："师兄，你说对了，那妖魂被镇压住了，听说再过几日，便会化成青烟，彻底从世间消亡了。"

裴云舒一动不动，待小童以为他不感兴趣时，才听他轻轻"嗯"了一声。

第6章

　　修真界不计年月，春去秋来不知多少时日，裴云舒已经卡在金丹期后期许多年了。他终于决定听从凌野掌门的劝说，独自一人携着青越剑去世间看上一看，去突破所谓的瓶颈。

　　二十年来，自他上了单水宗之后，好似一刻也没有停下修行，掌心被磨出硬茧，日夜不辍，随之而来的是足够让他独行世间的底气。

　　可他刚刚下了山，便看向了身后林中，皱眉道："谁？"

　　小师弟从林中走出，几年时光，他越发长得唇红齿白了，轻轻一笑便是春花晓月之色："四师兄，你去哪里？"

　　小师弟的样貌未曾怎么变过，裴云舒将他认了出来，便认真回道："我须下山历练。"

　　"师兄独自一人？"

　　裴云舒颔首。

　　小师弟便笑了，他走了过来："师兄，师弟前些日子也结了丹，可以下山历练了。既然如此，不若师弟同师兄一起吧？"

　　裴云舒无可无不可，便同意道："那走吧。"

　　裴云舒喜爱大山大河之景，比如壮阔的山河、瑰丽的雪山，他一见着这样的景色，往往需要良久才能回过神来。

　　但小师弟更喜爱闹市小巷，越是热闹之地他越是喜欢，他同裴云舒说："师兄不入红尘，又怎能勘破红尘呢？"

　　裴云舒想了半日，觉得小师弟说的有道理，就跟着小师弟深入了红尘之中。

　　小师弟带着他来到了南风阁。

　　红烛轻晃，床幔轻飞。小师弟拉着裴云舒躲在密室之中，透过那小小的孔洞去看隔壁房间之中过分亲昵的人。

　　裴云舒只看了一眼便转过了脸，但小师弟却在他耳边轻声道："师兄，这是人世间最红尘的地方，你怎能不看呢？"

小师弟让他重新看往那小小孔洞之处，密室只有一堵薄薄的墙，自是隔绝不了任何声音的。

裴云舒离开了密室，从南风阁走出。转头去看时，却见小师弟脸上的笑意已经消失了，他意味不明地看着裴云舒。

又过了几日，师兄们也跟着来了。

他们问裴云舒："小师弟呢？"

"醉酒后便睡了。"裴云舒头一次有了松一口气的感觉，他起身，拿好自己的东西，跟师兄们道，"小师弟便交给你们照看了。"

说完，不待师兄们说话，便乘剑远去了。

师兄们看着他远去的背影，不知谁苦笑了一声，从屋内找出了酒。

"难为小师弟这一路了。"

有些人，就是怎么焐都焐不热，而偏偏这些人，已经有了可以展翅高飞的翅膀。谁都困不住他们，让别人无可奈何。

这一次历练，裴云舒足足持续了一年的时间。待到雪花飘落时，他有感而发，当夜伴着明月登上了雪山之巅，在山巅上等着暖阳升起。

他等了一夜，暖阳升起时，他身上的雪已经积了一寸厚。他看着染红半边天的朝阳，在这一刻破了金丹期。

结婴之势引起天地异象，师门中的长老连忙赶往雪山为裴云舒布阵护法，这次结婴足足持续了十五日，十五日之后，裴云舒睁开了眼。

他站起身，抖落满身的雪，朝着身边的师门众人，露出一个笑。

他结婴了。

结婴之后，心中的紧迫感骤然减少了许多，但裴云舒此时除了修炼，再也不知该干些什么了。

他还是一如既往地潜心修炼，练剑、练术、练道心。

时间好似成了最不值钱的东西，有时候他闭眼打坐，再睁开眼时，已是三日之后。

身边陪伴着裴云舒的小童也开始变得苍老，就如同当年陪着裴云舒爬上无止峰的老童一般，早晚都会走到生命尽头。

裴云舒便减少了修炼，他抽出时间，去给院中的灵植浇水。

这一日，他刚刚坐在床边，正要闭眼打坐，忽地朝床尾看了过去。

一条五彩斑斓的小蛇爬上了床，它似乎没有想到裴云舒睁开了眼，一双血眸同裴云舒对视，愣在了原地。

裴云舒道："你这条小蛇，是怎么爬进我房内的？"

小蛇吐出蛇芯，慢吞吞地朝着裴云舒爬来。

它看着就是一副剧毒无比的模样，但若是一个元婴修士怕蛇，那就有些荒唐了。裴云舒伸出手，花蛇爬到了裴云舒的手上，蛇尾紧紧缠住他的手腕，缠得那般紧，好似是怕裴云舒扔了它一般。

蛇的一双竖瞳是毫无杂质的猩红色的，犹如滴落的鲜血，比宝石还要耀眼。

裴云舒忽然想到了历练的那些时日听的传闻，他缓声道："有些蛇表面看着是蛇，但其实一遇风云便化龙了。"

他将手上的花蛇放在地上，五彩斑斓的蛇却不走，直起上半身看着裴云舒。

裴云舒道："去吧，若是你真可化龙，化龙那日需别人相助，那便再来找我吧。"

花蛇伸出蛇芯舔了下裴云舒的指尖，裴云舒看着指尖，微微一怔，就笑了起来。

到元婴期之后，裴云舒找到了最适合自己的修行之法，他有时在后山中席地打坐，觉得自己的呼吸好像同整片大地融在了一起，一起一伏地呼吸。

但他不怎么外出，因不知为何，他每次出去，都会遇上师兄、师弟。裴云舒不知怎么和他们说话，只有独自一人时他才最为自在，逐渐地，他若是出去，便会远远跑到宗门地界边缘。

又一次的修真大赛开始时，裴云舒也只是偶尔去看一看。

他已是元婴期，便是年龄符合也不能再参与大赛，否则赢了也不光彩，白白欺负人家年轻修士。

"师兄，"台上赢了一场的小师弟下了擂台，笑得分外灿烂，"你来看师弟吗？"

他这一声"师兄",周围便有许多人往裴云舒身上瞅来。

"这就是单水宗的云舒师兄吗?看着怎么比我还小。"

"年纪轻轻已经结了元婴,我师父总是说他刻苦,但若是资质不好,再多的刻苦也没用吧。"

窃窃私语声自然逃不过裴云舒的耳朵,裴云舒只好装作听不见,他望着小师弟:"今日如何?"

"已经赢两场了,"小师弟光洁的额上沁出汗珠,他看着裴云舒的眼睛好似闪着光,"今日下午还有一场,师兄,到时你来看师弟吧。"

裴云舒抬头看看天色,便答应了下来:"好。"

但下午对战时,站在小师弟对面的人却望着裴云舒出了神,一下就被小师弟给击下了擂台。

这人被击下擂台后也不难过,而是脚步踉跄地跑到裴云舒面前问道:"你叫什么名字?"

裴云舒道:"云舒。"

擂台上,小师弟居高临下地看着他们俩,那张脸已经阴了一片。

第7章

问裴云舒叫什么名字的那人第二日就不见了踪影。

裴云舒也不打算再去修真大赛了,他老老实实地待在房中,等到新来的小童着急地跑到他面前时,他才意识到有事发生了。

"师兄,"小童道,"有人去找了凌野真人,说想要成为你的道侣。"

裴云舒皱眉:"胡闹。"

他继续闭眼打坐,对此不感兴趣,小童倒是关心得很,每日都来同他说这件事的走向。

"师兄,几个师兄把那人打出了单水宗,但是那人又带着人爬上来了。"

为了不被打扰,裴云舒的住处早已被他布上了结界,他听小童说得越多,就越感觉在胡闹。

这日,小童进来,还未开口说话,裴云舒便道:"我要闭关了。"

小童咽下一嘴的话，他正要说几位师兄不知为何忽然在昨晚打了起来，个个被打得鼻青脸肿。

"师兄，你何时出来啊？"小童问。

裴云舒道："不出来了。"

小童以为他在说笑，便没有当真，等裴云舒闭了关后，便等着云舒师兄出来。但等到他变得苍老，走不动路的时候，他才知道云舒师兄说的是真的。

一百年过去了，两百年过去了。

外界沧海桑田，一日一日地变，单水宗好像没了裴云舒这么一个人，只能等天生异象时，才知晓他的修为又精进了。

除了单水宗的人和小童在等他，还有房中一条溜进来的小蛇在等他。

不知过了多久，一日，单水宗的天边忽然泛起了金光。

这金光直直照在裴云舒闭关的地方，看到这异象的人愣怔在原地，几乎不敢相信自己看到了什么。

裴云舒要飞升了。

闭关处的门前，整个单水宗的人都围在了此处，宗门大法开启，掌门带着诸位长老一起等在门前。他们看着裴云舒从金光中走出，缓缓向那九天之上飞去。

有人目眦尽裂："四师弟！你低头看看我们，四师弟！"

裴云舒垂眸，看着他们，他恍惚一会儿，从身上掏出了几样法宝，飞给了单水宗的众人。仙人给的这些东西，不管有没有用，都可以成为镇门之宝了。

小师弟死死看着裴云舒，他眼角流出几行血泪，许多人都在哭，半悲半喜地哭。裴云舒将哭声抛在身后，待飞升到中途时，他却察觉到了几分因果。

他顺着因果看去，原来是曾经答应了小蛇的话。

单水宗的一方天地忽然下起了暴风雨，这风雨极猛，还伴着龙吟。

一半金光漫天，另一半滂沱摇摆。

哭着的人也止住了哭声，愣愣地看着一条黑龙腾空，在云雾之中，朝着裴云舒飞来。巨龙停在疾风暴雨之边,它看着裴云舒,低沉地问道:"这世上有龙吗?"

地上的小师弟忽然挣脱了师兄们的手,他姣好的面容满是狰狞,歇斯底里道:"没有龙!这世上没有龙!"

伴随着这道无助的吼声,裴云舒轻而坚定地回答道:"有龙。"

这两字一出,因果全消,裴云舒在金光之中缓缓飞升。

另一半的瓢泼大雨猛地急了一瞬,又慢慢退去。黑龙看着裴云舒,又看了看天上。

裴云舒笑道:"你我相伴,也算是有缘了。"

"师兄——"

呼声一道一道,逐渐消失,裴云舒听到了他师父的声音,他师父不知朝谁叫了一声:"师父。"

裴云舒回头,就见小师弟已经变成了另外一副模样。

他微勾起唇,朝着这位紧盯着自己的师祖点了点头,便转过了身。

人声慢慢远去,金光逐渐盛大,终于,裴云舒到了云端之上。可云端之上,却什么都没有。没有其他仙人,也没有花草树林,无太阳,也无月亮。

裴云舒在这里等了一个月、两个月,到处都是白茫茫一片,他开始往外走,往走过的最远的地方更外处走,却听不见任何的风吹草动,见不到任何人影。

这个时候,裴云舒才知晓,最折磨人的,反而是孤独。他试图下云端,可是下不去;他也曾试过往上去,可是无法上去。

裴云舒被困在这一片白茫茫的云端之中了。

这地方连朵会飘的云都没有,裴云舒打坐修炼,但等睁开眼时,却还是眼前的一片白。他连打坐修炼都继续不下去了。

他翻遍了储物袋中的所有东西,书籍看了一遍又一遍,法宝也是琢磨了一遍又一遍。传音符也离不开此处,裴云舒用尽了一切办法,却无能为力。

唯一陪着他的便是青越剑,可是青越剑不会说话。

裴云舒开始想为何要飞升了。

又过了不知多久，裴云舒想东西时思绪开始变得缓慢，记忆犹如蒙上了一层雾，开始慢慢从脑海中退去。

他抽出了青越剑，想要结束自己的生命，但一道闪电击在他的手上，打掉了裴云舒手中的剑。

仙人原是连死都不可以的吗？

大山大河不在，若是裴云舒不出声，这里便能一直寂静。

风声无，花苞绽放，草叶枯萎的声音也无。

孤独寂寞，逼死人的孤独寂寞。

以往的那些经历成了美梦，刻苦修炼也成了笑话。

裴云舒想死，但他连死都死不了。

时间在他这儿开始变得缓慢，慢得如同折磨。他期待着有其他人也在此处飞升，想着那明明成了龙的蛇去哪儿了。

可等了又等，却未等来一个人。

到了最后，裴云舒需要用利剑在自己身上划伤口，靠着痛感才能唤醒自己的意识。他有时看青越剑许久，才会想起青越剑的名字。他甚至有一段时间，忘记了自己的姓氏。

他叫云舒，那姓什么呢？姓陈、楚，还是姓王、李？

他想了许久，才不甚肯定地想着，他应当是姓"裴"的。

裴云舒觉得好似过了百年之久，他手里翻来覆去的那些书，也终于看不清上面的字了。

崩溃袭来，他在崩溃中不断自残，过了几日，他开始重新振作。

裴云舒掏出笔墨，他发现笔墨可以在这白茫茫的云上、空中画出画来。他在云上画着花草和树，在空中画着云朵，黑、白两色逐渐填满了此处，裴云舒画出一只鸟，开始琢磨怎么才能化假为真。

他在"鸟语花香"中，终于能再一次潜心修炼了。

等这一次睁开眼时，他看着周围的一切，指尖轻点身旁画出来的小草，黑色的小草便缓缓挺起了身子，变成了真的。

裴云舒将一切都点成了真的，鸟语开始响起，云朵开始飘动，溪流潺潺，但一切都是黑色的。裴云舒心中平和，他再次闭上了眼。

等再次睁开时，他发现自己的身上已长满了黑色的草。草慢慢往外生长着，遍布了眼前所能看到的一切，裴云舒看着之前画出来的树，枝繁叶茂，已经成了一片林子。

他起身，却忽地僵住不动了。他看到了一只他从未画过的蝴蝶，从他面前经过，飞到了一朵花上。

裴云舒踉跄着，他往溪水边走去，溪流中的鱼儿跃出水面，水草轻轻摆动，小鱼儿在水草之间嬉戏。

有风袭来，吹起了裴云舒的发丝。

裴云舒伸出手，指尖抖着，轻点着溪流。黑色的溪流褪去了黑色，从裴云舒的指尖开始往外漫延，河流清澈，水草幽绿，花朵娇艳。

天边的黑色褪去，蓝天白云再现。

他成功了。

百里戈和清风公子为裴云舒护法了五日，第五日的时候，裴云舒周身灵力暴涨，在这暴涨的灵力之中，花月反而化形了。

这狐狸轻哼一声，还在说着梦话："云舒……不要……"

百里戈和清风公子此时关心的却是花月睡了五日，就当真化形了？

他们对视一眼，眼中惊疑不定。

清风公子面色肃然："既然如此，等到他们醒了，你我睡上一觉。"

百里戈沉沉点了点头，转头看向裴云舒，只见云舒周边的灵气越来越浓，尽数往他体内钻去。

过了片刻，裴云舒倏地睁开眼。他愣怔片刻，在周围看了一圈，看到百里戈的时候，他眼中忽然湿润，猛地起身上前，紧紧抱住了百里戈。

百里戈诧异之后，也抬手抱住了裴云舒。他抚着裴云舒的长发，关心道："云舒可是在心魔中经历了不好的事？"

裴云舒点了点头，随即便松开了百里戈，又去抱一旁迷迷糊糊睁开眼的花月。

花月还未彻底清醒过来，以为还在梦中，道："云舒……"

裴云舒："花月？"

花月猛地清醒过来，他捂住脸，含混不清地说："云舒，我刚刚做了一个梦。梦里总是有人摸我的毛，把我的毛都给摸秃了。"

裴云舒笑了几声："花月既然这么说，那我就信了。"

花月从指缝中看着裴云舒。云舒怎么如此信任他？

裴云舒睁开眼后，周身的气息便变得平和无比，修为也好似被藏匿了起来，若是不特意去探，便看不出他如今修为有多高。

百里戈欣慰道："我如今也看不清云舒的本领有多少了。"

裴云舒莞尔："我用了多少时日来结婴？"

"只有五日而已。"

"五日，"裴云舒怅然，"我在心魔之中，却实实在在地过了至少五百年。"

这些时日于他而言，不是转瞬即逝的，而是一日日过去的。

在心魔之中，那些几乎要把他逼疯的年岁，却也让他的道心变得尤为坚硬起来，便是师父此时再对他说上一百句的"云舒，你道心不稳"，裴云舒也不会再为其所动了。

"五百年？"百里戈倒吸一口冷气，"你竟在心魔中过了如此长的时间！"

清风公子心中同样掀起了滔天巨浪，嘴中下意识纠正道："他说的是至少五百年。"

裴云舒笑了笑，对着还躺在被褥中的花月道："花月，快穿上衣裳，我们接着往前走吧。"

花月黑发滑落肩头，他捂着被子，偷偷看着裴云舒："好。"

"等等，"百里戈道，"我与清风公子还未曾在这里睡上五日。"

裴云舒一愣，回身看向他们："睡五日？"

百里戈点了点头，他面色正经，不像说笑："你在这睡上五日便结了婴，小狐孙睡五日化了形，这处必定有大机缘，可不能一点便宜都不占便走了。"

裴云舒抬眸看了他一眼，又看了一眼清风公子，虽是不忍心，但还是说了:"我结婴是有缘由的,那五日我的灵魂食用了一颗龙果。

"一颗龙果便能加一百年的修行,我这才开始结婴。"

"至于花月,"裴云舒道,"应当是它本身就快要化形了,正好我结婴时灵气浓郁,它体内灵气够了,就开始化形了。"

百里戈若有所思:"虽然云舒说得合情合理,但戈还是想试上一试。"

"那便试吧,"裴云舒索性席地而坐,"你与清风公子一同睡上五日,好好休息一番,我与花月看着你们。"

百里戈径直躺在了花月那床上,舒舒服服地睡了过去。清风公子见他如此厚脸皮,也跟着掏出了床褥,躺在上面睡去。

若是五日睡醒后什么都没发生,那难堪的也是这妖魂,而不是他。谁让这妖魂不听裴云舒的话。

等他们睡着了,裴云舒在心中唤了一声"烛尤",只是烛尤没有回。

那银龙会不会逼迫烛尤,打算硬来?

黑龙那副模样,应当不会被逼迫吧,但若黑龙屈服了呢?

裴云舒眉头蹙起。

"云舒,"花月在一旁小声道,"我的脚好痛,好像扭伤了。"

裴云舒回过神,往花月的脚上看去,就见花月提起了衣摆,小腿露在了眼前。

"好疼,云舒,你可不可以帮狐狸看看?"

第8章

裴云舒当真以为他的脚扭伤了,便细细看了一圈:"是哪处疼?"

花月支支吾吾道:"我觉得哪里都在疼。"

"哪里都疼?"裴云舒皱眉,让花月先服用了一颗丹药,便试着加重手上的力气,"那这处呢?"

花月正要说话,脸侧却滑落了一滴汗。他伸手拂去汗珠,心中奇怪不已,正在这时,脸侧又滑落了一滴汗。

花月仰头朝上看去。

一个龙头出现在他的头顶，血盆大口张开，利齿上的黏液滴落在了花月的脸上。黑龙双眸猩红，它暴怒地朝着花月扑来。

花月呼吸一停，他下意识地一滚，滚开的下一瞬，就见他刚刚坐下的那地方已经被狠狠砸出了一个深坑。要是慢了一步，狐狸就成肉泥了。

花月脸色苍白，他咽了咽口水："烛尤大人？"

那样凶猛的妖兽，还有漆黑的鳞片，除了烛尤大人，还能有谁？

裴云舒往身边摸去，却未曾摸到什么，用神识去探，也并没有发现周围还有什么。他道："烛尤？"

一道风猛地吹来，裴云舒身上的衣衫皱成一块，这黑龙听了"烛尤"两字兴奋不已。

裴云舒神色一凛，双手覆上灵力，用力在身上一拍，只听"轰隆"一声巨响，地上被一个看不见的东西拉出了一条长痕。

裴云舒站起身，他沉着眉眼四处望着，察觉不出烛尤现在是在何处。

花月心虚地缩在老祖一旁蹲着："烛尤大人，花月一时鬼迷心窍，下次再也不敢了。烛尤大人原谅小狐狸这次吧，说到做到。"

周围一片寂静，估计那条龙也安分下来了，裴云舒等了一会儿，见无事发生，就重新坐了下来。

"你若是在这里，就在我面前划出一道痕。"

裴云舒面前的地面干干净净，没有丝毫变化，他皱起眉。

烛尤分明在这儿却不现身，又是想做什么坏事吗？

但出乎裴云舒的预料，黑龙这次着实老老实实了很长时间。

又过了两日，清风公子再也睡不下去了，他黑着脸起身，佯装自己从未干过如此蠢的事。

百里戈倒是一直坚持睡完了五日，五日时光一到，他就立刻睁开眼，爬起身去看自己有没有什么变化，过了一刻钟后，失望叹气："云舒说对了。"

裴云舒要笑不笑："后路还长，去找出路的路上，百里说不定会有其他机缘。"

"云舒说得对，虽是浪费了五日时光，但这一觉却极为舒爽，"百里戈笑了，他撩起袖袍，整了整发冠，"云舒看我，是否面如冠玉，貌似潘安呢？"

裴云舒笑着点了点头。

他们一行人穿过了龙冢，裴云舒这次格外仔细，绝不去碰任何一根龙骨，待走过了这一片荒凉之地后，眼前就出现了三个洞口。

洞内黑乎乎一片，百里戈皱眉："这倒是麻烦了。"

"兵分三路吧，"他思虑良久，道，"我们耽搁的时间已经够长了，烛尤现在也不知在何处，须尽快找到他。"

花月道："烛尤大人就在云舒身边，但谁都看不到他。"

百里戈惊讶地看向裴云舒，裴云舒点点头："应当还在。"

"那就好极了。既然有烛尤跟着你，云舒，你便同烛尤进入一个山洞，我带着小狐孙。"百里戈笑眯眯地看向清风公子，"清风公子实力如此强盛，应当也不怕独自一人。"

花月化成原形跃到百里戈怀中："我们这么和善，清风公子一定喜欢极了我们。"

清风公子轻呵一声："我可真喜欢不起来。"

他说完，便独自进了左侧的洞穴。

裴云舒忍不住一笑，也进了山洞。洞中乌黑一片，他燃起火照着脚下的路。

走到中间时，裴云舒耳朵一动，听到了前方传来细微的响声。他灭掉手上的火，悄声贴近了山壁，缓缓往前移去。

耳侧突然有一阵熟悉的热意传来，烛尤又在玩闹了。

裴云舒去攻击黑龙，可黑龙这次不知用了什么办法，它能碰到裴云舒，裴云舒却碰不到它。

裴云舒尚且不想打草惊蛇，只能在心中想着，试图用那神识传音之效来让黑龙适可而止。

"你住手。"

裴云舒忍无可忍："你若是再不住手，我就砍了你的肉身。"

黑龙下一瞬就退走了。

裴云舒生平第一次说这般话。但看着黑龙被吓到的样子，心头却觉得有些难言的爽快。就应该这般威胁，既然好言好语相劝没用，那就上手以儆效尤。

黑龙退开后就没了打扰裴云舒的东西。裴云舒侧耳倾听，越来越靠前，他招来一阵风，用灵力驱散黑暗，借此时机探身去看。

只见那黑暗瞬息间被驱散，洞壁上满是一个挨着一个的蛋，蛋壳上有着丑陋的黑斑，每一个蛋的大小都如一个水桶般。有不少蛋正在破壳，黏稠的蛋液滑落，从蛋壳中爬出来的东西，全身长满利齿，鱼尾在地上摆动，身上竟还有一双细长的手撑在地上，爬来爬去。

这些东西竟和秘境外的海底巨兽长得一模一样！莫非是海底巨兽的蛋？

黑暗一瞬即逝，裴云舒却看不到山壁上这些可怖的蛋究竟有多少，只知道一眼看过去，密密麻麻，看不到尽头。

若是这东西是外面海底巨兽的蛋，那应当也会对火光格外敏感。

裴云舒倒是不怕，只是两侧洞壁上连同地上爬行的东西，看上去着实让人头皮发麻。

第 9 章

这些东西伤不到裴云舒，但裴云舒一靠近这些蛋，就见这些蛋有了破壳之势。他速度越来越快，最后乘风往前，不过两侧洞壁的蛋还是格外敏感，只要他经过，便必定会破壳，他还未走完这段路，身后已经跟着密密麻麻、浑身长满利齿的鱼尾小兽了。

"这东西怎么这么多？"裴云舒自言自语，"是嗅到人味了吗？"

黑龙道："嗷。"

倒是不用你来回答。

裴云舒出了剑，在心魔中数百年练出来的剑法已经熟记于心，他随手一挥，便能斩杀一片凶兽。凶兽尸体积了一地，却挡不住后方不要命的兽群。

裴云舒无意浪费时间，他边走边杀，待走到尽头时，便见这里有只堵住了整个洞口的巨兽。

这兽长得很大,但比不上秘境之外那片冰海中的巨兽大,除此以外,便同那些海底巨兽一模一样了。它身上也有一双细弱的手臂,眼睛闭着,它的侧边不断有蛋从体内排出,腥臭味越发浓重,一个个破碎或完好的蛋堆放在一旁,无半分可以过去的空间。

好好一个神龙秘境,却被这东西当成下蛋的好去处了。

裴云舒挥剑,欲斩杀这巨兽。只是剑锋还未落下,巨兽便被一分两半了。惨叫声在整个洞穴内回响,裴云舒手头的剑落下,惨叫声跟着戛然而止。

这一击想必就是烛尤做的,由黑龙来杀鸠占鹊巢的海兽,也算是替神龙秘境做了正事。

身后的那群小兽听到了这声惨叫,响起细细的、如同哭泣一般的声音,这声音弱而尖细,听了就让人头皮发麻。

裴云舒穿过母兽身躯,径直往前方蹿去。

遭遇这海兽之后,裴云舒不知乘风前行了多久,才猛地停下了脚步。

他的面前出现了一条长长的廊道,廊道下方是深底暗河,在洞穴深处,竟然有这么一条简洁古朴的长廊。

简直是匪夷所思。

清风公子一直走到头,也没遇见什么危险。

他知道自己这条路是选对了,便原路返回,一出洞口,他便朝着百里戈和花月那洞口走了进去。

他可不想和裴云舒独处,更何况裴云舒身边还有一只恶蛟。

清风公子一路走至深处,敏锐地闻到了前方传来的血腥气,他神色一凝,回头看看洞口,神色犹豫一瞬,还是朝着前方飞去。

片刻后,就见一身鲜血的花月搀扶着百里戈踉跄着往外跑来。

花月一见他便神情一喜:"清风公子,你快救救老祖!"

清风公子的眉皱得死死的,他上前将百里戈背在背上,又让花月化作原形抱住他的手臂,脚下便飞快地往洞外奔去。

身后传来紧追不舍的巨响声,头顶的石块掉落,有怒吼声传到耳边,似要撕裂耳朵。

"怎么回事!"

花月匆忙道:"洞壁上刻有神龙狩猎的画,我与老祖走过时这些神龙便从山壁中飞了出来,将我二妖当成猎物了!"

清风公子心都凉了:"我身后紧追不舍的,竟然是龙?"

花月呜咽道:"不止一条龙。"

话音未落,清风公子又加快了速度,山洞被这些恶龙撞得快要崩塌,时不时掉落一块巨石在前面挡着路,百里戈在清风公子的背上终于恢复了一分力气,他竭力睁开眼,还有心情笑了一声:"戈猜测,它们须猎到猎物才会安心回去。"

百里戈的手臂一动一动,随着清风公子的前行而前后摇摆,花月见到了,眼中的泪终于忍不住:"老祖,你的手……"

百里戈伤势极重,他的右臂废了,头破血流,往日那般英姿勃发,此时却一身浴血地躺在清风公子的背上。除了右臂,花月不知他还受了什么伤,但必然是有其他重伤的,否则老祖怎么会这般虚弱?

清风公子沉默不语,他清楚地知晓,身后有什么东西越来越近。他朝着身后击去一道烈火,身后的巨龙似乎被激怒了,龙吟长响,声音如在脑后,清风公子心道"不好",踩着山壁一跃,就见那龙头狠狠啃在了先前那地上。

清风公子的额上满是冷汗,他不敢停歇,用尽全力朝外赶去。

这洞穴着实深,这样下去,早晚会被身后的巨龙给吞吃入腹。

裴云舒脚下一顿,他凝神去听,就听见一道道的细微破裂之声。

他心中生起不好的预感,连忙转身朝着洞口奔去。

巨兽尸体还堵在身后,成群的小兽见到裴云舒就拥了上来,裴云舒拔剑斩杀,却被拖住了脚步,心中越发焦急。

"烛尤!"他心中急切,"你是生魂,可否直接穿过洞穴,去看一看百里戈和花月?"

黑龙不回答，它现在毫无理智，哪里知道百里戈和花月是谁。

裴云舒心知它什么都不懂，咬咬牙："你若是去救百里戈和花月，那我便听一回你的话。"

黑龙兴奋地吼了一声，尾巴滑过裴云舒的面颊，随即穿过了山壁，转眼就进入了另一个洞穴。

裴云舒知它走了，心中稍稍安心，他往兽群中扔出一道火符，趁着兽群被引去，便杀出了一条血路。

黑龙赶来时，清风公子几人已经被逼到了死路。

两条龙一前一后地逼近，涎水从利齿上流下，一口就能吞下他们一人二妖。

百里戈咳嗽了几声，压下喉间血腥味："没想到我竟会丧命在此。"

花月声音颤抖："老祖，你还有几条尾巴？"

百里戈笑了笑："我是尾巴用尽之后才死的，如今半妖半魂之身，如何能修炼出尾巴？"

花月一愣，转头看他。

百里戈拍拍清风公子的肩，道："我来引这两条龙，你趁此机会快快带小狐孙逃出洞穴，我想它们见不到猎物，便会重新回到洞壁之上了。"

清风公子一侧头，便看到他的左臂上也被咬得血肉淋漓，清风公子抿抿唇，却背起了他："闭嘴。"

百里戈感觉好笑："你这魔修，怎么还如此重情重义呢？"

清风公子冷笑一声，便盯紧了一左一右的巨龙，寻找着死里逃生的机会。

正在这时，右侧腾空的巨龙却被凭空撞在了洞壁上。这一下撞得极狠，巨龙哀嚎一声，身上转眼又出现了三条血淋淋的伤痕。

另一条巨龙大怒，但转眼之间，它也被狠狠撞在了地面上。

黑龙极其兴奋，攻势就极其凶猛，它长吟一声，再度扑了上去。

清风公子他们看不见它，只能震惊地看着两条巨龙身上的血痕越来越多，花月灵光一闪，他眼睛亮了起来："烛尤大人！"

百里戈全身力气一松，瘫倒在地笑了起来："烛尤可算是来了，戈还是命不该绝。"

清风公子稍稍松了口气，这才发觉自己竟也染上了一身的血迹。

一人二妖紧紧盯着这两条恶龙，这两条龙竟然在烛尤的手下毫无还手之力，看了一会儿，直叫人浑身都酣畅淋漓了。

"好！"百里戈用尽力气喝了一声。

黑龙被夸得浑身舒爽，更是毫不客气地撕咬恶龙，花月跟着老祖不断叫好，情绪激动得上蹿下跳。

"咬它咬它！咬死它烛尤大人！把它龙角掰断！"

清风公子对着身后的百里戈冷声道："你真是快死了也不消停。"

百里戈笑了："若是担忧戈那便直说，你先前还说不喜欢我们，不喜欢我们怎么还拼死来救呢？"

清风公子沉默半晌，突然冷哼一声。

"我们魔修的话三分真，七分假，我说什么你就信什么？"

"你怎么这么蠢？"

第10章

清风公子话不留情，百里戈倒是不甚在意，没过多久，裴云舒也匆匆赶了过来。

两条巨龙已伤痕累累地卧倒在地，裴云舒看了它们一眼，再看向百里戈时，心猛地一提："百里！"

他疾走到百里戈身前，伸出手想要碰碰他，但手颤着，不敢动他。

百里戈握住裴云舒的手放在自己的左胸上，温声道："云舒不用担心，戈还活得好好的。"

手下的心脏跳得慢而有力，百里戈的手还是温温热热的，裴云舒握紧了百里戈的手，咽下心中酸涩："先出去再说。"

他带着一人二妖御剑飞出，那两条巨龙已经败在黑龙爪下，顺着洞壁恢复成了平平无奇的壁画。

出了洞口后，百里戈便被裴云舒放在了一处空地上，裴云舒开始为他疗伤。

乳白色的灵力随着裴云舒的手掌移动，细小的伤肉眼可见地愈合，裴云舒小心翼翼去动百里戈的右臂，心中祈祷一定要好好愈合，百里戈拿枪的手可是右手。

清风公子默不作声地走到裴云舒身后，说道："我储物袋中有炼丹炉，把储物袋给我，我可给他炼续脉丹。"

裴云舒面上一喜，他转身回望清风公子，眼眸中全是殷切的希望："清风公子可需要什么药材？"

清风公子身子一僵："不需要。"

清风公子的储物袋在百里戈手中，裴云舒找到之后便交给了他，神情认真："清风公子，拜托你了。"

清风公子拿过自己的储物袋，瞥了裴云舒一眼，一句话不说，寻了一处离他远点的地方，开始炼丹了。

清风公子似乎很不喜欢他。

裴云舒叹了口气，同花月为百里戈擦去一身的狼狈血污，百里戈试着动了下右臂，惊奇道："云舒那法子可当真是神奇，我感觉都不需要服用丹药了。"

"不可多动，"裴云舒连忙按住他的手臂，"还是待清风公子炼出续脉丹再动更稳妥些。"

"那便听云舒的，"百里戈眉眼挑起，勾起唇角，坏心道，"那蛟龙可在附近，要是他见到云舒如此照顾我，岂不是要气得掘地三尺？"

花月钦佩地看了一眼老祖，这种时候还有胆子去挑衅烛龙大人。不像他，他一想起烛龙大人，就想起先前那狰狞的龙头，哪里还是蛟龙的模样，龙角都大得格外吓人。

裴云舒一怔，左右看了一看，心中默念：烛龙？

龙吟在心头响起，裴云舒知晓它就在附近，可它这会儿如此老实，却有些让他不甚安心。他想起了在洞穴之中，因为心中急切便脱口而出的那句话，担忧不安跟着加深。

"百里先睡一会儿吧。"裴云舒道，"烛尢它还在此处，有我们在，你好好休息。"

百里戈点了点头，不再掩饰疲倦，沉沉睡了过去。

裴云舒盘腿打坐，将灵力运转上一轮，却忽然感觉背后一股推力袭来，他心中一荡，转眼之间，竟又一次灵魂出窍了。

裴云舒茫然四顾，清风公子正在专心致志炼着丹，花月正在修炼，他却没有见到黑龙的踪影。

"烛尢？"

裴云舒紧张地攥起了手，面上佯装镇定："你想做什么，那就来吧，我说话算数，不会躲的。"

好歹也是在心魔历练中飞升过一次的人，裴云舒一言九鼎。

但足足过了好一会儿，他还是没看到黑龙的影子，裴云舒兜兜转转了好一会儿，才在刚刚他进入的那洞口处看到了一道爪印。

这一看就是黑龙留下来的蛟龙爪印，同那两条恶龙身上的爪痕一样，裴云舒往洞中看了一眼，还是往里面走了进去。裴云舒如今也是生魂，跟黑暗融在一起，谁也看不到他。

走到洞穴深处，再穿过成群的小兽，洞壁上一道道龙爪印告诉裴云舒，黑龙就在前面。

半晌后，裴云舒来到了那条长长的廊道跟前。廊道上也有一道爪痕，裴云舒循着爪痕走进了廊道，在黑暗的廊道中看不清四周东西，只有耳边能听到潺潺的暗河流水声。

这场景有几分熟悉，裴云舒心想，好似前不久还梦到过。

不知道走了多久，流水声渐渐远去，长廊之后现出了一道木门，裴云舒推开木门，就见里面亮着昏黄的烛光。

他挡住突然出现的光，待缓过来之后才又往里面看去，这一看，就惊讶地愣在了原地。

木门之后是一个高大得可使一条巨龙盘伏的房间，房间之中，堆满了如高山般层层叠叠的金子和珠宝法器。每一样都闪着炙眼的光芒，法器灵石、绫罗绸缎整整散落了一地，这昏黄的光也不是烛光，而是金光

044

灿灿的会发光的珠子。

这、这是一间宝库啊。

裴云舒被这金光给闪花了眼，这么多的东西，神龙秘境里的龙是怎么把它们弄过来的？

他仰着脑袋去看"金山"，这里面大半都是人间的财宝，除了好看，裴云舒想不到这些龙弄出这么一座"金山"的原因。

"金山"上还有一个大大的黑色木箱，裴云舒看到了木箱上的爪印，他爬上了"金山"，每一脚都踩在了金银珠宝上。

这些凡间的财帛，裴云舒踩得还有些小心翼翼，还好他此时是生魂，踩不坏这些东西。

裴云舒终于走到了"金山"顶上，眼前的黑色木箱没有上锁，裴云舒对放在最高处的木箱好奇极了，他隔空将木箱给掀开了。

木箱中窝着一条缩小身形的黑龙，黑龙的红眸看着裴云舒，尾巴摆动，理直气壮地朝着裴云舒道："嗷。"

裴云舒瞧见它便愣了神，随后唇角勾起，黑眸笑成了月牙形，盛着盈盈笑意："你成了这宝库中最珍贵的宝物吗？"

黑龙从木箱中探出龙头，宝石般的兽瞳盯紧了裴云舒不放，它赞同着裴云舒的话，不禁显得得意扬扬："嗷。"

裴云舒便笑得更加开怀了。

黑龙从黑色木箱中飞出，再将木箱盖好，推着裴云舒的腿，将他推坐在了黑色木箱之上。

第11章

木箱承不住重量，发出了咯吱的响声。

黑龙突然化成了人形。

"烛尤。"

裴云舒想先行离开此处，但一个元婴修士，答应过的事未做到就落荒而逃，怎么看都格外丢人。他哼哧哼哧想了半响，才干巴巴道："我困了。"

以后便是再危急，他也不会说出这种话了！

谁知道黑龙一副"什么话我都听不懂"的样子，却偏偏将他说的话给听了个清楚。

黑龙低头看着裴云舒的面容，在看他究竟是不是真的困了，裴云舒绞尽脑汁，努力装出一副困倦的模样。

黑龙吼了一声，又变成了龙形，钻到他的身下，载起他腾空而起。

一离开光彩四射的宝库，裴云舒便暗暗松了一口气，他眯着眼睛，由烛尤带着他穿过长长的廊道。

但等到了中途时，暗河中却突然飞出了一枚小小的戒指，戒指直直套在了裴云舒的手指上，速度快得像是一阵风。

手上一凉，裴云舒低头一看，在心头"咦"了一声。

手上不知何时多了一枚戒指，戒指上镶嵌了一颗血红的宝石，宝石中隐隐有黑色水流涌动，看着分外不祥。

他试着拔掉戒指，但戒指牢牢套在他的手上，怎么也拔不掉。

眼见着要到洞口了，裴云舒只好等着回到肉身再说，黑龙还是万分好说话的，也很是听话。它将裴云舒送到了肉身里，再盘在一旁看守着他。

裴云舒睁开眼，他关心那枚戒指，也装睡不下去了，他抬手一看，那枚戒指竟也跟着出现在他的肉身上了。

"那是什么？"

清风公子偶然一瞥，便看到了裴云舒手上的戒指，他脸色大变，大步上前攥着裴云舒的手，死死看着戒指，一向表情稀少的脸此刻微微扭曲。

他似乎认得这是什么，而且看这表情，貌似还不是什么好东西。

裴云舒心中一沉："我不知是何东西，它自行飞到我手上的。"

清风公子脸上又是一变，他咬着牙，黑眸几乎要喷出火，一手攥着裴云舒的手腕，另一手用力去试图将戒指摘下，但他用尽了力气也没将戒指摘下。

裴云舒忍着不吭声，他的手上已经红肿一片，先前修长细瘦的手指如今惨不忍睹，肿起的部分更是被戒指勒得分外疼。

清风公子清醒过来之后见他手指的惨状，眼中闪过一丝慌张，沉默地松开了裴云舒，跑到炼丹炉旁边，从储物袋中拿出一瓶膏药回来。

他默不作声地递来膏药，去捉裴云舒的手，裴云舒将手藏在身后，客气道："清风公子不必如此，我自己上药就可。"

裴云舒知道清风公子不喜欢自己，如今要给自己上药，两人心中都会万分为难。

清风公子皱了皱眉，不爽道："别拖延。"

清风公子伸出手抬在裴云舒面前，一副不达目的誓不罢休的模样。

裴云舒道："要不清风公子将药给我？只是一些小伤，我自己来就可，清风公子还须炼丹，不能分心才好。"

"一颗小小的续脉丹而已，"清风公子说，"伸手。"

裴云舒看了他半晌，没看出他的勉强之意后，才伸出了手。

刚刚肿起的那一根手指已经泛起了青色，清风公子心道一声"娇贵"，手上小心翼翼起来，指尖擦上药膏，用最柔软的指腹将药膏涂抹开来。

裴云舒这人当真神奇，若说娇贵，他性子绝对算不上娇贵。可这一用力就容易青青紫紫的皮囊，又堪称薄如蝉翼，须千百般地注意。

裴云舒道："清风公子可知这戒指是什么？"

清风公子细细在戒指边涂着药，缓缓道："我曾说过，我花锦门四处去寻各处秘境。"

裴云舒点了点头。

清风公子涂好了药，他放下了手，掏出一方手帕擦去指尖药膏，抬眸看着裴云舒："其实是去寻散落在各处秘境中的东西。"

裴云舒追问："什么东西？"

"不能说，"清风公子摇摇头，又状似随意道，"再说我便会爆体而亡。还是你就算是让我死，也想要从我口中知道这个秘密？"

裴云舒一头雾水："清风公子何出此言？既然不能说，那便不用说了，我并非穷追不舍、罔顾他人意愿之人。"

他这话说得真情实意，清风公子嘴角微勾，他点了点头，看到裴云舒手上的戒指时又皱起了眉。

"你只需知,这东西不是好物。"清风公子一字一句,"它说什么,你都不要信。"

裴云舒看了眼手,蹙眉点了点头。

当夜,裴云舒就知道为何清风公子要告诫他不要听戒指的话了。

因为他在梦中再一次来到了那黑暗的长长廊道前。

裴云舒一步步地往廊道尽头走去,走着走着,他突然停住了脚步,腰间出现一双苍白的手,这手指甲黑得如中了剧毒,手背泛着青色。

裴云舒看了眼腰间的手,忽然感觉自己的右手心多了把青越剑。腰间的手松开一只,顺着手臂握住了裴云舒的手,带着他握着青越剑,指向前方突然出现的人。

突然出现的大师兄面色沉稳地看着裴云舒,眼中却含着哀愁和隐隐入魔的血色:"云舒师弟。"

耳边传来低低的笑意,仿若被一层雾气遮掩的声音含着恶意地响起:"我们杀了他好不好?"

这只泛着青色的手握着裴云舒的手,抬起利剑,在空中一挥,大师兄已经被拦腰斩成了两半,鲜血顺着廊道流入了地底暗流之中。

身后有人推着裴云舒往前走了一步。

下一个出现在面前的是二师兄,二师兄笑得春风满面,那双幽深的黑眸隐晦不明,他走上前,好似打算拂去裴云舒鬓角乱发:"师弟走得当真干净利落,我怎么做,都找不到师弟的踪影。"

耳边那声音又道:"他打断了你的腿,那我们也打断他的好不好?"

裴云舒一愣,只见自己手里的利剑变成了剑鞘,那握着他手的人带着他挥起手,狠狠打在了二师兄的膝盖上。

裴云舒仿佛全身都被定住,他动也不能动,仿佛一根木头,只能跟着那双手,一下又一下地敲碎了二师兄的膝盖骨。

二师兄倒下,环在腰间的这手拥着他走过二师兄,下一个,就是挥着折扇的三师兄了。

三师兄笑意风流,眉梢眼角尽显倜傥,他折扇轻挥,鬓角发丝便被拂动,他微微一笑,眉毛一挑,轻浮道:"师弟。"

"我不喜欢他,"耳边声音道,"也杀了他好不好?"

三师兄倒落在地,裴云舒面上溅了血。血珠从他的侧脸滑下,他低着头去看,青越剑已经饱食了鲜血,泛着冷冰冰的光。

这是怎么回事,这个人是谁?

"接下来是谁呢?"这声音低低笑了,"想杀的人实在多,一个一个来,似乎太慢了。"

裴云舒手指蜷缩,看着忽然出现在眼前的小师弟。

"但不急,"这人道,"你我有一夜的时间,可以一一去杀。"

裴云舒终于可以说话,干哑道:"你是谁?"

耳边的声音笑了起来:"我……"

冰冷的气息如附骨之疽,盘绕在了耳朵上,黑暗中的声音如同来自深渊。

"是你的故人。"

笑意嫣然的师弟转瞬也死于剑下。

下一个出现在面前的,却是凌清真人。

裴云舒的呼吸一重。

"这人在你心里好似还有一席之地,"这人道,"你还未看清你这师父的偏心吗?这让我很不高兴。

"本座不高兴了,那就要好好折磨人了。

"我们一起在他身上划下百刀,再封住他的口鼻,将他推入暗河之后,看他会不会死,如何?"

第 12 章

一日为师,终身为父,修真界更在意这样的道理。

即便在心魔中的那数百年,裴云舒已经对他与师父之间的关系看得淡漠了,但也并不能表示他可以在凌清真人身上划下百刀。

他努力挣脱身后人:"滚!"

他越是反抗，握着他那双手的东西越是残酷，凌清真人鲜血淋漓，双目又惊又怒地看着裴云舒。

裴云舒呼吸加快一瞬，又平静了下来。

身后人道："怎么波澜不惊了呢？"

裴云舒对他的话更是没有一丝反应。

腰间的手顺着胸膛向上，狠狠掐住了裴云舒的下巴："本座在同你说话，你却装作听不见。"

下巴上的痛感格外真实，裴云舒带怒嘲笑："你算什么东西？"

耳边声音笑了几声，掐在下巴上的手捏住裴云舒的两腮，抬起他的脸，这只手极大，尖利细长的指甲顺着裴云舒的眼尾，拉出一道长痕："小东西，等我出去，你就知道听话了。"

刺痛感传来，血液从眼尾伤口滑落，裴云舒浑身僵硬，如同木头人，他无法控制自己，脸色已经彻底黑了。

这双手带着裴云舒，将尚未死去的凌清真人一剑击落长廊。

"扑通"一声，裴云舒被推着往前走了一步，就看到了正在打坐的师祖。

师祖似有所觉，他睁开双眼，漆黑无情的双眸在周围看了一圈，便定在了裴云舒的身上，深深看着。

"你在哪儿？"

裴云舒喉结滚动，他下颌绷起，只能直直看向师祖。

无忘尊者将目光移到了裴云舒的身后，长眉微蹙，薄唇轻启："魔？"

裴云舒被推着，他的手被掌控着，一剑刺入无忘尊者的胸口。

无忘尊者垂眸看了一眼伤势，又抬眸盯着他，再问了一遍："你在何处？"

身后人笑声恶意满满："这师祖明明应当德高望重，专心去修他的无情道，可偏偏一颗道心黑了一半。

"瞧瞧他，面上冰清玉洁，内里肮脏不堪。他封了你的前世记忆，说是为了你的道心，其实自私得很，只是让你不厌恶他。你的那些师兄这辈子对你做的坏事，他倒是一点儿也没封去，这岂不是想着只让你记着他的好？"

无忘尊者挥袖，袖袍间就飞出一把巴掌大的小刀，小刀从裴云舒的脸侧划过，狠狠袭向了裴云舒身后之人。

裴云舒咬牙道："恶心。"

不知说的是身后人还是无忘尊者。

身后人勒住了裴云舒，才慢条斯理道："你说，他为何要抽去你的情丝？"

"真是坏，"这人笑声中的恶意，比廊道下的暗河还要冰冷，"但可惜，你的师祖还不知道他抽出来的情丝是假的呢。"

无忘尊者一滞，他望着裴云舒的眼中顿时掀起了汹涌的波涛。

他的双眼情绪太过复杂，裴云舒心中一紧，但又很快冷静下来："这只不过是一场梦，你到底想要干什么？"

"我只是想要告诉你的师祖，"这人看好戏一般，"你此时在东海神龙秘境。"

单水宗，无忘尊者猛地睁开了眼。

他抚上心口，那里的伤已经消失不见。

东海神龙秘境？

长睫轻颤，垂下一片阴影，无忘尊者冷如冰，良久，他站起身往外走去。

裴云舒在梦中杀了一夜，包括那只被烛尤杀死的老鹰，以及曾经在凡间遇见过的那个卖龙涎香的老板。

他手臂已经挥得麻木，所幸一夜过去，他身边熟识的人并未进入梦境之中。

百里戈悠悠转醒，往旁边一看，就看到了裴云舒手上一团肉眼可见的黑色雾气。他倒吸一口气，翻身坐起连忙赶到裴云舒身边，看着这一团不祥的黑雾，蹙眉："这是魔气？"

这魔气重得让人肉眼都可以看见，什么样的魔物会有如此重的魔气？

百里戈试着打散这雾气，但一打散，黑雾反而缓缓罩住了裴云舒的全身。

不远处的清风公子道："不要再做无用功了。"

百里戈眉心狠狠一跳："什么意思？"

清风公子却道："等他醒来吧。"

梦即将醒了，裴云舒停下了挥剑的手，他看着浑身浴血的青越剑，目光沉沉。

身后人抬起他的手，细瘦的手指上，那枚戒指格外好看："记住这个东西。"

身后人蛊惑道："你只须再找一枚这样的戒指，刚刚所杀的人，本座会真的给你全部杀个干净。"

黑气从裴云舒的手指向上升，围住了他腕上的命脉。

"你听话点，本座就把你被封住的记忆解开。"

裴云舒喉结动了动，他侧头，却只看到一片黑暗。

"我如何找到戒指？"

"你——"后方之人愕然顿住。

青越剑从裴云舒心口处一剑穿过，顺势也穿过了身后人的心口。

口中鲜血不断流出，剧痛从心口处袭来，裴云舒却笑了，他将利剑按得更深，耳边的呼吸声也陡然粗重起来。

"躲着不敢见人的东西，"裴云舒学着在心魔中曾听过的凡人骂人的话，气势也越来越强，"哪来的脸在这儿自言自语。"

虽然粗鄙，但也舒爽畅快极了。

身后的血腥味越来越浓，裴云舒眼皮一颤，从睡梦中醒来。

他摸上胸口，突然哈哈大笑了起来。

正要问他如何的百里戈一愣，清风公子走过来的步子一个踉跄，一时间竟怀疑自己在做梦。

"云舒？"百里戈迟疑地叫道。

裴云舒笑着看他，神清气爽地问道："百里，你觉得伤口怎么样？"

"我倒是没事了,"百里戈愣愣道,"只是你身上出现了魔气。"

他此时再看一眼裴云舒,惊讶道:"魔气不见了。"

清风公子走上前拉开百里戈,他面容严肃,看着裴云舒,探究又审视,他从身上掏出一个瓷瓶,从瓷瓶中倒出一滴水,接住水在裴云舒的额上画着符咒。

裴云舒眨眨眼,配合地一动不动:"清风公子,这是在做什么?"

百里戈一脸紧张:"云舒可是出了什么问题?"

"魔气不见了,我恐他已经被魔气上了身。"清风公子对着裴云舒皱眉,"魔修同魔不同,魔会夺舍。你莫要装出他的神情,快快从他身体里滚出去。"

裴云舒一头雾水,他好笑道:"你误会了,清风公子。"

他抬起手,看着戒指上的宝石,宝石中黑色的液体似乎少了一些,他刚刚那一击,应当真的起了作用。

裴云舒勾起唇角,不管那人是掉以轻心还是猝不及防,但既然能伤了他,那便可以除掉他。

等清风公子画好了符,裴云舒才从地上起身,他笑着道:"莫要担忧,我确实无事。"

他确实不像有事的样子,清风公子凝视他的额间,画好的符咒也未曾亮起,他便心中一松,面上还是没有什么表情:"嗯。"

花月从修炼中被叫醒,大家来到正确的那个洞口前,一起走了进去。

正在这时,裴云舒眸中好似有黑雾闪过,额前的符咒猛地亮了一瞬。他脚步一停,抬手摸上了额头。

什么都没发现。青越剑飞到了他的身边,轻轻颤了一下。

裴云舒走在最前头,他脚步一顿,后面的人也跟着停了,花月道:"怎么了,云舒?"

"无事,"裴云舒放下手,眉头微皱,"走吧。"

洞口走到底,前方就有了微光,一踏出洞口,却转眼掉入了深海之中。花月是只旱狐狸,被吓得嗷嗷地挥着手脚,还好反应够快,转眼给自己罩了层结界。

他们往上游了许久,却总是看不见水面,无奈之下,只好换了个方向,朝着深海而去。

海底暗处有一座巨大的宫殿,已经残破了一半,几个人虚虚落了地,彼此对视一眼,朝着宫殿游去。

裴云舒瞧见宫殿周边长了许多水草,还有许多细小的鱼从身边游过,这座宫殿也不知荒废了多少年,游过时,也能想到之前的精美。

他们找了一个房间进去,清风公子将房中海水驱走,几个人这才实实在在地踩在了地面上。

"喀喀喀,"花月呛了好一会儿,才难受地扑向裴云舒,"云舒,花月好难受。"

裴云舒将他抱在怀中,四顾周边景色。

墙面上有壁画,他走近,凝神一看,墙上画着的正是神龙争斗与子嗣更替的画面。

"这里有道暗门,"百里戈四处敲着墙壁,狐狸耳朵冒出,贴在墙上听着,"这墙后面是空的。"

裴云舒从壁画上移开眼:"可有找到机关?"

"应当就在这附近。"百里戈经验丰富,左右一摸,就找到了一处石块,他手上一扭,墙上陡然开了一扇可供一人走进的小门。

门里有一个向下的楼梯,水淅沥沥地从楼梯上滑落,潮湿的气息扑面而来。

百里戈转头看,捡起一块石头朝着门里一掷,两侧墙面上几支腐烂的箭射出,射到对面墙上时已经折成了两半。因长时间的海水浸泡,连机关都已坏掉了。

百里戈正要先踏进暗门,裴云舒伸手拦住了他,一言不发,抬步第一个走在了最前方。

百里戈被他护在身后,啧了一声:"云舒怎么将我护得这般严实?"

清风公子对此冷嘲热讽:"你不是和他交情深吗?不护你护着谁?"

"现在可莫要乱说,"百里戈道,"那条蠢蛟指不定就在旁边,先前我受了伤才敢对他挑衅一番,谅他不敢在云舒面前伤我。现下我好得差不多了,那条蠢蛟指不定打算何时偷袭我一次呢。"

第13章

出乎意料的是,密室下方的第一间屋子里放的全是密封的酒坛。酒香浓郁又醇厚,地面潮湿,积着一层水,但这些酒却被裹得严严实实。

百里戈兴致来了,就近开了一坛酒,拿着酒勺尝了一口,不由得点点头:"好酒!"酒味浓郁,夹杂着辛辣和甘甜的果香,香味悠悠,闻着就让人口齿生津。

裴云舒闻闻酒香,看着百里戈喝得这么欢快,也从储物袋中拿出两个空罐子装满了酒。烛尤也很喜欢喝酒,正好带着让他也尝一尝。

等他装好后,花月和百里戈两个酒鬼已经醉倒在酒坛里了。

裴云舒转头朝清风公子看去:"他们是怎么回事?"

清风公子捂住口鼻,脸上已经被酒熏出了微红,他上前看了看两只狐狸:"这酒太烈了,他们醉倒了。"

他这么一说,裴云舒也觉得自己有些晕晕乎乎了,这感觉分外熟悉,不就是醉酒后的眩晕?他忙吃了颗清心丹,跟清风公子一样捂住口鼻,把花月和百里戈从酒坛里拖了出来。

花月傻笑着:"美人……嘿嘿,美人……"

"上次百里同烛尤连喝百杯也未曾有醉意,"裴云舒看了个稀奇,"现在就一口,他直接醉倒在酒坛里了。"

他又笑了:"估计烛尤也是要一口醉在这儿的,也幸好他不在这儿,否则定是要忙起来了。"

裴云舒同清风公子给两只狐狸喂了解酒的丹药,黑龙趴在一旁看着裴云舒忙活,只要一从裴云舒口中听到"烛尤"二字,便会舒适地眯起双眸。

它现在神志不清不楚,只留凶残的本性,所有的神志都放在裴云舒说的话上,留给他仅有的耐心。

银龙过来时，就看到它黏在人修身旁。

黑龙敏锐地察觉到了另一条龙的靠近，它瞬间利齿外露，威胁地发出警告的低吼。

银龙再次劝说它无果，不由得冷哼一声。

神龙秘境中的所有龙魂，都在等着新的生命诞生。它们实在太急迫了，乃至现在看到了希望，一天的时间也变得格外漫长。

"你给我回你肉身上去。"银龙道。

银龙话音刚落，黑龙便猛地被一阵吸力给吸走了。

银龙白须轻飘，它眯眼看着裴云舒，龙爪轻轻一动。

裴云舒耳尖一动，他朝着身后望去，只见一个酒坛不知何时开封了，这坛酒的香气比先前百里戈开封的那坛要清淡得多，还有丝丝甜意，裴云舒走上前一看，这酒竟如葡萄酒那般是清澈的红色的。

手帕遮着口鼻也能闻到酒中甜意，裴云舒心中一动，又拿出空壶装了起来。

银龙在空中满意地点了点头。

这酒个个都是珍品，个个都有妙用。这红色的酒水可清除疲劳，增添体力。

将空壶装满了酒，裴云舒对其他酒坛也好奇了起来，但是这里的酒如此之烈，他也不敢随意去开封。

裴云舒将酒壶收回储物袋中，刚刚擦去手上沾着的酒液，一个抬头，就见周围的景色已经变了。

还是在一座宫殿之中，水草攀附着墙面生长，裴云舒收起手帕，往后退了几步，就见宫殿上方有着一块巨大的牌匾，上书四个大字："龙族神殿。"

裴云舒若有所思。

他还在深水之中，不晓得是不是触碰了什么阵法，才转瞬被传送到了此处。

裴云舒推开眼前的神殿大门，却看到了正坐在殿中的烛尤。

烛尤闭着眼，似是在沉睡之中，他脸上的妖纹顺着脖颈往下蔓延，他端坐着一动不动，俊美宛若水中妖。

烛尤还是在东海岸边的那副样子，连衣服也未曾变过，裴云舒却觉得好久未曾见到烛尤了。他看了烛尤半响，才猛地回过了神，轻咳一声，关上了身后殿门。

"烛尤，"他站在殿门边，离得烛尤远远的，"你的生魂回到肉身里了吗？"

"回去了。"有人在裴云舒耳边道。

"他的生魂还在和肉身交融，一个拥有龙魂的肉身啊，"这声音满是恶意和贪婪，"比你师祖的身体还要适合我。

"小东西，走上前让我好好看看这个肉身。"

清风公子画在裴云舒额上的符咒猛地亮了起来。

魔气从戒指中涌出，裴云舒周身泛着黑气，他自己却没有察觉，抬步就要向烛尤走去。

青越剑飞起，在裴云舒的面前颤动，发出一声声清脆入耳的剑鸣。

裴云舒止住脚步，他揉着额头："我刚刚是怎么了……"

他的眉目染上郁气，轻轻皱着眉，忽然瞥到了手上的戒指。

定定看了戒指半响，即便裴云舒不想承认魔气会侵蚀他的神志，自认如今很是清醒，但性子中的谨慎还是生了起来。从储物袋中掏出符纸与笔，裴云舒咬破指尖，沾上鲜血，细致地画起了镇压魔气的符箓。

修仙的人大半都对心魔抱有惧怕厌恶之意，裴云舒的心魔历练长达数百年，除了最后那几十年疯魔一样的经历，心魔历练其实让裴云舒成长良多。年岁一长，懂的便多了起来，如今画的符箓，也正是在心魔历练中所学过的本事。

裴云舒画得格外细致，符箓复杂，但他的动作行云流水。默然坐着的烛尤忽然睁开了眼，黑眸中冷光沉沉，看到了裴云舒后，冷意才慢慢平缓。

炼化的龙魂被塞进蛟身之后，硬生生催着肉身也不断变强，撕裂的疼痛从耳后开始，烛尤理智刚刚回笼，要再次蜕皮了。

这次蜕皮之后，他会变得很小，一次比一次小，直到宛若人类幼童三岁一般年龄的模样,才会一举化成龙。那是一个漫长的过程。

烛尤闭上了眼,装作还未醒来的样子。

裴云舒专心致志,全然不知烛尤睁开过眼睛,他凝神静气,将最后一笔画出,笔锋收起时,符上金光闪过。

一个元婴期修士用精血全神贯注画出来的镇魔符,效用是无比强大的。

裴云舒将符箓贴在戒指上,符箓自动缠紧了戒指,黑红色的宝石覆上了一层薄薄的黄纸,转而一闪,符箓上的符咒已经贴在了戒指上,符纸则是消失不见了。

也不知是不是多想,符箓贴上之后,确实头脑清明了许多。

裴云舒将这点记下,转身回头时,烛尤还在沉睡。他不知该做什么,索性走到烛尤跟前,等着对方醒来。但逐渐地,裴云舒开始走神了。

烛尤若是不说话,只这副样子,真的是好看极了,只用一个"俊美"形容实在太过单调。妖异非常,但又并非妖异。

殿内的水被挡在门外,此处安安静静,空气中有浮尘飘动,光线昏暗,但舒服极了。

一直紧绷的神经舒缓开,裴云舒才想起他陡然消失,清风公子他们应当很担忧,但幸好清风公子聪明敏锐,应当不会自乱阵脚,会将百里同花月照顾好的。

一时半会儿,烛尤没醒,裴云舒倒是要快睡着了。他努力睁开眼,站起身四处走走醒醒神,这大殿中的墙壁上也刻有壁画,数十条英勇矫健巨龙的身姿被刻在墙上,栩栩如生,仿若下一刻便能飞出墙一般。

裴云舒一幅幅看了过去,待将壁画看完之后,一个回头,眼睛却不禁睁大了。

端坐在后方的烛尤,外衣竟然不知何时脱落了,他闭着眼,一副没有醒来的模样。

裴云舒走过去,捡起地上滑落的衣衫,披在了烛尤的肩头。正要再给他穿好,可偏偏这会儿,猝不及防下,烛尤睁开了眼睛。

烛尤的黑眸静静地看着裴云舒,又垂眸看了看裴云舒抓着他衣服的手。

若是一个不明前因后果的人,看了这幅场景,自然会认为这衣服是被裴云舒脱下来的。裴云舒显然也知道,他着急解释:"这衣服不是我脱下来的,是衣服松了,我想要给你穿上。"

烛尤又看了一眼裴云舒的手,好说话地点了点头:"嗯。"

但这副样子,明显是不信的。

"当真不是我脱下的衣服。"裴云舒忍不住又道。

烛尤随意地又点了下头。

裴云舒只觉得一拳打在了棉花上,他放弃地松开了手,但一松开手,烛尤身上的衣服再次滑落了。

裴云舒和烛尤对视了一会儿,烛尤忽地勾起了唇:"好久不见。"

"真的……好久不见。"

第14章

蛟龙的声音低低,一声声念着裴云舒的名字。

裴云舒不知为何,现在只觉得很是疲惫困倦,好似前几天一直紧绷的身体总算放松了下来。即便是黑龙,也比不上如今能看得见、摸得着的人来得让他安心。

裴云舒眼睛睁得越来越小,最后迷迷糊糊地道:"我给你带了一些酒。"

"什么酒?"烛尤问。

裴云舒从储物袋中拿出酒壶,酒香味也跟着溢了出来,他拿出来的是能把百里戈醉倒的烈酒,嗅上一口,就更加困了。

裴云舒慢慢闭上了眼。

烛尤没有动酒,等着裴云舒睡着了之后,他的神识探进了裴云舒识海之中。

裴云舒对他毫不设防,轻易就让烛尤进到了识海里面。识海深处,正有一寸多长的婴儿盘腿打着坐,婴儿皮肤粉嫩如玉,身上缠着小小的一圈圈树叶,头顶有一棵小小的四月雪树。小婴儿表情正经,身上的树叶随着他的呼吸一起一伏,他可爱得像是一个树妖宝宝。

这是裴云舒的元婴。

元婴好像察觉出有其他人进来了，睁开水润的大眼睛，气嘟嘟地朝着烛尤道："你不许进来！"

　　烛尤退了出来："你结婴了。"

　　他灵魂出窍时自然知道裴云舒是结婴了的，但那时一知半解，未曾去探究裴云舒体内新的小东西是何物，如今看到了，他才承认这个东西还算可爱，尚可待在云舒识海之内。

　　烛尤抬头看着周围，表情不禁露出几分嫌弃。他这次蜕皮不知道要蜕多长时间，他同裴云舒要长久待的地方，怎么能如此破旧。

　　烛尤背着裴云舒起身，耳尖动了几下，打开大殿中的密室，往下走了进去。

　　不知过了多久，等裴云舒精神饱满地醒过来后，烛尤还在黑暗中往下走着。

　　见他醒来，烛尤便暂时放下他，坐下来，盯着他手上面的戒指不悦道："这是什么？"

　　裴云舒跟着朝自己手上看去，解释道："不知哪来的戒指，上面附有魔气，怎么也拔不下来。"

　　烛尤表情稍缓，他摸上戒指，随意一拔，裴云舒眼中满是期待，可是下一秒期待就落了空——戒指分毫不动，烛尤那一下竟也无法将戒指拔下来。

　　烛尤："……"

　　他表情依旧轻松，手下不断用力，人手变成了龙爪，戒指可以承受住这种力气，但裴云舒的手已经瞬间红了起来。

　　烛尤懊恼地皱了下眉，收了力气。

　　裴云舒倒是不怕疼，可他再让烛尤试一试时，烛尤却怎么也不愿意试了。

　　他甚至因为裴云舒手上已经红起来的那一块而闷闷不乐，在密道之中一路向下时，皱着眉不说话。

　　密道中一片沉默，裴云舒受不了如此安静，他清清嗓子打破寂静："烛尤，我们这是去哪儿？"

烛尤道:"去一个安全的地方。"

他余光瞥过裴云舒指上的戒指,红黑色宝石在黑暗中也好似有微光闪烁,黑眸闪过不喜,暴戾在体内蔓延,却被生生压下。

烛尤今日就要将这枚戒指毁掉。

烛尤带着裴云舒到地方后,已经不知道走了多久。

这一处是一个空空的密室,一旁有着缓缓流过的清澈活水,烛尤让裴云舒在这里等一等他,便转眼化作原形飞了出去,不到片刻,就带着几只刚刚死去的猎物回来了,他将东西扔在墙角,又飞出了密室。

矮床被他搬了进来,软榻也被他找来了,还有许多凡间的食物糕点,他往裴云舒手中一塞,便又一言不发地出去了。

偌大的神龙秘境在对方眼底好像什么都不是,来去自由自在,裴云舒手中被他塞的软饼都还是热的,冒着凡间世俗的香气。

裴云舒不需要吃食,也不知道烛尤这是要干什么,他看着手中的软饼,还是凑近咬了一口。

随着这间密室被逐渐填满,裴云舒也觉出了不对,在烛尤再一次放下几壶酒和干净的衣裳时,裴云舒叫住了他:"烛尤,这是要干什么?"

他语气里的试探被烛尤听得一清二楚,烛尤看着他,黑眸一闪,嘴中说道:"我见到了百里戈几人。"

裴云舒神情一喜:"那他们此时在何处?"

烛尤道:"在神龙秘境之外。"

裴云舒愣住了。

"那……"他心中生起几分不妙的预感,看了看周围的东西,小心翼翼道,"那烛尤,我们什么时候出去?"

他眼中藏着忐忑,自认为藏得隐蔽,却被烛尤看得清清楚楚。

烛尤看了裴云舒一眼,慢吞吞道:"我要蜕皮了。"

裴云舒一愣,他还记得上次烛尤蜕皮时的痛苦,不由得紧紧皱起了眉,担忧在眉眼中流露。

"怎么这么快就又蜕皮了?"

要是论安全，没有比神龙秘境更适合烛尢蜕皮的地方了。

烛尢蜕皮时精力流失，难免会饿，难怪要弄这么多的东西来。

烛尢垂眸，独自站在密室门前，裴云舒看不清他是何种神情，但几分寂寥萦绕在烛尢周边："你若是想出去，我就带你出去。"

这副模样分外可怜，独自在密室中蜕皮，只有一处窄窄的流水，他若是疼到极致，岂不是身边连个照顾的人都没有？

裴云舒一想到这儿，就脱口而出道："我留在这儿陪你。"

话音刚落，他便看着烛尢笑了出来。

"还想要什么？"烛尢声音低哑地问，"什么都可以。"

裴云舒不知道该说什么，半晌，才断断续续道："那个软饼很好吃。"

"好，"烛尢道，"还想要什么？"

他纵容地问着。

裴云舒摇摇头，烛尢便又出了密室。

裴云舒在原地站了一会儿，吐出一口浊气，走到矮床边坐了下来。

矮床上已经铺好了被褥，一坐下就深深地往下陷去，柔软得如在云端。裴云舒不自觉地躺了下去，被褥干干净净，味道格外清新，他在床上滚了两下才下了床，尽力维持着一个元婴期修士的威严。

烛尢带来的那些东西已经占了密室的一小半，除了吃穿用度，裴云舒还看到了几本被埋在下面的书，他将书一一找了出来，随意拿起一本，书名叫作《乡野风流公子》。

这倒是有些好玩了，乡野和风流公子，这岂不是两码事？

裴云舒起了兴致，拿着这本书坐在了床边，看着看着，整个人又趴在了床上。

风流公子原是大户人家的孩子，奈何遭到府中阴人设计，被一府之主打发到乡村破落庄子里。哪里知道府中陷害风流公子的人还是不肯放过他，竟暗中派人刺杀，想要将公子在半路杀死。

裴云舒头一次知道原来这些大户人家还有这么多腌臜之事，一个个斗法斗得他大开眼界，这么多阴谋诡计信手拈来，使人猝不及防，简直像是活在水深火热之中。

他看了一小半后,只能感叹凡人也有凡人的厉害之处。修仙之人向来以强者为尊,只要修为强了,再多的阴谋诡计也只会一笑置之。

裴云舒感慨完了,便继续往下看去,写书的人笔力极好,一环扣着一环,读起来着实扣人心弦,让人欲罢不能,既紧张不已,又酣畅淋漓。

待裴云舒看到风流公子被人押着往乡野村庄去时,烛尤又一次回来了。

裴云舒看得着迷,躺在软床上的模样着实没有半分元婴期修士的威势,他还未发现烛尤回来,等到烛尤走到他的身边,裴云舒才猛地惊醒过来。

他连忙合上书,又噌地坐了起来,抚平衣服上的皱痕,佯装无事道:"何时回来的?"

烛尤朝他手中的书看去,裴云舒一急,抓着书藏在了身后,朝着烛尤手中看去,转移话题道:"烛尤,你拿的是什么?"

烛尤手中拿了一根泛着金光的细针,这针上华光流转,有着檀香气味,细细看去,好似还有一闪而过的佛气。

裴云舒大惊:"这东西是如何来的?"

能染上佛气的东西,必定是佛门中的镇门之宝,轻易不会现世,若是想要一个东西染上佛气,那必定要被佛门大能者随身携带,日夜潜心念经,数百年才有可能使其染上佛气。裴云舒上下两辈子,从未见过沾染佛气的人或物,而烛尤又是怎么得到这个东西的?

烛尤不说话,细针上金光上下流转,他拿着细针,从戒指与手指的细缝间小心穿过。烛尤的神情认真无比,生怕划伤了裴云舒的皮肤,裴云舒心知他是在做什么,只能先将疑问压下,屏息看着烛尤动作。

细针靠戒指越近,上面的金光便越强,待将细针穿过戒指下方时,烛尤与裴云舒对视一眼,他手指一挑,裴云舒手指上的戒指便被细针一分为二了。

红黑色的宝石碎成两半掉落在地,其中黑的稠黏液体从宝石中流出,烛尤用细针在黑水外划出一道圈,黑水便不敢越过圈了。

裴云舒捂着手指,愣愣地看着地上的黑水。

他还有些如在梦中,烛尤却满意地点了点头,圈起黑水,将细针放到裴云舒的储物袋中，就要离开。

裴云舒下意识问："你要去哪儿？"

"把这东西送给他们，"烛尤道，"我会快些回来。"

拿着黑水去换染着佛气的细针？

裴云舒还未来得及阻止烛尤，烛尤便已经走了。

裴云舒在房内不停踱步，情绪变化万千，最后全化成了担忧，烛尤这般做法着实可恨，岂不是要被群起而攻之？

他走着走着，又看到了地上已经碎成了两半的银色指环，不禁想到：真的如此简单，就除掉了戒指中的黑影吗？

但那黑影，好似不止附在一枚戒指上。

裴云舒想了又想，最后想得头脑发胀，烛尤终于在他忧心忡忡时回来了一次，全身毫发无伤，让裴云舒知道他平安之后，这蛟龙又跑了出去。

裴云舒还未来得及问他发生了何事，只能坐在床边等他回来，等着等着，他索性将这事先放下，又拿起了那本《乡野风流公子》，接着看了起来。

急也无能为力，不如耐心等着烛尤回来，再好好问问到底发生了何事，到了那时，也可平心静气了。

第15章

跟这本《乡野风流公子》相比，裴云舒以往看的话本那都不算什么。

风流公子遇刺之后便被乡下的一个独居猎户给救了，猎户人高马大、沉默寡言，他虽不喜说话，但对风流公子极好……

裴云舒捏着书页的手颤了一颤，看书看累了，他坐起身缓缓神，又走到水流边，拍些冷水扑在脸上，等到清醒之后，余光又往那本书上看了好几眼。

正在这时，裴云舒忽然朝门旁看去，烛尤进了密室，他发上和肩上都已经湿了一片，面上还有流水，一股潮湿的气息扑面而来。

"外面下雨了？"裴云舒不由得问道。

烛尤点了点头，他头上的黑发在雨水下稍稍有些卷曲："倾盆大雨。"

"打雷了吗？"

烛尤点了点头。

那应当是相当大的暴风雨了，裴云舒正要让他别再出去了，余光一瞥，却瞥到被自己扔在墙角的话本。

书里情节也在一个雷雨夜。

一个出神的工夫，身侧就多了一个人影，烛尤蹙眉道："你怎么这么冷？"

裴云舒："你还出去吗？"

烛尤不说话，先给裴云舒找出了一件厚披风披在了身上，才道："还须出去最后一次。"

他将披风给裴云舒整理好，又觉得不够暖和，便皱眉想了一会儿，让裴云舒盖上被子。

裴云舒一头雾水，他正要起身，烛尤就压住了他的肩膀，让他好好躺下。

"你乖。"烛尤学着凡间父母哄着家中孩童一般，语无波澜，但足够耐心。

裴云舒顿了一下，默默把脸埋进了被子之中。

等没有声音了，他才探出头，烛尤早就不知道什么时候走了，床头还有一些冒着热气的糖糕和泛着浓香的肉干，裴云舒看了这些吃食半晌，拿起一块肉干放在嘴里——好吃。

他吃着这些东西，还是没有忍住，把自己扔在一旁的话本捡起看了起来，在这无风无雨的密室中，躺在温暖如春的床上，惬意地接着看剩下的故事。

烛尤回到东海时，海浪汹涌，暴风雨中天色昏暗，声势骇人。

他潜入水中，正要往神龙秘境而去，岸边却有白光一闪，一道白影降落在了东海岸边。这道白影处在狂风暴雨之中，却不沾一星半点的雨水,衣袍随风吹动,面容如冰霜冷峻。

烛尤只看了他一眼,便面无波澜地移开了视线,往着深海而去。

海浪波涛汹涌,无忘尊者望着随时可能将岸边吞噬的海浪,抬步踩在了水面上。他走了两步,海底下便被震出了一个鲛人,鲛人面露惊恐,姣好的面容苍白一片。

"神龙秘境在何处?"无忘尊者垂眸问道。

鲛人疯了一般不断摇头。

无忘尊者沉默一会儿,一道巨大的浪涛扑面而来,还未到他跟前,便已经被一层冰霜覆盖,结冰凝在了眼前。

鲛人被吓得发出婴儿一般的哭泣声,就听这一身白衣的人又问:"那你可见过一条黑蛟?"

鲛人还是摇着头。

无忘尊者抬眸,看向风起云涌的东海。

半晌,他低着头,看了眼深不见底的幽蓝海底。

因为不知烛尤何时回来,裴云舒看书也加快了速度。

越到后面就越惊讶,等猎户猎好动物,扒了皮毛往县衙送去时,风流公子也一并陪同,却得罪了县令的小儿子,被扣了下来,猎户被打成重伤,驱回了乡下。

风流公子伤心欲绝,从县令府上逃跑,却正好撞到了途经此处的大将,他哀求大将庇佑,大将看他可怜,便将他带上,一同往京城而去。

凯旋的大将知晓了风流公子的可怜身世,回京之后便开始替风流公子报仇,之后风流公子离开了将军,又当起了富家公子哥,但这会儿,已经没人敢为难他了。

虽说这风流公子着实是风流,但傲骨铮铮,次次伤心欲绝,着实也让人心中难受。

裴云舒眨去眼中酸涩,不由得再次感叹写书人的笔力,往后一翻,便看到了风流公子回到了家中,身边的奴仆为他端上来一盆洗脚的温水。

这奴仆抬起脸,赫然就是猎户的模样。

原来从头到尾都是风流公子的一场计谋，他早早就盯准了将军，想要借着将军之手铲除敌人，绕了这么大一个圈，也不过是自导自演。而那猎户，也只是谨遵他的嘱咐，是他身边一个忠仆而已。

裴云舒宛若五雷轰顶，他浑浑噩噩地将最后几页看完，等烛尤进来后，就对上了他无神的双目。

烛尤不解："怎么了？"

裴云舒回过神，一言难尽地将书合起："烛尤，你哪来的这些书？"

烛尤道："买的。"

他看了眼裴云舒，又补了一句："付了钱。"

裴云舒胡乱点了点头，看着剩下的那数十本堆在一块儿的书，眼中着实复杂，最后决定还是先将这些书放着吧。

烛尤道："云舒。"

裴云舒才回过神来，他转头看着烛尤，没在烛尤身上看到什么东西："还出去吗？"

烛尤摇摇头，他用黑眸看着裴云舒，等将裴云舒看得感到奇怪之后，才双手一动，脱下了自己的外衫。

"疼，"他皱着眉，"蜕皮了。"

裴云舒心中一紧，他轻轻拍着烛尤的背，好似哄着小儿入睡："烛尤不疼，睡着了就不疼了。"

"别乱动，"他低声道，"烛尤，听话。"

烛尤当真不动了。

这一夜裴云舒也不知何时睡着了。

在梦中，他突然看到了在妖鬼集市的客栈之中，烛尤站在他的身后。

他看到了烛尤扬起了笑，眼中倏地亮了起来，看着他的目光满是星光灿烂的欣喜。

裴云舒看着烛尤。

裴云舒再次醒来时，就听到了一声压抑的闷哼。

裴云舒瞬间睁开眼睛，就看到烛尤半人半妖地躺在狭窄的水流之中，他双目泛红，双手握拳捶在两侧石壁之上，尾巴上的鳞片不断撞击锐利的石块，留下一道道细小的伤口，看起来万分痛苦的模样。

蜕皮，痛得能让烛尤失去神志。

裴云舒看了一会儿，眼中的情绪沉静。他从储物袋中掏出了一壶酒，仰头喝了一大口。

酒香扑鼻，绯红的酒水从唇角流下，沾湿了衣领。水中的烛尤闻到了这个味道，他神志回笼，抬头看向了裴云舒，正好同裴云舒对上视线。

好似疼痛从他身上一瞬退去，裴云舒看到他的手掌也逐渐松开来。

水中的蛟龙眼神认真，认真到忘了疼痛。

裴云舒将酒壶放在一旁，他小小地打了个酒嗝。

烛尤好似忘了自己还在蜕皮，他愣愣地看着裴云舒，显出几分呆傻的神情。

裴云舒进了水中，他划开冰冷的水，利用四月雪树的内丹给烛尤止痛。

"这样还疼吗？"他问。

烛尤正要摇摇头，头却先一步点了点。

裴云舒蹙蹙眉，瞧见烛尤正目不转睛地看着他，便抬眸，朝着蛟龙扬唇一笑。

烛尤的目光像是火一般，血色浮上，这目光应当是让人害怕的，但在裴云舒眼中，却瞧见了蛟龙眼底的可怜兮兮。

外面狂风暴雨，此处却极为安静温暖。

第16章

足足四十五天，终于，一切结束。

烛尤将水弄得热气腾腾，裴云舒静静躺在床榻上。

这些时日，裴云舒没日没夜地守护着烛尤蜕皮，时不时地还要用内丹给他疗伤，疲惫极了。

烛尤腰部以下化成了原形，蜕掉的皮显现了出来，已经蜕到了尾巴尖上，烛尤盯着裴云舒，一动也不动，他低着头，再次探进裴云舒神识之中。

那个小小的婴儿身上绿叶更多更大了,他正苦恼地看着自己身上的绿叶,头顶的四月雪树也好像有点枯萎,等看到烛尤进来,他嘟着嘴巴,惊恐道:"不许你进来!"

小婴儿长着一副裴云舒的模样,眼中水光润润:"你不许过来,不要不要不要!"

他白白嫩嫩的,烛尤停在原地,手从元婴头上的四月雪树上滑过,四月雪树害怕地颤着叶子,缩在了小婴儿的身后。

烛尤在裴云舒的识海内放肆地逛了一圈,等要把小元婴给气哭的时候,才悠悠然退了出去。

再有两天,烛尤就会彻底蜕皮了。

蜕皮后的一段时间,他身体会变小,肉身因承受不住龙魂会暂且封印住一部分的神志,换言之,他就会像一个真正的小孩那样,约莫一月之后,神志才会慢慢解封。

烛尤引出藏在裴云舒腿上的那根白色布条,这根布条藏着烛尤的精血,但是只能用三次,三次用完之后,烛尤藏在里面的力量就会消失。

烛尤拿出了两根红绳,一根绑在了裴云舒的右手上,另一根绑在了他自己身上。做完这些,他缓缓闭上了眼。

裴云舒足足睡了两天两夜,才从睡梦中醒来。

身体轻松,精神也分外饱满,他坐起身,就见他的身旁躺着一个粉雕玉琢的小孩。

小孩身上未着衣衫,被角盖住了腰腹,双手握拳贴在脸侧,正香甜地睡着。细看之下,孩童面容有几分熟悉,隐隐约约透着和烛尤一样的妖异感。

裴云舒眼中惊愕,他看着小孩,怀疑自己是不是还在梦中。

"烛尤?"裴云舒裹着被子,四处环顾,没有见到烛尤的影子,最后将目光定在熟睡中的小孩身上,他深吸一口气,声音震惊,"烛尤?"

烛尤同裴云舒说过,他会越变越小,但是怎么会如此突然,自己睡着之前他还那么高大有力，怎么自己睡醒之后，他就成了小孩子了？

小孩未被他叫醒，裴云舒深呼吸几下，平静下来之后，趴在小孩身侧，手指小心捏起孩童脸上的发丝，又好奇地捏了捏孩童的小手，软乎乎的。

一张稚嫩无比的脸，一个小得让人心软的孩子。

裴云舒放下手，他揉着额头，心中复杂万千，既想要将烛尤拖出来好好打上一顿，又看着他如今模样，心知自己怎么也下不了手。遭了如此长时间的罪，本来憋着的那一口待他蜕皮之后再教训回来的气，此时全都泄了。

裴云舒想一下就看一眼小孩，再想一下就再看一眼小孩，看了一会儿，默默给小孩盖好了被褥，将他的手臂罩在暖被之中，决定等他醒来，再好好算账。

他悄声下了床，看到水边和地上一片狼藉，拿出水盆、手巾，一点点收拾干净。

等将周围整理得干干净净之后，裴云舒心中忽然觉出了烛尤变小的好处了。

没准裴云舒还能占一占身为大人的便宜，小烛尤要是不听话就打他屁股，还能教训他，让他听话。这样一想，可真是威风啊。

裴云舒没忍住乐了，又吃了点东西，喝了一些水，便坐在一旁等着烛尤醒来。趁着这会儿工夫，他还须打坐修炼，那四十多日他什么都没做，待到稳固了元婴期修为之后，再进阶不迟。

但这样的进阶之路，根本不是裴云舒想要的，他叹了口气。但是发生了就发生了，多想只会困扰自己，裴云舒正正神，认真修炼了一番。

裴云舒总觉得现下就可度过出窍期，直逼分神期而去了。

不过借助外物的修为总是华而不实的，他不想一直如此。

等裴云舒打坐结束后，床上的小烛尤还在睡梦之中。裴云舒炼化了那些好东西，只是正值龙精虎猛，精力格外旺盛，心平气和不再，反而掺杂了些浮躁。

这种时候不适合修炼，裴云舒顺着心意停了打坐，他看了看周围，走到了床边，戳了戳小烛尤的脸蛋。

烛尤此时是五六岁的样子，面容稚嫩可爱，脸颊柔软，手指戳在其上，便有小小的印子转瞬留下，虽是面无表情的，但是看着就让人心中发软。

裴云舒心中也软了下来，唇角带着笑，又轻轻捏了下他的脸。长大了是那般妖异俊美的长相，未曾想到小时候能这般可爱。

小烛尤眉间皱起，不耐烦地转过了头，躲开掐着自己脸蛋的手。

裴云舒："脾气倒是很大。"

他起身，不闹烛尤了，走到一旁，抽出一本话本看了起来。他这次学聪明了，先翻到最后去看看结局如何，再从头开始看起。这本书倒是写得中规中矩，看到一半，裴云舒歇歇眼，他合上书，去活水处洗洗脸。

一走到水边蹲下，他便看到了水中倒映出来的自己。

面色红润，眼中含笑，裴云舒愣住，他施法让水流不动，再细细看了看，总觉得自己好像有哪里不一样了。

唇色好像很是红润，像吃了花瓣一般，脸色也极好，倒有了一些话本里说的风流意味。

裴云舒勾唇，水中的人也跟着勾唇。

他看了一会儿，没看出什么门道，便洗了脸又走回来，接着看那本话本。

小烛尤比裴云舒还能睡，又过了两日，他才睁开了眼。

裴云舒在他有动静时就往床边走来，正要喊上一声"烛尤"，小孩就坐起了身，困倦地揉了揉眼睛，瞧见裴云舒之后就是眼睛一亮，开口叫道："哥哥。"

裴云舒的脚顿在了原地："你叫我什么？"

小小的烛尤爬下床，跑过来抱住了裴云舒的大腿，他仰头看着裴云舒，黑眸中满是喜欢："哥哥。"

裴云舒一言难尽地看着他，半晌蹲下了身，同他对视："烛尤？"

小烛尤嘟着小嘴，欢快地亲了一口裴云舒，扑进了裴云舒的怀中，双手抱着裴云舒的脖颈。黏黏糊糊的,同以往的烛尤完全不一样。

裴云舒叹了口气,伸手抱起了他,细细瞧了瞧他的神色,确实如小儿一般纯稚。

原来变小了之后,神智也跟着变了。

裴云舒安抚地拍了拍小烛尤的背,半晌,他突然眼中一亮,嘴角勾起,摸着小孩柔软的黑发,道:"莫要叫我哥哥。"

小孩困惑不解道:"那该叫什么?"

"叫我爹爹,"裴云舒眼角眉梢全是笑意,"我是你的爹爹。"

小烛尤离开了他的怀抱,瞧着他嘴角的笑,黑眸一闪,分外乖巧地改了口:"爹爹!"

第17章

小烛尤跑过来的时候脚底沾了地上的灰尘,裴云舒索性把他抱到水边,给他洗了一个澡。

小烛尤紧紧抱着裴云舒的脖颈,被放下时双手还要抓着裴云舒的衣袍:"爹爹去哪儿?"

裴云舒摸摸他的头:"爹爹去给你拿些干净的衣裳。"

小烛尤不舍地松开了手,看着裴云舒去拿东西。

活水是冷水,还须先用火符弄热,裴云舒没找到小烛尤能穿的衣服,就先找了件干净的外袍放在一旁。

裴云舒试了下水温,觉得可以了,便抱着小烛尤,把他放进了水里。但小烛尤抱紧了裴云舒的腰,怎么也不愿意放手,他黑眸含着害怕:"爹爹,我害怕。"

裴云舒稀奇地看着他,从没想到自己还能听到蛟龙说害怕:"怕水吗?"

小烛尤拽了拽裴云舒的衣服,裴云舒就蹲了下来,这小孩扑进爹爹的怀中,嘟着小嘴亲了裴云舒一口,眼中一闪一闪:"亲爹爹一口,爹爹可不可以陪烛尤洗澡呀?"

裴云舒脸上的笑大了些,心中柔软,好似自己真的有了一个小儿郎一般，他柔着声音道："烛尤已经大了，可以自己沐浴了。"

"况且烛尤不会怕水，"裴云舒好笑劝道，"任谁怕水，你都不会怕的。"

小烛尤闻言却低下了头，他捏着裴云舒的衣角，一副万分难过的委屈模样。

裴云舒心中有些慌，他抬起小烛尤的小脸蛋，小孩的一双黑眸已经漫上了一层水光，倔强地咬着唇，不让自己哭出来。

这、这真的是烛尤吗？

裴云舒手足无措地哄着他："爹爹陪你一起，好不好？莫哭了。"

小烛尤看他一眼："可是……可是爹爹还笑我胆小。"

裴云舒当真是百口莫辩："我何时嘲笑你胆小了？"

小烛尤好似没听到这句，继续委屈道："爹爹也不喜欢我，我亲了爹爹两次，爹爹都不亲我。"

"我……"裴云舒额上已经出了些细汗，他无力地解释道，"爹爹没有不喜欢你，也没有笑烛尤胆小。"

裴云舒着实不知该如何办，只能将小烛尤抱在怀中安抚，又在他的脸庞上落下两个轻轻的吻："爹爹亲回去了。"

裴云舒抱着他下了水："爹爹陪烛尤一起。"

小烛尤眼中的水光退去，他朝着裴云舒笑开，扑进裴云舒的怀里蹭来蹭去。

先前那般委屈，倒是没掉一滴泪珠子……裴云舒在心里叹口气，开始笨拙地给他洗着澡。

他头一次给小孩洗澡，不免会忙中出错，但即便是磕着碰着，小烛尤也不吭一声，一双黑眸定在爹爹身上，对于自己身上磕碰出来的痕迹只是敷衍地看了几眼，根本没放在心上。

等好不容易洗完了，裴云舒用衣袍包住他，擦去他身上的水迹之后，看着磕碰出来的痕迹倒是愧疚无比："爹爹实在是笨手笨脚。"

小孩子的皮肤细嫩极了，几乎可以掐出水来。裴云舒越看越心疼，最后低着头，在磕得青紫的小烛尤手肘处怜惜地亲了亲："还疼吗？"

他看向小烛尤，小孩的黑眸水润而干净，低着头看着裴云舒，忽地遮起了眼睛，小声道："爹爹亲过之后就不疼了。"

裴云舒不禁觉得好笑。

他身上没有小烛尤能穿的衣服，先让小烛尤待在床上，裴云舒就开始翻找起角落里那一堆烛尤曾经带回来的东西，没想到还真的让他翻出来了几身小小的衣衫。

给小烛尤穿上衣服又上了药，裴云舒问道："饿了吗？"

小烛尤摸摸肚子，乖乖点头："烛尤饿了。"

房间里的东西早已在之前那段时日吃完了，裴云舒储物袋中还有不少烛尤送给他的肉干，他拿出来给小烛尤吃，思索着接下来该怎么办。

突然间有一阵风袭来，裴云舒抱着小烛尤一个转身，警惕地望着四周："谁？"

空中传来一声龙吟，闯进密室的银龙显出半透明的身形，它白须飘飞，双目瞪大，直直望着裴云舒怀中抱着的小烛尤。

裴云舒用袖袍挡住小烛尤，他谨慎无比地注意着银龙的一举一动："前辈为何事而来？"

银龙不说话，只是怔怔地看着小烛尤，仿若魔怔一般。

小烛尤抱着裴云舒的脖子，蹭了蹭裴云舒的脖颈："爹爹。"

裴云舒拍拍他的背，轻声道："无事，爹爹在这儿，莫要害怕。"

银龙将这句"爹爹"听得一清二楚，它忽地大笑了起来，笑声畅快洪亮，夹杂着千百年的压抑，龙身翻腾，快得看不清身形。

"好！"

它的声音极为响亮，在密室中形成一道道回音，裴云舒皱着眉，狐疑地看着它。

银龙不在乎他的目光，整颗龙心都放在了裴云舒怀中的小孩身上，这孩子身上的龙气明显，虽还是有一些杂乱气息，但并不严重——龙族有希望了。

"孩子，"银龙声音威严，看着小烛尤的目光，却又十足柔和，"抬头让我看看。"

小烛尤从裴云舒的衣袍中抬起了脸，银龙眼中流露欣慰，它连说三个"好"字，激荡的心神逐渐平复："与他龙父极其相像。"

裴云舒的表情一下子怪异起来。

小烛尤皱起眉头，他在裴云舒的怀里坐起了身，直直问向银龙："龙父是什么？"声音清脆有力，一点儿也不怕眼前有巨大龙头的银龙。

银龙眼中的欣慰之色更重，它语气柔和："龙父自然是你爹爹了。"

裴云舒张张嘴，但看了一眼怀里的小孩，还是没有出声反驳。

小烛尤听到银龙的这句话之后，脸色陡然沉了沉，尚且白嫩可爱的小脸阴了下来。

银龙哈哈大笑，才想起烛尤不在此处，它看向裴云舒："黑龙去哪儿了？"

裴云舒正要说话，小烛尤便抱紧了他，不安道："爹爹，我不要待在这里。"

"嗯？"

小烛尤不想知道那龙父是谁，也不想让裴云舒在这里等着龙父回来，他的语气越来越急，又带上了哭意："爹爹带我走，带我走。"

银龙听得心疼极了，它卷起裴云舒与小烛尤，带着他们冲出了密室。

裴云舒猝不及防，连忙在身边布下道结界，生怕有风吹到小孩身上："前辈这是去哪儿？"

"他既不想待在此处，我就带你们出去。"银龙转瞬便游到了深海，"东海这些时日正逢狂风暴雨，我送你们到西海岸边，那里繁华热闹、民风淳朴，我们的小龙崽子最喜欢上岸玩闹了。"

小烛尤听到了这句话，他眼睛转了转，大声道："谢谢龙爷爷。"

银龙又畅快无比地大笑起来。

裴云舒心知它是误会了，可想了想银龙逼迫烛尤的事情，他还是闭上了嘴，沉默不语。烛尤现在如此幼小，裴云舒给自己的不愿开口找了个理由。

水下应该还有一个大阵法，银龙身形飞快，阵法时不时发出一阵微弱的光，裴云舒低头对怀中的小烛尤说："若是觉得不舒服，要及时同我说。"

小烛尤乖乖地点了点头，又看了看裴云舒，犹豫了一下，还是说道："爹爹，我们不要龙父好不好？"

裴云舒眉毛一挑，忍笑道："为何不要龙父？"

小烛尤听他这么说，只以为裴云舒还心心念念那个龙父，顿时小脸一冷，趴在裴云舒的颈窝中不说话了。

裴云舒逗他几句，见他还是不说话，便以为他累了，将他好好抱住，整理好他的衣领，免得他着凉。

银龙的速度飞快，波涛一直后退，这处离水面还有一段距离，但裴云舒能感觉得到海面上的风雨。

但不久之后，暴风雨就逐渐退去，银龙距离水面也越来越近，裴云舒抱着小烛尤，逐渐浮出了水面。

风和日丽，蓝天白云，银龙在日光之下更是恍若透明。裴云舒往远处遥望，便看到有百姓在港口忙碌，不少摊子就在不远处，各种味道一一传来。

小烛尤抬起了头，朝着岸边看了一眼，就毫无兴趣地继续伏在了爹爹的肩窝上。

"喜欢吗？"裴云舒低声问着小烛尤。

小烛尤瞬间绽开笑颜，他重重地点点头，再亲了亲裴云舒的脸，开心道："喜欢！"

银龙看着如此健康活泼的小烛尤，眼中满是愉快，它摆摆龙尾，扬起一层大浪。岸边有人注意到了这波涛，稀奇地朝着这边指指点点。

巨浪遮住了裴云舒与小烛尤，银龙的龙爪上闪过一层层银光，一个银色的镯子便显现了出来，镯子飞到小烛尤面前，顺着他的手套在了手腕上。

小烛尤刚朝着银龙爷爷露出了笑，就听银龙爷爷道："你们安心上岸游玩，若是黑龙回来，我再让它前来寻找你们。"

小烛尤笑容顿时消失在了嘴角，小脸上神情变来变去，最后扯着裴云舒的衣角："爹爹，我饿了。"

裴云舒脚踩在水面上，朝着银龙告别，带着小烛尤朝着岸边而去。

他身形宛若一道风,岸边的人尚未看清他们,他们就已经上岸了。

小烛尤眯着眼看着身后的海,面无表情,心中恶意满满。

那个龙父最好永远都不要出现,永远都找不到爹爹。

第18章

西海岸边有个城镇,城镇名字就叫作四海城,四海城中繁华热闹,多是来自天下八方的平常人,也有喜爱在凡间游历的修士。

裴云舒带着小烛尤来到一家饭馆坐下,吩咐小二上一些招牌菜后,就拿起水喂了小烛尤一口。

小烛尤握着爹爹的手,乖乖地喝着水,他坐在裴云舒一旁的凳子上,坐姿端正,却一点点地朝着裴云舒的方向偏去。一大一小的相貌皆是不凡,周围的人忍不住看了几眼,再转过头去听散修们说的稀奇事。

坐在正中一桌的是年纪轻轻的散修,修为最高也不过筑基期,其中着一身蓝衫的青年正滔滔不绝地说着前不久落下帷幕的修真大赛。

"听闻最后的十个人里,单是单水宗就占了四人?"有人好奇问道。

蓝衫人点了点头:"不错。但也不知为何,本来能得头名的单水宗弟子云城道友,半途中却变了一副样子,还差点失手将一位道友打死。于是大能们将他的名次往下压了又压,作为惩戒,才让他错失了头名。"

一个人可惜道:"这一次失手,实在是可惜。"

"只他可惜,单水宗并不可惜。这次的第一名还是单水宗的人,听闻是凌野真人的弟子。"另外一个人感叹,"当今修真界,真是单水宗一宗独大。"

蓝衫人道:"除了单水宗,其他宗门的青年才俊也有不少。第三名是元灵宫的巫九,第四名是玄意宗的边戎……我的本事与他们相比,那当真远远不够。"

裴云舒给小烛尤擦完了手,又给自己倒了杯茶,他听着这些谈话,神态没有变化,只是闲适地听着,为巫九和边戎感到高兴。

"爹爹……"小烛尤终于一点点地移到了裴云舒的身边,和爹爹腿挨着腿,暗暗高兴,"爹爹,我们吃完饭后去哪里?"

他仰着小脑袋看着裴云舒,眼中眸色极纯,光线也从其中避开,这一双眼本该怪异十足,但放在他这张可爱的小脸蛋上,却相当好看。

裴云舒学着小烛尤的模样歪了歪头,反问他道:"烛尤想去哪里?"

小烛尤想了想:"烛尤和爹爹不待在四海城。"

这么小,却极有想法了,裴云舒笑了起来,佯装犹豫:"烛尤不喜欢这里吗?"

这里哪里都好,只是人太多了。

小烛尤还记得银龙说过的话,它会让龙父来这里找他和爹爹,他怎么会允许爹爹真的被找到呢?

小烛尤抱住裴云舒的手,用脸蹭蹭裴云舒的掌心,乖乖道:"烛尤不喜欢人多的地方。"

"好,"裴云舒被他这么撒娇一下,心都软了,他的五指揉着小烛尤的黑发,"烛尤想去哪里就去哪里。"

散修之中突然传出一阵喧哗,打断了两人的对话,客栈中的人好奇地往散修的方向看去,就看到这群散修神情激动。

"你说的可当真?!"

"你当真在、你当真在东海处见到了位大能?"

说话的人已经涨红了脸,他站起身,拿着茶杯的手在颤抖。

被问话的人道:"我骗你们作甚?一个月之前,我想着去同鲛人换一卷龙绡,谁知道就见那位大能端坐在东海之边,我只敢远远地看上一眼就不敢再看。前些日子,我又去了一次东海,谁想那位大能还在东海边上打着坐,我这次看得清清楚楚,绝对错不了。"

"那他岂不是足足在东海停留了一个月?"

其他人语气悔恨:"你怎么不早点说,不行,我现在就去东海看一看,就算是不能得到大能的指点,只看上一眼那也是好的。"

其中一人转眼就出了饭馆,其余几人彼此对视一眼,也跟着急急追了出去。

裴云舒听完他们的话,眉头微蹙,在小烛尤看过来前,又转眼舒展了开。

小二从后方送来了热腾腾的菜肴，裴云舒洗净筷子，递到小烛尤手里，两人慢条斯理地吃着饭，小烛尤手上沾满了油，他夹了一只虾放进裴云舒的碗里，朝着爹爹笑道："爹爹太瘦了，要多吃些东西。"

裴云舒的手腕从衣袖里露出，他把手放在小烛尤的手旁边："爹爹的手臂比烛尤的粗。"

小烛尤伸出了手，拿着手帕将手擦干净后，才小心地握住了裴云舒的手腕。

他的手实在是小，如今还握不住裴云舒的一个手腕，但他很是努力，绕过裴云舒的腕骨，去碰自己小小的手指。

"爹爹还是太瘦，"他比了比，"待再过一段时间，我就能握住爹爹的手腕了。等烛尤长大之后，烛尤的手会比爹爹的手还要大。"

他一边说，一边抓住了裴云舒的整只手。

裴云舒笑道："那烛尤就慢慢长大吧。"

南溪镇新来了一户人家，来到这儿的第一天就大手笔地租下了一座宅院。

这户人家就父子两个人，父亲长得俊俏，儿子也极为好看，搬来南溪镇的第一天，镇上上了年纪的人路过时都要好奇地看上两眼。

裴云舒与小烛尤昨日才搬来南溪镇，他们俩睡了一个好觉，一觉睡到日上竿头才醒了过来。

小烛尤现在是正爱玩闹的年龄，裴云舒也许久未曾放松过了，他乐得陪着小烛尤，觉得自在，醒来后吃了些东西，就带着小烛尤在院中做了个秋千。

小烛尤没做过这种东西，他背对着裴云舒蹲在地上，面无表情看着地上的木材和绳子，觉得自己在爹爹面前丢足了脸。

"烛尤？"身后的裴云舒道，"递给爹爹一根绳子。"

小烛尤拿起一根绳子递给裴云舒，裴云舒含笑问了他一句："烛尤是不是没见过这个东西？"

小孩子摇了摇头，可怜巴巴地看着裴云舒。

裴云舒道："这个东西有趣极了，待爹爹弄好了，就教烛尤怎么玩。"

他没用法术，只一点一点地去做，在这暖阳之中，不必忧心其他，慢慢折腾时光，也是一件格外美好的事。

等裴云舒弄好了秋千之后，小烛尤已经趴在一旁的石桌上睡着了。

裴云舒莞尔，俯身将他抱起，缓步顺着院中小路回了房。刚把小烛尤放到床上，小烛尤便揉着眼睛醒来，软软道："爹爹。"

"爹爹在这儿，"裴云舒索性脱鞋上了床，陪着他一起睡，"烛尤再睡一会儿吧。"

小烛尤趴在裴云舒的怀里，环着裴云舒，沉沉进入了梦乡。

裴云舒与小烛尤在南溪镇适应得很好，因为小烛尤的名字在凡间极为奇怪，裴云舒便给他起了一个名字，叫裴云椒。

今日去钓鱼，明日去郊游，连着游玩了好几日。一次日落西山，裴云舒带着烛尤回来时，在路旁见到了从私塾放学的学子。那些学子中也有年纪小小的孩童，裴云舒看着他们相携走过，心中不禁一动。

第二日，他也将小烛尤送进了私塾。

小烛尤不懂人情世故，也不懂礼义廉耻，趁此机会让他读一读书，既可以认识些同龄人，又可以懂得些道理，是一举两得的大好事。

小烛尤被送到私塾的第一天，他看着裴云舒走远的背影，脸上阴晴不定，等看不到裴云舒的影子后，才转过了身沉着张脸跟着人群进了私塾。

如同裴云舒所想的那样，小烛尤很快就认识了许多同他一般大的孩子，那些孩子活泼大胆得很，有时会结伴来到裴云舒的院子，来找小烛尤一同出去玩耍。

小烛尤有时会答应，有时会拒绝，但裴云舒很是欣慰，因为他看得出来，小烛尤的人缘极好，那些孩子对小烛尤很是信服。

这样悠闲的时光过了半个多月，这一日，小烛尤在用晚饭时显得格外心神不宁。

裴云舒不由得问道："怎么了？"

小烛尤抬头看着他,脸上露出一抹纠结的神色,半晌,他终于放下了碗,趴到了裴云舒的怀里,声音闷闷的,并不开心。

"爹爹,虎子的娘亲问我,我的娘亲是不是去世了。"

虎子的娘亲是这附近出了名的喜欢撮合别人的妇人。

裴云舒语塞,过了片刻,才想好怎么说:"烛尤没有娘亲。"

小烛尤捏紧了爹爹的衣袍。他低着头,看不清脸上是何表情。

"那爹爹……会不要烛尤吗?"

裴云舒连忙把他抱在怀中哄道:"怎么会!烛尤莫要胡思乱想,我可是你的爹爹,怎么会不要你?"

小烛尤的声音里终于露出了几分哭腔:"那爹爹、爹爹不要给烛尤娶娘亲。"

裴云舒哭笑不得:"你到底想了些什么,我何时要娶亲了?"

他好言好语地将小烛尤给哄好,也不知小烛尤今日是怎么突然说起这一番话的,但过了两日,虎子他娘上门,句句离不开镇里的好姑娘时,裴云舒才知道小烛尤是何意。

他拒绝了虎子他娘的好意,微笑道:"我有云椒便够了。"

"怎么能有儿子便够呢?"虎子他娘嗔怒他一眼,"你还年轻,长得又这么好看,现在不娶妻以后可怎么办?等你家云椒长大了,还不是只有你一个人,孤零零的,多可怜啊。

"镇南头的徐姑娘,镇北头的赵姑娘,好多人都来朝我偷偷打听你呢,你说说,裴公子,这都是好人家的姑娘啊。"

裴云舒神情无奈:"都是好姑娘,可我并非良人。"

虎子他娘急了,又劝说了好长一段时间,到了该走的时候也不见裴云舒松口,她只能叹了口气,佯装怒道:"等着,我明日再来叨扰你。"

虎子他娘一出了房门,还没到家,就见到了等在路边的小烛尤。小烛尤坐在路边台阶上抬起头静静地看着她,面无表情,小小的人在昏黄的落日之中更显容貌非凡。

虎子他娘道:"云椒,如今已经晚了,你还不回家?"

小烛尤抬头看了看天,再看着虎子他娘,道:"我爹爹不会娶妻,谁都不娶。"

虎子他娘觉得好笑，不甚在意道："你这孩子还小，不知道女子的好处，等你到了你爹爹那般年龄，就会知道大娘这一番良苦用心了。大娘这是为了你和你爹爹好，家中少了个女子，岂不是连饭都没法吃？"

小烛尤语无波澜，他又说了一次："大娘，不要再去找我的爹爹。"

他的眼中逐渐有了波动，竖瞳时隐时现，皮肤之上，有狰狞的龙鳞隐隐显现，波涛汹涌的海浪之声越来越大，虎子他娘顺着声音颤颤巍巍看去时，却只见有水流顺着房屋缝隙流出，房屋鼓起，好似下一瞬就会破裂。

再转头一看，小烛尤已经不见了踪影，虎子他娘软着腿走进了家门，一进去，就彻底被吓得软在了地上。

只见满院子之中，积了整整漫过半个小腿的水，水里都是她曾经撮合过的一对对男女，这些人面目狰狞，在水中朝着她扑来。

虎子站在屋檐下，疑惑叫道："娘？"

他娘抖了一下，这一抖，满院子的水一下子就不见了，好像先前那一幕就是个错觉一般。

第19章

虎子他娘从裴云舒这儿离开的当晚就生了病，裴云舒听闻之后，特地带上了些药材去瞧了瞧她。但虎子他娘格外惊恐，见着裴云舒就止不住地尖叫哭泣，虎子极为尴尬，只能带着裴云舒从屋里走了出来。

"裴先生，"裴云舒曾在他们空闲时教过他们读书识字，因此这群孩子都很尊敬他，"我爹说我娘这是魔着了，过几日就能好，用不上先生的药。"

虎子挠挠头，不好意思道："先生把药拿回去吧。"

裴云舒摇了摇头，摸了摸虎子的脑袋，问道："你娘昨日回来时，可有遇见什么事？"

虎子想了想，摇了摇头："我也不知道，但我看到娘的时候，娘就已经摔倒在地了。"

裴云舒点了点头,离开了虎子家后,又在虎子家墙角处贴上了一个安神符,才往自己家中走去。

小烛尤坐在台阶上等他,小脸上没有表情,一直往路的尽头看去。

裴云舒远远就看见了他,加快步子走了过去,笑道:"云椒这是在等爹爹回来吗?"

小烛尤点了点头,他站起身,正要张开手扑进裴云舒怀中,却突然顿住了身子,眉毛都皱在了一块。

裴云舒已准备好抱他,见着他这表情,不由得问道:"怎么了?"

小烛尤拉过裴云舒的手,放在鼻前轻嗅,他的脸色陡然阴晴不定了起来:"爹爹!"

他极为愤怒,也极为委屈:"你摸了别的小孩!"

裴云舒哑然,他忍不住笑了:"爹爹只是摸了摸其他小孩的脑袋。"

小烛尤眼中情绪浮浮沉沉,爹爹摸了别的小孩子,却还不认为自己错了。

身高刚到裴云舒大腿的孩子,周身戾气横生,裴云舒早已见惯他这副样子,但以往那都是长大后的烛尤才有的,现在才这么小,又是哪里来的戾气?

裴云舒稀奇地蹲下身,握着小烛尤的手,同他对视着,哄道:"爹爹以后尽量不碰其他的小孩,好吗?"

小烛尤看着裴云舒:"爹爹说话算数吗?"

他这么认真,裴云舒反而踌躇了几下,待到小烛尤面色快要冷下来时,才点了点头:"爹爹说话算数。"

小烛尤眉眼舒展,瞬间朝着裴云舒露出一个灿烂的笑颜,他双手抱住了裴云舒:"爹爹真好,如果爹爹再好一些,就更好啦。"

裴云舒抱起了他:"爹爹这么好就够了,再好就多了。"

小烛尤叹了口气,趴在裴云舒的颈窝。

裴云舒觉得很痒,他躲了躲,笑骂道:"莫闹。"

半个月过去，小烛尤快速长大了，几乎一天一个样，不过两三日的工夫，他已经长到裴云舒的腰间那般高了。

南溪镇太过偏僻，那些修仙界的事对他们来说宛如传说，小烛尤如此大的变化，已经有人对小烛尤感到惊恐不已，觉得他是妖怪了。

裴云舒便将院子卖出，带着小烛尤换到了另外一个村镇。

他们离开的时候，小烛尤还让裴云舒将院子里的秋千和用过的东西全给带走，裴云舒碰过什么，他竟能一样样地说出来，不遗漏一个，都放在了储物袋中。

对于自己长大得如此之快，烛尤非但没有裴云舒担心的那些悲伤害怕之意，反而心中有些隐隐的兴奋和期待——他要是能长得这么快，便可以保护爹爹。爹爹要是被别人欺负哭了，他可以教训那些欺负爹爹的人。

两个人的速度很快，也找好了下一个更为偏远的地方。不是裴云舒不愿带着小烛尤去些繁华的城镇，只是如今正是烛尤蜕皮后的关键时期，万万不可马虎大意。越是偏僻，越是安全，其他人想找也找不到。

落脚的这处村镇叫作桃花村，村中并无半朵桃花，也无酒馆客栈，小烛尤正是长身体的时候，裴云舒亲自操刀，打算练一练厨艺，做些除了烤鸡的菜。

来到桃花村的第一天，小烛尤就被裴云舒给塞到了村里秀才办的私塾里，回来时板着一张脸，顺着裴云舒的味道找到厨房，第一句就是："爹爹，我不想读书。"

他话音刚落，裴云舒就抬头朝他看了过来。

裴云舒手上正揉着面，脸上也跟着沾了几处面粉，平日里的从容不见，倒是显得有些……可爱。

"嗯？"裴云舒揉了两下面，才反应过来小烛尤说了什么话，他看着小烛尤，摆出一副"你说说看"的模样，"给爹爹一个理由。"

这才上了几日学，就厌学了吗？

小烛尤原本想说的是，那个秀才教的东西实在是太古板简单，他不屑于学，但这会儿看着裴云舒脸上的面粉，鬼使神差道："因为烛尤想爹爹，坐在学堂的时候想爹爹想得心里疼。"

裴云舒"噗"地一下笑了。

小烛尤的脸色变得古怪起来，他斜瞥着裴云舒，如今一副十岁左右的模样，却已经知道害羞了，带着"想看裴云舒是什么表情，又不敢细看"的神色。

裴云舒忍笑，故作欣慰："烛尤这么想爹爹吗？"

小烛尤扭扭捏捏："嗯。"

裴云舒放下面团，带着满手的面走近，戳了戳小烛尤的脸，留下一处处显眼的面粉："烛尤真是太有孝心了，爹爹备受感动，决定不能做溺爱儿子的慈父，所以烛尤说的这事，爹爹不能答应。"

小烛尤已经不在乎裴云舒说什么了，看着凑近的裴云舒，伸手去擦掉他脸上的面粉，一尝："爹爹，面粉是甜的。"

裴云舒以为他饿了："等一等，爹爹尽快在一个时辰内让你吃上熟了的面。"说完，他又苦恼地去揉那面团去了。

小烛尤站在门旁静静看着他，眼中越来越柔和，等到裴云舒下面时，也走进去帮起忙来。

第二日小烛尤去了私塾后，裴云舒出门，打算去池边抓条鱼回来。

昨晚吃面的时候，隔壁在烧鱼汤，闻起来鲜香可口，裴云舒再一看自己家中的饭桌，除了素汤寡面，就是一些农家小菜，可谓是寒酸无比。

桃花村河流纵横交错，最是不缺鱼，裴云舒不费什么工夫就抓到了一条鱼，回家的路上，却闻到了几丝血腥气。

他眉头微皱，顺着血腥味看去，只见树林遮掩之后，有一道断断续续的血痕，顺着草地消失在丛林之中。

裴云舒暗叹口气，轻轻拍了下鱼笼，鱼笼便自行朝着家中飞去。他则随着血迹，扒开层层遮掩，在树下看到了一个重伤的人。

这人的一身玄衣吸尽了血，面容冷峻而苍白，正闭目昏沉着。裴云舒止住了他身上还在流的血，给他喂了颗丹药，再灵气轻覆，保住了他这条命。

这人还在昏迷之中，裴云舒客客气气道："我家中的小孩着实喜怒不定，就不将阁下带回去了，还请阁下谅解。"

回去的路上，裴云舒施了好几个净身术，这次小烛尤总算是没发现什么，他蹲在裴云舒的旁边，专心致志地盯着裴云舒烤鱼，等吃到嘴中时，眉目舒展，朝着裴云舒道："爹爹，我想吃鸡。"

烤鸡裴云舒都做腻了，但是小烛尤好像就吃不腻一般。裴云舒点了点头："明日再做。"

小烛尤忍不住勾起嘴角，他越是长大，瞧着就越是冰冷，但在裴云舒面前，却还是可可爱爱的。

即便他如今长得高了，但在裴云舒心里，总是迟钝地觉得他还是五六岁的模样。

晚上收拾完碗筷，裴云舒给他洗完澡，穿着里衣，正低头在水中用手上的皂角洗着。

小烛尤突然道："爹爹，私塾中秀才的娘子生了一个小女儿。"

"是吗？"裴云舒的脸在昏黄灯光下显得尤为温柔，"那爹爹明日备一份礼，由你带去给先生。"

烛尤含含糊糊应了一声，又说道："秀才带着我们去看他的小女儿，我们就看到了秀才娘子正在给小孩喂奶。"

裴云舒道："非礼勿视。"说着，走出水房。

小烛尤看着裴云舒走出去的背影，挠了挠喉咙，才知晓原来自己又长大了些，喉结都跟着长出来了。

真好。

裴云舒等小烛尤去私塾后才出了房门，打算去山上猎两只鸡来。他从山下回来的时候，敏锐地感觉到了桃花村有了几分不对，家家户户的人都走了出来，正三三两两、满面好奇地说着话。

裴云舒找了一位农汉问道："大哥，是出什么事了吗？"

农汉用看热闹的语气道："听说是途经此地的将军正派人一户户地问话。好像是咱们桃花村里有人救了受伤的将军，将军正在找救命恩人呢。"

裴云舒谢过农汉，绕过三三两两聚起来的村民，快步回到了家中。

他刚刚倒了杯水，还未喝到嘴里，就听到外面传来了敲门声，还有一声洪亮的催促:"里面的人开开门,我们问问话。"

裴云舒叹了一口气,喝完了水,才给自己布上了一层幻术,出去开了门。

外头站着两个士兵,他们满脸汗珠,正不耐烦地拿着手扇着风,见过来开门的是个胡子花白的老人家,神色立刻一怔,大声问道:"老人家,你家里可有会医术的年轻人在?"

裴云舒压低着声音:"没有年轻人。"

"那就你一个老人?"士兵往他身后看看,不禁露出几分同情神色,"那你家中可有小孩?"

裴云舒道:"只有一个尚小的孙子。"

两个士兵记下来后就走了,裴云舒回到院子中,没过一会儿,这两个士兵又来敲门了,身上挑着扁担,一人各提来了两桶清水,将裴云舒院中的水缸倒满之后才真正走了。

裴云舒看看满得快要溢出水的水缸,又回房中看了看自己此时的模样,不禁露出一抹笑,心情都好了起来。

第 20 章

桃花村的人说多不多,说少不少,接下来的两三日,这些士兵一户户地问过去,光是裴云舒就被问了两次。他不想徒增麻烦,索性出门也用着幻术,再稍稍施个法术就没人注意到他身上了。

小烛尤一日一日地发生变化,还好自从搬来桃花村之后他虽是还在长,但不如先前那般吓人了,裴云舒犹记得他曾说过越蜕皮就会变得越小,不由得去想,小烛尤这次长到了头,指不定也只是一副少年模样。

少年儿郎,英姿勃发,说不定还没有裴云舒长得高。

这么一想,裴云舒就有些幸灾乐祸起来。

又过了两日,桃花村那些被派来寻找救命恩人的士兵停止了找人的举动,裴云舒本以为他们是放弃了,谁知道第二日就有传言,说是将军的救命恩人找到了,村头一户姓王的人家,他们家的小儿子同士兵说,那日救了将军的正是他。

裴云舒正从一旁走过,听见时不禁朝着说话人的方向看去。

三四个农汉正在干着活,其中一人稀奇道:"要是他救了将军,怎么不第一天就跟将军说?"

"王家小儿子说刚开始看到那些士兵就吓得不敢说话,哪里敢承认是自己救了将军?"一个汉子道,"要是我,我也不敢说。谁能想到自己随手一救就救下来一个将军啊,不过这王家小儿平日里又骄纵又看不起人,真没想到他还有这一手。"

"他家里不是曾经把他送到镇上医馆学过一段时间吗?"另一个汉子道,"估计还是有些本事的,平日里好吃懒做,谁承想他这就来了运气,成了将军的救命恩人,将军还要把他带到京里好好报恩,以后不仅不用下地干活,还能山珍海味吃不尽呢!"

裴云舒听了这两句,哭笑不得地摇了摇头。

他慢条斯理地在山野之间走着,暗忖这一幕,倒是有些像《乡野风流公子》里的故事了。不过若是寻得了"救命恩人",想必这将军也会很快就走了。

裴云舒想到此,眉目舒展开了。

果不其然,次日上午,裴云舒就听闻将军已带着救命恩人离开了的事,村头的王家还被赏赐了许多金银财宝,他们一家喜笑颜开,还杀了许多鸡鸭鱼,在家里大摆宴席,请全村的人都来吃上一顿。

秀才先生被王家亲自邀请,带着自己家的学生前去饮宴,还特意请了家中只有一个大人的裴云舒与他一同前去。

世人总是会对读书人崇敬有加,裴云舒举止间不似寻常人,秀才曾与他交谈过一次,对他大为敬佩。

大人们坐在一桌,小孩们坐在另外一桌。

桌上一个胖少年道:"裴云椒,你怎么又长高了,你们家给你吃了什么,怎么一天一个样呢?"

小烛尤黑眸盯在裴云舒身上,他眸色越来越深,对旁边人的问话全然没有反应。

胖少年皱眉,上前去拽他衣衫:"裴云椒!"

小烛尤回眸,只一眼就将这小胖孩吓得往后一躲,差点从椅子上摔了下去。

周围的几个少年面面相觑,余光一瞥,见到小烛尤便心生惧意,这惧意深入骨髓,好像是本能,连哭都不敢哭,低着头,双腿打着寒战。

小烛尤又回头看了一眼裴云舒,突然开口道:"五次。"他的声音微微沙哑,正值少年之际,嗓音较之以往低沉了许多,也更为让人心里发怵。

旁边的人结结巴巴、小心翼翼地问:"什、什么五次?"

小烛尤道:"爹爹对着旁边那人已经笑了五次。"

裴云舒离小烛尤还有一段不小的距离,他侧对着小烛尤,在人影绰绰之间,与乡野之人有云泥之别。

"那人长相平凡,语言粗鄙,连说话都磕磕巴巴,爹爹竟然对他笑了五次。"

周围的人不懂这有何不妥,他们顺着小烛尤的目光看去,不由得"呀"了一声:"裴云椒,你的爹爹怎么这么好看啊?"

又年轻又白净,他们说不出来是什么感觉,只感觉裴云椒的爹爹和他们的爹爹一点儿也不一样,好像天人一般。

裴云舒好似听到了他们说的话,他转过了头,朝着小烛尤一笑。

小烛尤朝着爹爹乖巧地笑了笑,就率先移开了视线,坐姿挺拔,不动如山。

秀才先生在一旁同裴云舒道:"云椒天资出众,着实聪明,只是我观他于世俗伦理上不甚在意,好似天生一副不懂人情的模样。"

裴云舒叹了一口气:"劳累先生了。"

秀才先生道:"裴公子若是舍得,我就多多让他做一些事,好教他明白礼义廉耻到底是什么。"

裴云舒点了点头,以茶代酒:"先生尽管去教就是了。"

宴到中途,王家的人满面红光地站在前方说了两句话,听着话语中的意思，应当是明日就要搬去城镇之中了。

裴云舒尝了几筷子菜，但因着实油腻又放了下来，他看着众生神态，看得多了，觉得乏善可陈。他正打算先行离席，耳朵却是一动，听到了远处传来的阵阵马蹄之声。

马蹄声声势浩大，且渐渐逼近，转眼之间，在座的人都能看到村头远处扬起了漫天黄沙。地面好似都在微微颤抖，桌上的酒杯在颤动，成片的马蹄声转眼就靠近了此处，包围了村头吃席的人。

有人高呼一声："将军！"

竟是那去而复返的将军。

领头的人居于马上，他面容如高山般冷峻，眉飞入鬓。他身边有人下了马，从后方拽出来了一个人，大声喝道："此人着实大胆，竟敢冒充我家大人的救命恩人，如此贪心不足、鸠占鹊巢之人，你说该怎么办？"

他手中的人被重重推到地上，彻底软在了王家人的脚边，这些农家人哪里见过这种世面，脸色苍白，汗如雨下。在座的人一阵哗然。

只见王家小儿子已经站不起来了，本来白净清秀的脸上已满是尘埃脏污，蜷缩着往自己父母身后爬去，口中一声声地求饶，双腿打战，极为狼狈。

"这人怎么这么不要脸！"有人愤然道，"冒领他人功劳，还如此沾沾自喜，着实可恨！"

秀才已是满脸怒气，手指颤抖："恬不知耻！"

将军的手下还在逼问王家人，王家的一位妇人急了，破音道："将军开开眼，就是我们家小子救的人！整个桃花村里，就我们家小子学过医！"

高坐大马之上的将军做了一个手势，王家人就被手下人捂住口鼻拖到了马匹之后，见着王家人惊恐的模样，本来还在愤慨的人群不由得安静了下来。

将军一双眼睛在人群中扫视，裴云舒随手施了一点小法术，看看这位将军想做些什么。

被这一群将士包围起来的人，几乎是整个桃花村的人，这一张张不安而焦急的脸、一双双粗糙黝黑的手，怎么看，里面都没有那日将他救起的人。

将军一个个看过之后,并不着急,反而同身侧人低语几句,身侧人便神情一肃,下马恭敬地从身后拿出了个什么东西。

将军俯身接过,再戴到手上,裴云舒只看了一眼,原来是一串染着龙气的佛珠,不是烛尤那般神龙的龙气,而是凡间帝王之气的龙气。

下一瞬,裴云舒便感觉到了一道直视过来的视线。

戴上佛珠之后的将军总算是能够认出裴云舒了,他驾马靠近,马匹在窄小的桌间行走,几乎一扬蹄就能踏死一个人。

两旁的村民胆战心惊,颤颤巍巍地看着高头大马经过。

这人驾马走到了裴云舒的身侧,他看了看裴云舒的双手,又看了看裴云舒的面容,沉身静气道:"是你?"

裴云舒问道:"何人是我?"

将军利落地下了马,他坐在了裴云舒的身侧,道:"这些时日未曾找到你,果不其然,只有我走了,你才会现出真实面目。"

裴云舒默不作声。

"你是我的救命恩人,"将军看上去高深莫测,但说起话来总会带上一股夹杂着命令式的强硬匪气,"这里穷山恶水,恩人不如同我去京。"

士兵们也朝着裴云舒看来,眼中好奇,不知这人是怎么躲过他们这些日子的搜查的。

裴云舒摇了摇头,客客气气道:"将军不必如此,我救你本就不求你报恩。"

将军点了点头,竟然道了一声:"我知。"

"你既然知道,又何必要我同你一起?"裴云舒好笑。

将军看了他一眼,突然叹了口气。他下马,高大的身形在裴云舒的身上投下了一片阴影,将军深深地看着裴云舒,双手一合,朝着裴云舒行了一礼。

"皇上病重,"将军沉声道,"还请仙长随我去京,救我皇一命。"

第 21 章

　　裴云舒白日同将军客客气气地说"要考虑一下",当夜,他就带着小烛尤御剑离开了桃花村。

　　小烛尤站在裴云舒的身后,他的脸靠在裴云舒的背上,蹭了蹭:"爹爹,到了新地方,烛尤不想读书了。"

　　裴云舒摸了摸他的手,入手一片冰冷,来不及回答他这句话,先行问道:"烛尤,你可觉得冷?"

　　小烛尤:"不冷,爹爹的手反而比我的冷。"

　　他反手握住裴云舒,口中淡淡道:"爹爹,那个将军,我们就把他扔在桃花村吗?"

　　裴云舒这几日没事的时候,将烛尤曾经带回来的那些书看了大半,越看其中的阴谋诡计越觉得自己蠢笨,连带这将军求他去救凡间帝王一事,也总觉得有什么阴谋在。修仙界与凡间虽有交集,但不曾有人想要插手,人各有命,哪里是随随便便就能出手相救的?

　　反正书看得多了,裴云舒看到这些权贵之人,就不自觉想到下毒、借刀杀人、陷害等,各种各样的阳谋阴谋之事,脑袋都要绕晕了。他索性敬而远之。

　　"烛尤不必担心,"裴云舒道,"你只要安心读书就好。"

　　说来说去还是要学那些什么礼义廉耻、伦理纲常。

　　小烛尤环着爹爹腰间的手一紧,少年人的力气已然不小,裴云舒猝不及防,只觉得腰间骤然一疼,像是要被勒断了一般。

　　听到一声轻呼,小烛尤连忙松开手:"爹爹可疼着了?"

　　裴云舒说了一声"无事",暗暗往前挪了一小步,脚下的剑加快了速度。

　　裴云舒带着小烛尤来到另一个地方,不到几日,又被将军给堵在了院子里,也不知他是用了什么方法,竟能寻到裴云舒的行踪,将军堵住裴云舒时,眼底青了一片,面色憔悴,应是日夜兼程而来。

他甫一见到裴云舒,便深吸一口气,双膝一弯,重重跪在了地上,沉声道:"请仙长救我皇一命。"

裴云舒正色道:"若是命数已尽,如何能救?"

将军抬头看着裴云舒,沉默了一会儿,道:"正是因为病得诡异,才想请仙长插手。"

他顿了顿,压低声音道:"皇上应是中了奸邪之术。"

正是因为如此怪异,将军才授命私下寻找奇人能士,谁承想那些人多是沽名钓誉之辈,徒有虚名,莫说会什么仙术了,在他手下连三招也未曾抵得过。所以他见到裴云舒之后,才会惊为天人。

那日为他疗伤,轻覆在他伤口上的手,还有传入耳中的清亮温润之声,哪一样,都无比契合想象之中仙长的模样。

不,甚至比想象之中的更加让人敬畏。

将军在裴云舒门前跪了一个下午,他身侧的那匹良驹颇通人性,瞧着主人跪下,也跟着马腿一折,朝裴云舒俯下了身子。

裴云舒想到了那日给他水缸中倒满水的士兵,犹豫良久,终是同意了:"若你们凡间的皇帝真的是中了其他人的咒术,我会试一试可救不可救。"

将军展眉,他起身,但因为多日的奔波,起身之后一个踉跄,就往裴云舒身上扑了过去。

裴云舒及时扶住了他:"没事吧?"

将军揉了揉额头,借助着裴云舒的力气站直:"并无大碍,冒犯仙长了。"

小烛尤正巧从远处走来,他手里拿着爹爹喜欢吃的软饼,黑眸中满是愉悦,但一个转身,他就看见了这一幕。

他脸上表情骤变,戾气和凶狠浮现:"爹爹!"

裴云舒听到了这声呼唤,侧头朝着路头看去,见着小烛尤便展颜一笑:"我儿回来了?"

他身侧的将军眼中一闪,看了裴云舒一会儿,才转身去看仙长的儿子，朝着小烛尤露出一个不甚熟练的和善之笑。

小烛尤冰冷地看他一眼，整个人扑在了裴云舒的怀中，抱紧了裴云舒。

"莫要撒娇，"裴云舒被迫前倾，身形紧绷，"云椒莫闹，等爹爹带着云椒进京，到时候再带着云椒好好吃喝玩乐一番。"

小烛尤瞥了一眼一旁的将军，这人竟还敢盯着爹爹，他神色一冷，怒火瞬息压下，小烛尤放开裴云舒，改为牵着手："好。"

次日还没到午时，裴云舒就已御剑带着小烛尤、将军到了皇宫门外。

将军面如土色，但仍很镇定，他稳住剧荡的心神下了飞剑，往周围一看，守在宫门处的守卫瞪大了眼睛，又惊又傻地看着从高空飞下的三位"仙人"。

将军道："我带着仙长进宫。"

皇宫内大极了，裴云舒跟在将军身后走着，走过一处极大的园子，就到了皇帝休憩的宫殿。

宫殿之中并无响动，唤人前来一问，原来皇帝已经去了宫外的寺庙之中。

将军向裴云舒致歉："仙长，我先一步去同皇上禀报，你来我府中暂且休息一日吧。"

裴云舒和小烛尤被带到了将军的府上，将军特地腾出一处清净之处来让两人落脚，院中还有数十名服侍的奴仆，见裴云舒进来之后，就上前想要为他脱去外衣，揉肩按摩一番。

裴云舒被他们这个举动吓了一跳，尴尬道："这里不用服侍，你们下去吧。"

奴仆面面相觑，彼此对视一眼，里面走出一个领头的小厮，小厮试探道："仙长，可是我们哪里让您不高兴了？"

裴云舒摇了摇头："我只是不习惯这么多的人。"

小厮明白了，给身后人使了个眼色，数十人一一退去，就让两个机灵的留下干些粗活。

等人都散了后，裴云舒躺在院子里的美人榻上，终于是松快了一些。

"那么多人在身边伺候，岂不拥挤错乱？"

小烛尤接过奴仆递过来的桃子，先行尝了一口，确定水嫩香甜后才递到裴云舒唇前："爹爹吃一口。"

裴云舒咬了一口，惊讶："好甜。"

小烛尤："爹爹还吃吗？"

"不了，"裴云舒看了看天色，又看了看候在一旁沉默不语的两个侍者，心中一动，"不如爹爹带你出去一游京城？"

小烛尤眼中浮现了些许愉悦："就依爹爹所言。"

两个人光明正大地出了将军府，一头扎进了繁华的京城之中。两个没见过世面的人今日总算是开了眼，玩了个尽兴。

傍晚在茶馆稍作休息时，有说书人在上头讲书，裴云舒看着窗外景色，眼睛微眯，分外闲适。

小烛尤却听书听入迷了。

小烛尤喉间干渴，他饮了几口水，突然开口问起早不知哪儿去了的龙父："爹爹，龙父是个什么样的人？"

裴云舒表情青红变换，他冷笑两声，道："厚颜无耻之人。"

他说这话时，还直直地看着小烛尤，小烛尤有一种此时被骂的是自己的感觉。

小烛尤压下这种感觉，在心中夸赞"爹爹骂得好"，他状似随意道："龙父强吗？"

对这个问题，裴云舒是没法昧着良心说"不强"的，他实实在在地点了点头："强。"

小烛尤听闻，沉重地点了点头。

又过了两刻钟，两个人出了茶楼，回到了将军府。甫一进门，他们就看到将军府的管家着急地等在了门边。管家看见他们眼睛一亮，道："两位仙长！皇上已回到宫中，仙长快快收拾一番，皇上正在闻木樨香殿中等待两位。"

裴云舒和小烛尤进了宫，由侍者在前方带路，快要走到宫殿门前，裴云舒忽然闻见了一股异香。他侧头一看，原来是成片的桂花怒放在宫殿四周，一片灿黄将宫殿包围了，怪不得叫闻木樨香殿。

裴云舒一脚踏入宫殿，心中忽然想到，桂花开的月份同桃子成熟的月份，原是连着的吗？

第22章

进入宫殿之后，桂花香气就被檀香覆盖了，四处弥漫着寺庙中才有的袅袅香烟，裴云舒随着前方的侍者又走过了两扇精致雕花木门，才见到了站在墙边面无表情的将军。

将军见到裴云舒之后表情一缓，往前走了两步："仙长。"

裴云舒左右看了一下："人在哪儿？"

将军眉头皱起，沉声道："皇上又病发了。"

他看上去很是为难，直到如今，裴云舒只从他口中知道皇上得了怪病，但是什么样的怪病，将军讳莫如深。

裴云舒被勾起了一点好奇心："到底是何样的病，会让将军如此为难？"

将军看了他一眼，将他神情纳入眼中，神情微微一动，转身带着裴云舒进了房门，等裴云舒和小烛尤二人进去之后，将军在后方将房门牢牢关上。

此处房间之中，有一处大大的温泉。

泉中缚着一个人，这人被红绳捆住全身，正双目血红，表情狰狞，不断挣扎碰撞着池子边角。他身上的绳子捆绑得很紧，在皮肉之上勒出一道道青紫到骇人的痕迹，但更让人心中发寒的是，这人每一次重重碰撞上池子边角时，脸上的表情都会骤然一变，有舒爽一闪而过，而后又变得更为狰狞。仿若疼痛对他来说，可以饮鸩止渴。

"皇上！"将军握紧拳头，不忍看下去。

皇上此时的样子着实狼狈不堪，他应当有着一副好相貌，但此时根本看不出来相貌是好是坏，唯独那股伤害自身的劲头如同疯魔一般。

"滚……"皇帝被这一声给唤回了片刻理智，他从牙缝中吐出一句，"给朕滚出去。"

他竭力控制自己不在臣子眼皮底下做如此丑陋恶心之事,但不到几秒,又挣扎了起来,想要往池边撞去。

裴云舒下意识控制住了他的动作。

"将军,"裴云舒面上看起来很是镇定,忽视了帝王正狠狠瞪着他的布满血丝的双眼,"这便是你说的怪异之处吗?"

将军沉重颔首。

裴云舒想了想,侧头朝他说道:"不若将军先出去,我要好好为他看上一看。"

将军犹豫一下,转身出了门,又体贴地将房门带上,在门旁站立等候。

裴云舒布上了一个结界,走近池边,他瞧了一眼狼狈至极的皇上,脱下了鞋袜,坐在池边悠然泡着脚,对皇上的瞪视视若无睹。

不仅如此,他还招呼小烛尢坐到他身边:"云椒,你也来泡一泡,这泉水中还加了草药,虽对你我并无什么益处,但确实极为舒适。"

小烛尢也不客气地脱去了鞋子,坐在裴云舒的旁边,把脚伸进了泉水之中,跟着点了点头:"爹爹说得对。"

池水旁还放着新鲜的水果和晶莹剔透的酒水,无一样不精致,也无一样能伤人。裴云舒觉得好玩,便直接笑了出来:"皇帝被捆住手脚放在泉中,身旁也无宫人伺候,这些东西摆在这里,是留给我与我儿吃的吗?"

小烛尢将果盘拉到身边,垂眸看了一会儿,摘下了两粒饱满圆润的葡萄。

他们两个宛若在自己家中,津津有味地品尝着皇帝的鲜果,把正在泡着皇帝的泉水,拿来当泡脚水。

被定住身形的皇上不眨眼地瞪了他们好久,直到眼睛酸涩,他们也不曾往这边看上一眼。皇上受不了地闭了闭眼,压着怒气道:"尔等何人?!"

他怒火虽盛,但声音压得极低,仿若生怕惊动他人一般。

裴云舒拿着果子朝他看去,又咬了一口果子,体贴道:"这果子极甜,皇上不吃一个吗?"

皇帝气得绷不住仪态,朝着裴云舒翻了一个白眼。

裴云舒放下了果子,给皇帝鼓起了掌,这才不解地问:"你既然没中咒术，又为何要装疯卖傻？"

他顺手解开了皇帝身上的绳子和法术。

皇上见事情败露，表情微变一瞬，又很快冷静下来，他将身上的红绳扔在水中，审视地看着裴云舒二人，裴云舒本以为他会说些什么，但是皇上却什么都没说，只是走上前拿走了果盘中最后一个果子，狠狠咬了一口，一排整齐的牙印就印在了果子上。

裴云舒原本以为自己看出来这皇帝没灾没病之后会占据上风，试一试话本里面别人惊惧交加，在心中暗自惊叹他聪明多智的待遇，谁想到这皇帝这么平静，一个房间里面只剩下了吃果子的咔嚓声。

裴云舒吃一口，小烛尤吃一口，皇帝吃一口。

三个人在池边吃完了一整盆的果子，皇帝瞥了一眼门外将军的背影，他用湿漉漉的袖口优雅地擦过了唇，裴云舒上下摆动了脚，好心提醒道："这水是泡过脚的。"

皇帝手臂一僵，道："这水是活水，仙长。"

小烛尤冰冷的目光从裴云舒身后投到皇帝身上。

皇帝不去看他们，他出了池子，又变了变神情，待到脸色苍白且无戾气之后，才施含了裴云舒和小烛尤一个眼神："劳烦两位仙长起身。"

裴云舒不明白他要做什么，之前看过的话本中各式各样的内容在脑子里面一一闪过，但脚泡够了，也就顺势起身，反正无论他想做什么，在绝对的力量面前都无法施展。

小烛尤在他身旁道："爹爹，等一等。"

小烛尤从水中起身，穿好鞋袜之后伸出手，抬起裴云舒的小腿，为他擦去脚上的水珠。

裴云舒挣了挣，小烛尤抬眼看他一眼，道："爹爹别动，秀才先生让我多多孝顺你。"

裴云舒道："秀才先生？"

"嗯。"小烛尤随意应了一声，心神全放在了手上。

裴云舒忍笑道："烛尤，孝顺爹爹就要好好孝顺。"

小烛尤"爹爹"两个字刚说出口，那边没有眼色的皇帝就道："朕不想看你们父子情深。"犹如一盆冷水从头浇下,把小烛尤给浇了一个透心凉。

回过神来后,裴云舒已经穿好了鞋袜,把他也给拉了起来。

皇帝看到他们二人站起了身,二话不说就躺在了地上,虚弱地唤了一声:"长榷。"

小烛尤此时正心生暗火,似笑非笑道:"这处布了结界,皇上又是在喊谁?"

皇帝面不改色地站起,又走到了门前躺下,用脚踢了下门,脸色苍白道:"长榷。"

这次外面的将军总算是听到了,将军连忙走进房内,一眼便看到了已经冷静的皇上。他蹲下身,单膝跪在一旁,扶起皇上,松了一口气:"陛下。"

"多亏有两位仙长,"皇上的目光投在了裴云舒的身上,"仙长功力深厚,让朕难得有了一丝清明,朕感激不尽。"

说着,皇上眼中已经含上了热泪。

裴云舒目瞪口呆。

"仙长,"皇上虚弱地抬起手,攥住了裴云舒的衣摆,一副无以回报、激动非常的模样,"仙长有如此本领,还请驱走我身上妖邪,彻底救我一命!"

裴云舒道:"你——"你身上本就没有妖邪。

皇上突然惊天动地地咳了起来,他咳得分外吓人,胸膛不断起伏,身上的伤痕更是触目惊心。

裴云舒闭嘴默认。

将军唤人来给皇帝诊脉后,便同裴云舒和小烛尤二人等在了殿外,他朝着裴云舒深深弯下了腰:"谢仙长出手相助。"

裴云舒淡笑:"不必如此。"

将军还是坚持,待行完礼后,他抬头,朝着裴云舒露出一个略显松缓的表情,道:"那日我受伤,本以为必死无疑,没想到却是喜从天降。"

裴云舒:"谬赞。"

将军还想再说些什么，就对上了小烛尤投来的目光，他眼中一闪："令郎气势不凡，没想到仙长瞧起来如此年轻，却已经有一个这么大的儿郎了。"

到如今裴云舒也未曾告诉将军他的姓名，将军只能尊称他为"仙长"。

裴云舒嘴角勾起，真有了几分被别人夸赞儿子的高兴。

裴云舒和他断断续续地说了几句话，有宫人从房内走了出来，说皇上要见将军。

将军进了宫殿里面，小烛尤看着他的背影，问道："爹爹，你觉得这个将军如何？"

裴云舒想了想，道："是个忠君报国、知恩图报之人。"

但小烛尤却看得分明。这将军明明就是个冷血之人，不懂报恩，甚至恩将仇报、翻脸无情。若是救他的不是爹爹，而是其他的他不感兴趣的人，他必定不会浪费片刻时间去寻所谓的"救命恩人"。

找寻了爹爹许久，浪费手中兵力，甚至抛下手下将士，不管他们死活，日夜兼程地找到了爹爹。一匹恶狼，装成一个有情有义之人，肆意骗取着爹爹的好感。

小烛尤不打算直接同爹爹说，他打算让爹爹亲眼去看。待爹爹大惊失色的时候，再告诉爹爹，世间除了他，谁都是这般虚伪的模样，爹爹只能信他。

第23章

过了片刻，将军从宫殿内走了出来，恭敬道："仙长，请恕我不能护送仙长回府了，我还有要事去做，已派人在宫外等待，仙长可随他们回府。"

裴云舒皱了皱眉。

他只是稍微皱了皱眉，将军就晓得了其中意思，他妥协道："算了，仙长随意就好，只是夜晚更深露重，还望仙长能早早回府歇息。"

他显出如此低微的姿态，一旁的侍卫面露惊骇，随即赶忙低下了头，不敢暴露脸上的神情。

裴云舒正要说话，殿中走来了一个宫人，宫人请裴云舒和小烛尤入殿。

他们走进宫殿，正看到了从床上起身的皇帝，殿内此时已不留一人，皇上见他们进来，打开了一道机关，一条密道就出现在了床榻之下。

皇上低声道："请两位仙长随我来。"

他如今看起来倒是分外客气，仿佛刚刚在泉中话语粗鄙的人不是他一般。若他不是人间帝皇，或在他面前的不是裴云舒这般的修仙人士，怕是那会儿他们早已被怒而杀之了。

裴云舒和小烛尤跟着他进了密道，密道尽头是一方不大不小的密室，里面竟然还有一个和尚在端坐着念经。

这和尚瞧着分外面熟，听到外来的脚步声后就睁开了眼，又惊又喜道："原是两位道友！"

这人正是裴云舒等人前往妖鬼集市时所路过的寺庙的方丈，正是因为这位方丈的相助，裴云舒才知晓自己体内有蛊。

"方丈，"遇见故交，确实是一件值得开心的事，裴云舒上前，面上带笑，"许久未见方丈了。"

"是许久未见，道友的修为也增进得令老僧也看不出来了。"和尚笑呵呵道，"有了道友相助，想必陛下更为安心了。"

小烛尤皱眉，他目光不善地看着和尚，出现了一个爹爹认识而他不认识的人，这无疑让他极为不悦。

老方丈在他的目光下抖了抖，强撑着笑道："小道友还是如当年那般盛气凌人，只是不知是何原因，怎的还变小了？"

"当年？"小烛尤微微眯眼，他侧头看向裴云舒，"爹爹，他口中说的可是龙父？"

"龙父？"老方丈大惊失色，"那蛟竟化龙了？！"

他连忙睁大眼睛，细细看着小烛尤，越看越心中震荡："这、这孩子同他父亲竟然如此相像！"

裴云舒有口难言："方丈莫要误会……"

他想说根本就没有什么龙子、龙父，但是这些还不能说出口，只能憋屈又干巴巴地解释了一句。

老方丈已经误会了，他一脸了然地点点头："裴道友放心，老僧我并非多嘴之人。"

小烛尤在一旁若有所思。

原来他与龙父长得如此相像吗？

见他们说完了话，皇帝才走上前，朝着裴云舒深鞠一躬："方才冒犯了仙长，还请仙长莫要同我计较。"

裴云舒摇了摇头，问道："你如此装疯卖傻，到底是何原因呢？"

凡间的帝王素有英明声望，备受百姓爱戴，他身为人皇，身上的真龙之气很是强盛，如此众心所向，又使这龙气更为强盛，本身便可震慑一些不入流的妖邪，应当也没有必要装疯卖傻才对。

皇帝听闻，直起了身，深目映着烛光，显出幽暗肃杀之色，那一张在泉水中分外狰狞狼狈的面容在此时终于威严非凡了起来。

"我不得不装疯卖傻，行如此丑陋之事。"

皇帝低声道："我能感觉到，有东西在暗处窥伺我的身体。"

皇帝的意思是，他觉得有人想要对他夺舍。

"两年前，我就已经觉出了不对。"皇帝道，"我常于梦中迷失，数次以为梦里的才是真实的，曾经一次甚至沉睡了整整十五日，天下差点大乱。

"那之后，我心中犹疑，便私下探寻过许多寺庙，才在方丈这儿得来了一星半点的缘由。"

老方丈在一旁叹了口气："我找来寺庙中的僧人为陛下念了三天三夜的经，然后，我竟然在陛下的身体内看到了几缕魔气！"

"黑稠如雾的魔气！"老方丈现在说起来仍是不敢置信，"若不是人皇有真气庇佑，陛下早已被这魔气给占据了身体！"

裴云舒神情一冷，他问："是不是附于一枚戒指上的魔气？"

他没忘记自己在水底宫殿见到烛尤时的那枚戒指，那魔就想要占据烛尤的肉身。他初见黑影那次，正是在神龙秘境的梦境之中，同样都是梦境和魔气，那魔所图倒是不小！

皇帝一愣，随即恍然大悟，喃喃自语："戒指？"

老方丈接着道："我除不了深入陛下体内的魔气，只能暂时压制再缓而除之，陛下不知这魔气因何而来，但总感觉有人在暗中窥探，便不敢暴露实情，只能装疯卖傻，越加残暴、喜怒不定，既不会让暗中窥伺的人怀疑，也希望能让想要夺舍的魔物厌弃陛下的身体。"

"魔物的眼光真是极高。"小烛尤道。

不论别的，单说人间帝皇的身材与样貌确实是一等一的好。

眼光确实挑剔，裴云舒心想，他连你的肉身都看上了。据那魔话中含义，似乎也看上了无忘尊者。

一方是修真界的大能，一方是人间帝皇，剩下一方的烛尤更是快要化龙的蛟龙，那黑影是想要夺舍其中一方，还是想将自己分为三份，到底是何居心？

这个魔物与裴云舒有关，此番不得不管，必须插手了。

裴云舒吐出一口浊气，打起精神问道："皇上可曾想起来接没接触过一枚戒指？"

皇帝的神情有些微妙，他在烛光下抬起手，手面光洁，无一配饰。

"梦中……"他不甚确定地道，"梦中似乎戴着一枚戒指。"

老方丈问："裴道友，那戒指可有什么奇异之处？"

"戒指中藏着魔气，魔气黑如活水。"裴云舒道，"因人皇身上有真气佑体，那枚戒指怕是只能在梦境中现身。"

他沉思一会儿："方丈在皇上体内可以看到魔气，那应当说明，这些魔气已经侵入他的魂体了。"

方丈和皇上的表情变得难看起来。

裴云舒摸了摸自己的储物袋："若是可以进入皇上的梦境，倒是有机会可以将戒指毁坏，接下来清除了魔气，就不用担心了。"

皇帝神情忽地一亮，又黯淡下来："进入梦境，还能有这手段？"

裴云舒瞥了一眼小烛尤，烛尤的幻境几乎可以以假乱真，要是小烛尤还记得怎么使用幻境，应当就可以带着他们入梦，可如今烛尤还未恢复，裴云舒不确定小烛尤会不会。他不抱希望地问："云椒可以吗？"

被裴云舒以这么期盼的眼神看着,烛尤怎么会说"不可以"?

他点了点头:"给我两日时间。"

他本能地认为入梦之事对他来说不难,但事关爹爹,他还须谨慎。

将军应约来到酒楼,一些权贵子弟连忙起身,朝着将军问好。

将军坐在窗边,接过身旁人恭敬地递过来的酒水,看着窗外的景色出神。

对面的权贵子弟彼此使了一个眼色,没过多久,就有一个面容姣好、干干净净的美人走了进来。

有人连忙把美人推到将军身边,讨好地朝着将军笑道:"将军,这美人比仙人还要美。"

将军闻言,掐住了美人的下巴,眯着眼看美人。

美人脸上红晕如星辰点点,双目含情带水,颤颤巍巍道:"将军……"

"比仙人?"

将军喃喃自语,放开了美人,他将酒水一饮而尽:"我身边就有一个真仙人。"

桌上洒落的酒水中倒映着一双野心灼灼的眼睛。

能把真仙人留在身边,这才是让人大快的美事。

对于小烛尤来说,制出幻境犹如本能,梦境中会发生的事自然也是由他做主的。小烛尤由此生出了一个大胆的想法。

两日后,约定好入梦时辰的皇帝端正躺在床上,准备进入梦乡,老方丈在他的身边保护,口中念着经,以压制皇帝体内的魔气。

裴云舒和小烛尤不在此处。

皇帝面色平静,老方丈停下诵经,安慰道:"陛下放心,两位道友修为高深,必定会护得陛下周全。"

皇帝摇了摇头:"朕只是在想,朕的大将军有没有参与此事?"

老方丈道:"魔气是魔物才有的,大将军是活生生的人,他使不出如此手段。"

"听闻两位仙长还住在将军府中,"皇上突然换了一个话题,"朕真是连这事都忘了,应该让两位仙长入宫来住,朕也好能尽些心力。"

老方丈劝慰道:"等陛下身上魔气驱除,再报答两位道友不迟,到了那时,陛下就不用装疯卖傻了。"

皇上点了点头,闭上了眼。

睡梦之中,黑暗退去,光亮刺眼。

裴云舒睁开眼的时候,他身后正有两个丫鬟为他梳着发,铜镜里的人影模糊,裴云舒愣了一会儿,才想起这是在梦境之中。

这是什么梦呢?

身后丫鬟为他梳好了发,道:"小主子快去吧,大人等了有一会儿了。"

大人?

裴云舒眼皮一跳,跟着丫鬟往外走去,走了一会儿,来到了一处练武场。练武场上有许多人正在大汗淋漓地练着武,还有不少人直接脱去了衣衫,露着上半身的肌肉,热得周身冒气。

丫鬟把裴云舒带到练武场就走了,裴云舒左右看看,看到东侧阴影下有一个人正坐在椅子上监督着场上众人训练,裴云舒走上前去,就看到椅子上的这人竟和烛尤有六分相像。

这人见着他,严肃地点了点头,挥手从场上招下来个人:"你昨日新入府,还没见过我的儿子——烛尤。"

有一个人在练武场上扔了武器,利落地披上外衫大步走了过来,朝着椅子上的人叫道:"爹。"

裴云舒面无表情地看着小烛尤。梦境中的他比裴云舒还要高大。

这人道:"我近日有事,需要外出一个月,家中就托给你照顾了。"

"爹放心。"小烛尤嘴角扬起。

椅子上的人干脆利落地走了。

小烛尤扔给了裴云舒一把剑。他上下看了一眼裴云舒,不屑地笑了一声:"能拿得起来剑吗?"

周边人配合地传来一声声大笑。

裴云舒被激起了火气,将剑握在手里,打算趁机好好教训一下小烛尤,让他明白什么是敬老尊贤!

"一会儿打了你,你可别哭。"裴云舒挥剑道。

小烛尤嗤笑一声,径直上前,他动作缓慢,明摆着不是对战而是在耍着人玩。

裴云舒重重用剑面打在他的背上,用了全力,没给小烛尤留一点情分。谁知道小烛尤硬生生地扛住了这一下。

周围人开始起哄,裴云舒还没弄明白怎么回事,小烛尤突然抵住了他,将他推到了练武场旁一个大红鼓上,发出沉闷的一道鼓声。

小烛尤低头看着裴云舒,裴云舒沉着脸道:"起来。"

"还敢不敢直呼我的名字?"小烛尤问。

裴云舒气极,梦境不是他做主的,他想动手都没法动,只能好好跟小烛尤讲道理:"你就这样对你爹爹的吗?"

小烛尤眼里写满了大逆不道,他闻言,眯起了一双眼睛:"你怎么能是我的爹爹呢?你是私生子。"

裴云舒的脸色已经黑如墨水了。

小烛尤放肆无比,他不知练了多长时间的武,身上还有一股子汗味,热得裴云舒鬓角也开始冒汗。

裴云舒想要谋杀"儿子"了。

"听到了吗?"小烛尤道,"你一个流落在外的庶子,在府中地位低下,现在爹走了,你只能听我的话。而听话的第一条规定,就是不许直呼我的名字。"

"那叫你什么?"裴云舒讽刺道,"叫你小侯爷吗?"

小烛尤竟然点了点头,他道:"孺子可教也。"

裴云舒忍无可忍了,他正要打醒这个逆子,小烛尤就攥紧了他的手,眉头紧皱着,脸色沉了下来,正一脸不快地看着裴云舒,腿抵住了裴云舒的脚,让他无法动弹,还撞了裴云舒一下。

裴云舒面色一变,难看极了,他深呼吸了几次,才咬牙说出话:"逆子。"

小烛尤不甚在意地笑了，他看了看裴云舒，眼中一闪："这就是逆子了？"

这才哪儿到哪儿啊，爹爹。

第24章

小烛尤没忍住稍稍放肆了些。他特意让爹爹早睡，早于约定时间一个时辰，这一个时辰，他可以在梦中变出两天。

小烛尤已经想好怎么解释了——初次入梦，还不熟练，免不得不甚清醒，所以才醒悟不过来。若是爹爹还不原谅，那他就只能使一个苦肉计了。

梦中，裴云舒额头一抽："你说什么？"

小烛尤哈哈大笑着退开，他走到一旁，随手拿起一把枪，极为娴熟地耍了一个花招。他扬扬下巴，道："还比吗？"

怎么跟梦境之主比？他想赢就赢，想输就输，裴云舒明明都把剑握紧了，剑却还是在转眼之间就到了小烛尤的手里。

裴云舒明智地决定："不比了。"

他转身就走，围观的人群给他让出来了一条路，裴云舒冷着脸，这些人也不敢大声说话，只三三两两地窃窃私语。

"他认输了。"

"怎么能不认输呢？现在整个侯府都是小侯爷做主的，想要日子过得好，就得给足小侯爷面子。"

好啊，他这逆子在梦中还会仗势欺人。

裴云舒生生给气笑了。他最后转头警告地看了小烛尤一眼，这一眼在小烛尤的眼里，让小烛尤忍不住上前一步，又及时停住了脚步。

他目光追着裴云舒而去，等花木遮掩住了裴云舒的影子后，才哼笑出声。

裴云舒寻着个仆人带路，出了侯府就往皇宫的方向而去。

离侯府越远,他就越能脱离梦境之主的掌控,等到了皇宫时,裴云舒已经可以隐去身形,光明正大地四处走动了。

他来到前两日见到皇帝的闻木樨香殿,进入宫门一看,宫殿内没有一人,他四处找了一会儿,才在一处深宫找到了正在床上酣睡的皇帝。

裴云舒走近一看,果不其然,皇帝的右手手指上正戴着一枚镶嵌着红黑色宝石的戒指。

红宝石之中黑气流转,犹如活水一般。上面的魔气已经肉眼可见了,缠绕在皇帝的腿上,还在极其缓慢地往上爬行。

裴云舒神情端正起来,立刻从储物袋中拿出那根佛光细针,执起皇上的右手,从他指缝中穿过,将戒指一切两断。

这细针上的佛气对待魔物时简直是削铁如泥,裴云舒将戒指中的黑水用符纸裹起,再放入刻有符咒的法宝之中镇压,待一切做好之后,才稍稍松了口气。

没了戒指在手上,皇帝的气息陡然轻松了起来,他睫毛微颤,似乎快要从梦中醒来。

裴云舒施法让他继续沉睡,托着下巴凝视着他身上还在缠绕的魔气,有心想要帮到底,但皇帝到底是凡人,这些魔气已成不了事,大可以交予方丈,让方丈一日日念经来净化魔气。

决定好了之后,裴云舒也不犹豫,出了皇宫之后就找了家客栈休息,在房中打坐,等着从梦境中醒来。

半个时辰之后,外面突然响起喧哗声,裴云舒睁开眼,侧耳去听,就听到一群年轻人的声音。这群年轻人正在客栈中说说笑笑,这一听,裴云舒还从其中听出了小烛尤的声音。

"小侯爷今日怎么有心思出来玩?还专门带着我们来这么一家没有名气的客栈。"

小烛尤径直带着一群人来到裴云舒休息的房间外,堵在门口之后,他也不敲门,就倚在门边,扬声问这一群人:"府里昨日新来的庶子,今天爹才走,他就跑出来到处拈花惹草,你们说该怎么办?"

屋内的裴云舒尽力保持平静,闭着眼打坐。一闭眼就见到了自己的元婴,元婴气得揪住了头顶的叶子:"打他!打他!"

裴云舒道:"我也想打他,但他是梦境之主。"

元婴气得把四月雪树的叶子给揪下来了。

"别生气,"裴云舒冷静地自己和自己说,"我一点儿也不生气。"

外头真的有人在给小烛尤出谋划策:"小侯爷,你要好好教训他啊。"

这群人在门外滔滔不绝,说的话跟练过似的。裴云舒听得越来越心烦,最后下床,猛地拉开了房门。

倚在门上的小烛尤手疾眼快地撑住门框,他看着毫无预兆就走出来的裴云舒,脸上似笑非笑:"你竟然会在客栈里,不知是在等谁?"

裴云舒面无表情道:"你们打扰了我的清静。"

其余人一时语塞,过了一会儿才同小烛尤道:"小侯爷,脾气真是不小。"

小烛尤点了点头,深以为然:"脾气确实不小。"

裴云舒双手握住了两扇门,不给小侯爷留一点儿情面,在他们还在说个不停的时候,又要把门给关上。

门被关上的前一刻,一只手抵住了门。这手的力气极大,硬生生抵住了将要关上的门,甚至将门推得越来越开。

裴云舒推不过他,他机智地双眼一闭,装作晕了过去。

小烛尤将他带回府中。绕过府中的众人,将裴云舒放在床榻上,看着他佯装昏迷的样子。

裴云舒唯恐他又说什么大逆不道的话,便死死闭着眼睛装作听不见。

小烛尤笑了一声:"晕倒了啊。"

裴云舒心中松了一口气。

我已经晕倒了,不想见你,不想听你说话,你还不走吗?

小烛尤道:"晕倒了就好。"

小烛尤快步走出了门,还拿走了裴云舒的衣衫,裴云舒愣愣地坐在床上半晌,才下了地,左右看了两圈,叫道:"来人。"

有侍女走了进来,裴云舒问道:"这是哪里?"

侍女道:"这是小侯爷的房间。"

裴云舒倚靠在墙上,不得不多想。

他让小烛尤读书,去认识凡间的孩童,也只是想让小烛尤明白一些礼义廉耻。他越想,就越觉得那些书都白读了。

裴云舒咽咽口水,觉得此处不宜久留,吩咐侍女道:"劳烦给我拿身衣裳过来。"

等侍女离开后,裴云舒悄声出了房门,一边留意着侯府四处的动静,一边快步往府门走去。算了算了,烛尤无论是失忆前还是失忆后都是这么厚脸皮,识时务者为俊杰,他还是赶快离开小烛尤比较好。

面对恢复后的烛尤还好说,面对从小带到大的小烛尤,真真有几分不敢面对。

不过他这次明显逃不掉了。

小烛尤带着人堵在府前,他面无表情,如蛇般用双目盯着裴云舒。

"这是想去哪儿?"

裴云舒眉头蹙起:"我还不能出去了吗?"

小烛尤冷笑两声,让身后的人上前。他身后站着十余人,人人怀中抱着一坛酒水。

第25章

裴云舒不知自己到底是哪里没把小烛尤给教好。之前还算听话的一条蠹蛟,现在相当地不听话;之前看起来聪明,现在都知道把小心眼藏起来了。

裴云舒脸色已经很不好看了,一眼看过来就知道他动了怒:"烛尤,再不把梦境散了,我就直接冲出去了。"

小烛尤眉头一皱,他从身后人的手里抱过酒坛,还未转身,裴云舒就从身后给他贴上了一张安睡符。

小烛尤猝不及防,他双手一松,困意来袭,直愣愣地摔倒在地上。

酒坛应声而碎,酒水洒了满地,小烛尤这一跤摔得结结实实,裴云舒蹲在小烛尤旁边看着他,伸出手去掐他的脸。左脸掐红了一片,再去掐右脸,这一张俊美无比的脸蛋上,顿时就浮现出两团红印。

裴云舒恶狠狠道:"还未化龙,毛头小子都这么胆大包天,我送你去了这么多私塾,你跟着那么多好的先生学习,结果还把你给越教越坏了?"

"以往你什么都不懂,我还可赞一句'可爱',现下,"裴云舒冷笑一声,"让爹爹教教你什么是做人的道理。"

还好烛尤根本就没防备,虽然法术使不出来了,但储物袋中的东西可是十分管用的。

梦境之主一睡着,整个梦境也好似睡着了一般,抱着酒坛子的那些仆人也跟着倒地昏睡,风也是昏昏沉沉的,吹都吹不起来了。

由此可见,初次入梦,小烛尤的破绽还是颇多。

裴云舒拽着小烛尤的衣裳,拖着他一路走过院中,小烛尤皮糙肉厚,裴云舒一点儿也不觉得心疼。

等来到一间房中,裴云舒把小烛尤扔在地上,坐在一旁思考着怎么教训他。想了一会儿,裴云舒忽然想起了什么,他在储物袋中翻找了一会儿,在角落里找到了一根捆仙绳。

这还是邹虞的捆仙绳,在南风阁中被裴云舒用结界所困,就被他收进了储物袋中,只是之后一直忘了还有这个东西。

裴云舒握着这捆仙绳,探入神识,抹掉上方邹虞的印记,让这捆仙绳认了主。他如今的神识比邹虞高了不知道多少,这一番下来根本就没浪费多长时间。

认了主之后,捆仙绳亲昵地蹭着裴云舒的指尖,裴云舒放开它,朝着昏睡在地的小烛尤遥遥一指,露出一抹不怀好意的笑:"去,把这蠢蛟给绑起来。"

捆仙绳变长,把小烛尤绑了个结结实实。

裴云舒把小烛尤给弄到了椅子上,绕着烛尤转了两圈,识海中的元婴兴奋地乱跳:"打他!打他!"

裴云舒手痒极了。他上手教训了小烛尤一顿,小烛尤呼呼大睡,皮糙肉厚,极为抗打,这么一番下来不痛不痒,反观裴云舒,气还没出,已经累极了。

裴云舒觉得自己这样太没有威慑力了。

他从储物袋中拿出了一把小小的匕首，匕首掠过桌布，桌布裂开，真是削铁如泥。

裴云舒走近小烛尤，用刀尖挑破他的衣衫。

梦境之主受到生命威胁，即便是在睡梦之中，也如头皮炸裂一般瞬间改变了整个梦境。

裴云舒刀子正要往下，下一刻，他就察觉到梦境正在分崩离析。他挑挑眉，跟着盘腿打坐，放出神识，打算试着同小烛尤抢一抢这梦境之主的位置。

裴云舒比不得烛尤对梦境的操控，也不会幻境，但他的修为比如今的小烛尤要高深，神识更是逼近分神期。

他压着小烛尤的神识狠打，然后掌控了整个秘境，没试不知道，一试裴云舒才惊讶地发现原来如此简单。他正要出梦境，但转头一看无知无觉的小烛尤，冷笑一声，顺手给这个逆子布了一个快乐至极的"好梦"。

裴云舒醒来之后，就走出房间去往侧卧，躺在床上的小烛尤睡得极为艰难，面露痛苦，大汗淋漓。

他此时又长了一些，已经从少年转向青年模样，裴云舒看了一会儿，看够了之后才敲了敲小烛尤的脑袋，将他从梦境之中唤醒。

烛尤缓缓睁开眼，看见裴云舒之后便极为委屈："爹爹，烛尤做了一个噩梦。"

"噩梦？"裴云舒勾起唇角，似笑非笑，"爹爹也做了一个噩梦。"

捆仙绳飞了出来，在裴云舒的身边对着小烛尤虎视眈眈。裴云舒手中出现了一把闪着冷光的匕首，他把玩着这把匕首，还在笑看着烛尤。

"烛尤想听听爹爹做了什么噩梦吗？"

他真的惹怒爹爹了。小烛尤清醒地认识到了这件事。

一道寒光闪过，匕首掠过小烛尤的腿插入了床板。没想到爹爹是来真的。小烛尤眼睛一闭，装作晕了过去。

裴云舒怒极反笑，恼怒之下根本就无理智存在，他拔出匕首，正要对小烛尤下手,外面有声音响起:"仙长可在?"

裴云舒恢复了清醒,他把小烛尤捆得紧紧实实,心中也半松了口气。

现在的小烛尤虽然好欺负,但是他要是此时真伤了小烛尤,等过几天烛尤恢复了,那蠢蛟是不是又要把他困在密室之中了?

而且……裴云舒真要下手时,竟然会觉得有些心疼。

他竟然会觉得心疼。

裴云舒收起匕首走了。这会儿正是明月当空,任谁都知道不应当在这个时候来上门拜访,但将军还是来了。

将军手里拎着两个玉壶,看到裴云舒走出来之后,苦笑着道:"我心中烦闷,不自觉走到了这里,喝得糊涂了,竟然真的叫了一声。出口之后便后悔了,我应当是打扰到仙长休息了。"

"无事,"裴云舒笑了笑,他对将军挺有好感,"将军为何半夜喝酒呢?"

将军叹了一口气,坐在院中石桌旁:"仙长要来一杯吗?"

裴云舒想了想,坐在了将军旁边。

他比起凡人,自然是不一样的。体内没有五谷杂粮的堆积,也无脏污,肤色莹白如玉,在月夜之中竟比月光还要皎洁。

将军递给裴云舒一壶酒,神情惆怅:"仙长,皇上所中的邪术可有办法解开?"

裴云舒瞧着这玉壶姿态秀美,便拿在手中随意把玩,闻言,反问道:"将军觉得皇上身上的邪术容不容易铲除?"

将军瞥过他的手,仰头灌了一口酒:"对我来说,自然是难的,但对仙长来说,应当是容易极了。"

他眼中闪过笑意,郑重起身朝着裴云舒鞠了一躬:"那日救命之恩,多谢仙长了。"

裴云舒道:"你已经谢过了。"

将军摇摇头:"不够。"

他面容冷峻,但此刻垂首看着裴云舒时,却在月光下流露出几分柔和:"仙长,救命恩情,怎么谢也是不够的。"

裴云舒笑道:"在我眼里却够了。"

他抬头看看天色:"将军,夜已深了,喝酒伤身,你还是快点歇息吧。"

"仙长……"将军叫住了裴云舒,他浑身浴着夜色,一身玄衣更是同深夜融为一体,叫人看不清表情,"你觉得我如何?"

裴云舒道:"将军是个好将军。"

将军道:"仙长知道我为何会成为将军吗?"

不待裴云舒说话,将军就接着道:"因为我好似不怕死,也不怕杀人。"

"登上一座高峰之后,就会有另一座高峰在等着我。"将军道,"我本以为只会到此为止了,世间对我来说是了无生趣的,没了高峰可攀,心中欲望便没了可供发泄的点,想要什么便能得到什么,对我来说,半分波澜也难以再起。"

裴云舒没想到将军竟会这么说,这和将军给他的感觉大不相同,他又想起了看的那些话本中的那些阴谋诡计,还是决定敬而远之。

"将军没什么事,我就去歇息了。"

裴云舒话中的送客意味明显。

将军笑了笑:"还有最后一事须请仙长指点。

"我欲在府中建一座专供仙人的小庙,仙人全身用玉打造,打造成了之后,为免外人偷窃,我是否应当在仙人玉身上刻下自己的名字?"

"应当可以。"裴云舒道,"我对此并不了解,将军还是多问问别人才好。"

将军谢过,拎起桌上的两壶酒慢慢悠悠地往外走去。

堂堂将军府,即便是用上好的玉石雕刻仙人像,也应当不怕有人偷窃吧?而且这几日以来,也不曾见到将军对哪位仙人有供奉之心。

裴云舒奇怪地转过身,进了屋内,想继续教训自己的逆子,但是一走到床边,就看到小烛尤已经睡了过去,非是装睡,而是实实在在地睡着了。

裴云舒等在一旁,困意不再,他索性打起了坐。

等到窗口阳光照地,床上的人还是没有醒来。

裴云舒耐心等着给他教训,谁承想这一等,就等了足足两天。

烛尤缓缓睁开眼，还未坐起，就听一道清亮声音在耳边炸起："逆子，终于肯醒了？"

烛尤顿了一下，才朝着裴云舒看去，他面无表情，眼中有些迷茫："逆子？"

裴云舒冷哼一声，又把匕首拿了出来："下次还敢不敢和爹爹那般说话？"

烛尤眼中毫无波澜地盯着裴云舒，眼睛一眨也不眨，等过了一会儿，他才想起来在这一个多月，裴云舒干了什么，他又干了什么。

他表情不断变化，看着裴云舒的眼神也越来越复杂。

"我十分痛心。"烛尤突然下了床，佯装出自己万分委屈的模样，"你教坏了我。"

裴云舒听到烛尤的这句话，顿时被这臭蛟给气笑了："你自己本来就坏，还说我教坏了你？"

"烛尤……"再看不出烛尤恢复了，裴云舒就是傻子了，"我还没跟你算账！"

烛尤一点儿也不心虚，理直气壮、一本正经地说："那不是我做的。"

裴云舒恼羞成怒："那还能是谁？龙魂是你，小烛尤是你，都是你一人，你还要怎么说！"

他明明什么都知道，什么都清楚，还装出这么无辜至极的模样！

裴云舒已经看透了他，烛尤每次做错事后总是这般作态。明明、明明一点儿也不无辜，却比话本中的那些人还会装模作样，每次都装出最无辜的模样。

此蛟城府极深！

卷四 新生

羊肠小道曲折蜿蜒,路旁的花随风摇曳,一处接着一处的花树散发着醉人的香。

第1章

在心魔中历练，裴云舒就知道烛尤会变成一条小蛇，这条小蛇经历过狂风暴雨，才会一朝化为龙，但这都是在心魔中臆想出来的，不能全然当真。

自从烛尤醒来，不可避免地，裴云舒发现他更黏人了。

同裴云舒一起生活的一个月中，裴云舒给了他一个短暂却幸福的"童年"，但这个"童年"没给这条蛟龙半点教养，反而让他恨不得成了裴云舒的跟屁虫。

裴云舒觉得自己养了一个几百岁的孩子。他狠狠呵斥了烛尤一番，烛尤被他凶狠的神色"震住"，老老实实地跟着他出了门。

将军府中的下人惊讶地看着烛尤。

怎么一两日的工夫，这个郎君就长得这么大了？

裴云舒瞧见他们的神色，让他们退了下去，走到树荫处坐下："烛尤，你将花月他们放在了哪里？"

烛尤闻言一愣，神情困惑，似乎才想起有这么一批人。

裴云舒头都大了："你不会把他们忘在某个地方了吧？"

距离分别那日已过去了整整两个多月的时间，按照烛尤这不靠谱的办事方式，真有可能随意就把百里戈他们给扔到了一个荒无人烟之地。

烛尤慢吞吞道："没有。"

"那他们在哪儿？"

烛尤想了想："在东海西岸。"

裴云舒听着他带有几分不确定的语气，对花月、百里戈，连同被连累的清风公子都有了几分同情。

他揉着额头,无力地问:"确定在东海西岸吗?"

烛尤又认真想了想,半晌,他点了点头:"因为你喜欢吃西岸的腌制肉干。"

他不记得把百里戈他们放在了哪里,但记得裴云舒喜欢的东西在哪里。百里戈等人就被他扔在了裴云舒喜欢的肉干那里。

裴云舒一愣,随即轻咳了一声,偏过脸去:"我何时说喜欢肉干了?"

烛尤坚持道:"你喜欢。"

裴云舒不说话了。

两个人一时之间都不说话,只有微风吹拂。

烛尤坐在石桌旁,过了一会儿裴云舒才说道:"我们要去找花月他们。"

烛尤点点头:"找。"

裴云舒费尽心思又憋出一句话:"还要去看看皇帝是否真的拿掉了戒指。"

烛尤道:"看。"

裴云舒已经无话可说了,可是不说话又觉得不好,他想来想去,突然觉得自己不应该这样。

自己本来是想找烛尤算账的,现在这样又是怎么回事?

这么一想,裴云舒陡然清醒过来了。

他狠狠击中了烛尤的腹部,烛尤吃痛,裴云舒双手背在身后,居高临下地看着捂着腹部的烛尤,一举一动间尽显元婴期修士的风姿:"烛尤,其他先不说,你可承认自己入梦时犯了错?"

烛尤默默点了点头。

即便一点儿不疼,连挠痒痒的力度也不够,但烛尤已经不是那个什么都不懂的小烛尤了,他已经是条成熟的蛟龙了,因此,就算什么都感觉不到,也要给裴云舒面子。

烛尤这么乖地认了错,让裴云舒心情颇为畅快,裴云舒眯着眼,居高临下:"那你说说你犯了什么错。"

烛尤暗中皱起了眉,犯了什么错?

他有犯错吗？

没错，半点儿错也没有。

但是说出口的时候就不能这么说了，烛尤老老实实道歉："都错了。"

裴云舒略显惊讶地挑挑眉，没有想到这条蠢蛟竟然也有这么明辨是非的时候，他上上下下看了烛尤几遍，满意地点了点头："不错，你至少还知道自己从头到尾都做错了。"

他说教了烛尤一刻钟的时间，烛尤好似都听在了耳里，那样子确实极为认真。裴云舒看在他知错就改的份上，道："那以后千万不要再犯了。"

烛尤认真道："我以后不会再犯了。"

裴云舒嘴角勾起，他双眸含笑地看着烛尤："走吧，现下去皇宫找到方丈，看一看皇帝。"

烛尤点了点头，裴云舒转身走了几步后，又停下来朝着烛尤看去，他神情有些不自在："还疼吗？"

烛尤面露犹豫。

他犹豫来犹豫去，不知道是该说不疼还是疼，这一个犹豫，裴云舒面色又不善了起来，他警告地瞪了一眼烛尤，满脸怒火地离去了。

将军府的人眼睁睁地看着两位仙长一前一后地离开，裴云舒在他们的注目下带着烛尤去到了皇宫里。

皇帝正被十几个僧人围起来念经，他的面容平和，聆听着袅袅佛音，周围烟雾缭绕。裴云舒看了一圈，在僧人中看到了老方丈。

僧人们面色肃然，但是并不紧张，如此神情，裴云舒知道皇帝没有大碍了。

他同烛尤出了殿，道："烛尤，那根细针到底是什么东西？"

"我拿鳞片换来的，"烛尤道，"付了钱。"

裴云舒忧心忡忡："这么厉害的东西，你拿鳞片同别人换了细针，别人同意了吗？"

烛尤道："我的鳞片也厉害。"

裴云舒发觉和他说不清这个问题了。他忧愁地叹了口气，又打起精神来:"不说这个了。既然已经无事了,烛尤,不如我们去找花月他们?"

自然是裴云舒说什么烛尤做什么。

裴云舒说到就做,他回到将军府。将军白日不在府中,有公务要忙,裴云舒就向将军府中的管家辞了行。

管家大惊失色:"仙长,何不等大人回来之后再辞行?"

裴云舒笑道:"许久不见友人,此时已经迫不及待了。"

他婉拒了管家的挽留,带着烛尤踩上了青越剑,飞剑升空,转眼就不见了踪影。

护卫匆匆忙忙地赶来,管家看着天边,神情惊恐:"坏了坏了。"

就算将军杀了他,他也留不住这两位仙长啊。

管家心慌不已,踹了一脚旁边的护卫:"快去找将军!"

护卫仓促爬起,手脚并用地往外跑去。

只是眨眼的工夫,裴云舒就带着烛尤飞出了京城。

为了不惊扰百姓,他飞得很高,一路飞到了东海边。寻了处没人的地方落下,裴云舒瞧了瞧广阔的大海,一眼望不到边。

很多人都在东海岸边生活,但终其一生也看不到海对面的景色,因为东海太大了。但对于修真人士来说,东海也只比湖泊大上那么一点。

裴云舒吹了一会儿海风,侧头看向烛尤,突生好奇:"你又蜕皮了,这次蜕皮,龙角可有变大?"

烛尤听不出他话语里的揶揄,环顾四周,见无一人在此,便化成了原形,背着他直冲云霄而去。

烛尤的龙角别说变大了,都差点没有了。

它的整个蛟身缩小了整整一圈,龙爪也是如此,威慑力顿时小了许多,要是不注意看,就像是一条会飞的大蛇。

裴云舒稀奇地四处摸摸看看,最后看着烛尤头上那么一点点的龙角,心中生起一股为人父的担忧。

这么小,百里戈看着肯定会闷声嘲笑。

但这也是没办法的事。谁让裴云舒看着,都忍不住想笑。

东海西岸上已经落了一层层厚厚的雪。这边已经过起了冬，马上就是新年。处处都是大红灯笼和红色春联，裴云舒和烛尤刚落了地，发上就积起了一层雪。

呼出的气变成了像白雾一样的热气，旁边有人还在卖热腾腾的包子，裴云舒买了两个大包子，和烛尤各一个，一边吃，一边往周围看去。

街上热闹极了，宰杀猪的地方更是被人层层围住，人来人往，面带喜气，寒风都被挡在人群之外。

裴云舒和烛尤一看就是不缺钱的外地人，各个商贩热情极了，把自己摊位上的东西一个劲地往裴云舒和烛尤的手里塞，等走过这一片，两个人已经糊里糊涂地买了许多东西。

瑞雪兆丰年，头顶的雪下得越来越大，出来玩耍的孩童也越来越多。

裴云舒被烛尤护在身侧，裴云舒偶尔看他一眼，忍俊不禁："烛尤已经是个雪做的烛尤了。"

烛尤回道："云舒也是一个雪做的云舒。"

巷口，雪花纷纷扬扬，此处无人，只有他们二人散发着热意。

裴云舒低声道："找到了他们，我们同他们一起包饺子，熬上大骨汤，再做些香喷喷的肉酱。"

"烤鸡，"烛尤道，"你休息，我做烤鸡。"

裴云舒应了一声，眼睛都弯了起来。

就差一起共饮的好友了。

第 2 章

烛尤早就忘了将百里戈一行人扔在了西岸的哪里，但他威胁过百里戈，让他们待在那儿别动。虽然烛尤是个只有镇妖塔内十几个大妖如玩笑一般认下来的妖王，但那也是一个妖王啊！百里戈能不听他的话？

因此，烛尤很是淡然、很是镇定："他们就在这里。"

裴云舒认真地点了点头。

他头上盖了一层雪，雪花融化，轻易地打湿了衣裳和发丝。

烛尤看着他的头顶，觉得裴云舒这般模样很是好看，于是偷偷用风裹起还未落地的雪，积在自己的头上，也得来了一头雪发。

裴云舒乐呵呵地同他一起到处走着，穿过这条街道，来到那一条街，处处都是新年的吉庆味道，还有人点燃了爆竹，爆竹声噼里啪啦地响着，从街头响到街尾，就没停歇过。

裴云舒同烛尤是头一次经历这样的喜庆日，烛尤完全不懂，看到有人忙忙碌碌，他就去问裴云舒："他们在干什么？"

裴云舒也半懂不懂，茫然回望。

修真界哪里有岁月的概念，许许多多的人甚至连自己的年岁都在时光中一点点忘掉。

闭关多则几年，少则几月，时光犹如流水前奔，不值得去一日日、一年年地在意。在这样的趋势下，烛尤和裴云舒都不知道自己如今是多少岁，又过了多少年。

因为他们从来没有过过这样的年。

裴云舒穿街走巷时不忘低声喊几声花月、百里戈的名字，没过一会儿，烛尤突然拽着他往一处街头走去。

"烛尤，等等。"裴云舒被迫跟着他走，烛尤的脚步越来越快，裴云舒不得不小跑起来，"烛尤，慢点走！"

烛尤的声音里罕见地出现了几分愉悦："我闻到了鸡肉味。"

裴云舒被他一路拽到杀鸡鸭的位置，那里正站着一个个头不矮的女子，这女子蹲在一旁看着笼子里的鸡鸭，垂涎不已，挥手豪气道："这些鸡鸭我都要了！老板，这些都给我绑起来。对了，你能给送上门吗？"

烛尤皱眉，上去横插一脚，居高临下地看着蹲在地上的女子："鸭给你，鸡，我的。"

女子抬头，正要骂上几句话，但看到了烛尤之后，她陡然怔住了，双眼直直看着烛尤，完全愣在了原地。

烛尤转头去看裴云舒："云舒，她看我。"

裴云舒道："让人家看看又怎么了？"

女子听到了裴云舒的声音，僵硬地转过头去看裴云舒，她眨了眨眼，又伸手揉了揉，确定这不是梦，才不敢相信道："云舒……"

裴云舒猛地朝她看了过去，神情讶然："花月？"

烛尤看着他们二人激动的模样，虽然没有说话，但周身泛着冷气。笼子里的鸡鸭被他气息所慑，一只只连叫都不敢叫，龟缩在一角，瑟瑟发抖得羽毛乱掉，比雪花掉得还快。

老板安抚了好几次都不管用，急得抓耳挠腮，裴云舒也醒悟了过来，连忙把烛尤拉得离那些牲畜远了一些。

花月泪眼汪汪地看着裴云舒和烛尤："你们终于过来找我们了，我以为云舒和烛尤大人都已经忘记我们了。"

裴云舒尴尬一笑。他是没忘记的，但烛尤就不好说了。

花月喋喋不休，将他们一行人被烛尤扔在这里之后的经历事无巨细地一一说了，因为烛尤让他们在原地等着，他们就以为烛尤只是将他们分批带出来，先带他们三个出了神龙秘境，接着再把裴云舒也带过来。

但是没想到啊没想到，他们在这等了足足两个月的时间，烛尤愣是不见踪影了！

百里戈当时就怒了，拍着桌子道："这一定是烛尤的阴谋！"

然而极度愤怒之后，他们还是无可奈何，只能讪讪地待在东海岸边，等着烛尤带着裴云舒回来，这一等，两个多月就过去了。

等外面开始洋溢喜庆氛围的时候，这两妖一人才知道原来已经快要到新年了。

"新年要吃大鱼大肉，"花月道，"老祖吩咐我来买肉，他和清风公子一个去买酒，另一个去写对联。"

他看了看紧紧跟在裴云舒身旁的烛尤，一想到因为烛尤整整两个月没见到云舒就生气，忍不住来了一句："烛尤大人威压深重，吓得那些鸡鸭瑟瑟发抖，都不敢跟我们回去了，这可怎么办啊？"

裴云舒挑眉，大气地拍了拍自己的储物袋："你忘了吗？当初我与烛尤可是抓了一整个储物袋的单水宗的野鸡，那个储物袋还在我这儿，够你们一天吃百八十只了。"

烛尤眼睛一亮，朝着裴云舒伸出了手，裴云舒从储物袋中拿出另外一个储物袋给他，叮嘱道："每日不能吃得太多，最起码也要坚持上一旬的时间。"

烛尤点点头。

他们三个跟在百姓身后，别人买什么他们就跟着买什么。半个时辰之后，裴云舒和烛尤抱着满怀的东西，艰难地跟着花月来到了他们暂居的院子里。

见到裴云舒和烛尤之后，百里戈大喜，清风公子则是面无表情抬头看了一眼，就继续写着春联。

百里戈拎着把枪要同烛尤打上一次："我得好好教训你，竟然带走了云舒这么长时间！"

大雪飞扬，他们俩在院子里打了起来。裴云舒和花月拿着热水烫鸡毛，烫了一半，这些鸡被烛尤指挥着，开始给自己拔毛。

水井旁边还放着一缸鱼，个个都有大腿那般大，花月去杀鱼，裴云舒按照路上遇到的厨子教的法子，把买来的骨头给洗干净，然后扔进锅里熬大骨汤。

今天是年三十，明天是初一，他们这个新年就是凑趣，依葫芦画瓢地跟着隔壁人家做。

鲜汤熬上一天，到了晚上的时候香味便会十分浓郁。裴云舒把自己买的那些调料给找了出来，认识的放在一旁，不认识的就沾在手指上尝一尝。

姜片、香叶、桂皮等，厨子说把这些香料放进去，去腥之后熬上一天，最后的汤能熬成乳白色的，一口下去香得舌头都能被自己咬掉。

裴云舒试蘸料的时候被辣到了，他之后就学聪明了，蘸了一点香料喊停了烛尤和百里戈，让烛尤替他尝一尝。

烛尤吃到嘴里，没过几秒，就皱起了眉头："苦。"

裴云舒恍然大悟："哦，好，你们继续。"

烛尤没兴致陪百里戈玩了，他扔下百里戈，屁颠屁颠跟在裴云舒身后，看着裴云舒往汤里放调料。

那边花月杀完了鱼，长吁一口气去井边洗手，洗完手回来一看，菜板上的鱼已经不见了,他大惊失色,快速往周边一看,就看到一根野猫的尾巴从墙头一闪而过。

花月出离愤怒了。他指着百里戈骂,又指着烛尤骂:"院子里就你们两个无所事事,我好不容易杀的鱼,被一只野猫叼走了你们也没发现!还说是大妖,大妖连自己家的鱼都看不住吗?!"

滔滔不绝,骂的话一句也不重复,相比于拍马屁的功夫,这两个月在凡间的生活好像还助长了花月骂人的功夫。

裴云舒正在往火堆里放着柴,这些柴被盖上了厚厚的一层雪,已经颇为潮湿了,烧起来格外费劲,裴云舒的脸上都被沾了不少烟灰,但他自己无知无觉,茫然抬头看着花月:"花月,鱼没了吗?"

花月怒气冲冲:"云舒,你看看他们。"

裴云舒转身朝着烛尤和百里戈看去。

烛尤正一本正经地烘干木柴递给裴云舒,他眼神无辜。裴云舒再往他身后看去,百里戈也正在一本正经地指挥着清风公子贴对联,上上下下、左左右右地一通乱指挥,清风公子脸色铁青。

裴云舒眨了眨眼,转头去看花月,花月已经委屈得两眼泪汪汪了。

他无奈,只能让烛尤来烧柴,然后把百里戈喊了过来,让百里戈替花月杀鱼,他同花月则帮着清风公子贴对联。

清风公子写的字规规矩矩,一笔一画。裴云舒和花月靠谱多了,沾着米糊递了上去,然后贴得整整齐齐。

正好锅中的猪肉也熬出了油,百里戈手忙脚乱地放下还在菜板上活蹦乱跳的鱼,慌张地掀起锅盖,顿时被油溅了一身:"云舒救我!"

裴云舒连忙赶过去,烛尤把他护在身后,怕油星也会溅到他。

百里戈着急死了:"这该如何是好啊。"

裴云舒从烛尤身后探出一个脑袋,也很焦急:"你把猪肉翻个面!"

但是百里戈刚动了下锅铲,锅里就突然烧起了一团火,火势猛烈,把百里戈都给烧蒙了。

一番手忙脚乱下来,总算是把锅中的猪油给盛了出来。西岸的人很喜欢吃面饼,裴云舒他们在街上买东西时都看到了好多家正在烙饼。裴云舒准备好东西,把锅清理出来,让他们让开,然后谨慎地将油抹在了锅面上,把先前准备好的面团拉长下锅,在面饼上打上鸡蛋,再撒些香料,一张香喷喷的油饼就出了锅。

第一次做还有些生疏,面饼两侧有些焦黄,但鸡蛋和香料分量很足,闻起来不觉得苦,反而香得让人口齿生津。

烛尤和百里戈站在一旁眼巴巴地看着,花月同清风公子也往这边挪步走来,闻闻这个香味,感觉真的饿了。

裴云舒笨拙地把面饼挑起放在碗里,又在滑嫩的鸡蛋上面撒下碎葱,左右看看:"肉酱呢?"

花月咽了咽口水,跑进屋里把肉酱拿了出来,裴云舒挑了一点,将面饼涂成了诱人食欲大增的酱汁色。

肉酱是花了大价钱在酒楼买的,那酒楼的肉酱据说用的是百年秘方,在西岸一带大受欢迎,他们排队跟着买了五六罐。

面饼热乎乎的,鸡蛋香喷喷的,裴云舒把面饼卷好,拿起来一转身,就对上了四双目光灼灼的眼睛。

裴云舒:……第一口不应该由我这个主厨来尝吗?

这四个里最不要脸的先开了口:"云舒,想吃。"

烛尤指了指裴云舒手中的卷饼:"你一口,我一口。"

美滋滋。

裴云舒直接把卷饼给了他。

其他几个也不好意思和烛尤争抢,主要也是因为抢不过,他们只能眼巴巴地在一旁看着,看着烛尤吃了一口,就着急问道:"怎么样?"

"好吃吗?"

"好吃不好吃啊?"

烛尤张大嘴巴,两三口把整张卷饼给咽下了肚,香喷喷的气息随之一点点地传开,整个院子里都是这个香味。

"好吃,"烛尤重复,"好好吃。"他眼睛发亮地看着裴云舒。

其他几个人急了:"云舒,再来一张再来一张,要不我来?感觉很简单。"

裴云舒感觉自己也饿了,他把主厨的位置让给了尚有一些厨艺的花月,花月急急躁躁地抹上了油,开始烙饼。

花月熟练了之后,速度比裴云舒要快上许多,他这边烙着饼,那边别人就自己蘸着肉酱,卷起来咬上一大口,又软又香,吃得相当满足。

小桌摆了起来,另一个炉灶里正熬着鱼汤,火堆点起,几个人坐在火堆旁,看着落下来的飘扬大雪,吃着饼,喝着小酒。

"晚上那顿会更丰盛吧?"百里戈期待,"自从云舒离开了我后,我已经几个月没吃过单水宗的野鸡了。凡间的这些野鸡当真比不上灵山的野鸡,一点儿嚼劲也没有。"

裴云舒故作恍然大悟:"原来百里你只是想着野鸡啊。"

"怎么能这么说?"百里戈道,"只要云舒在我身旁平平安安,让戈从此不吃鸡也是愿意的。"

百里戈哈哈大笑:"我早就想问了,怎么就这两个月的时间,烛尤看起来却变得年轻许多了呢?莫非是吃了什么灵丹妙药?"

他刚说完这句话,裴云舒突然起身朝着炉灶走去:"烧汤的火怎么熄灭了?烛尤,你是不是偷懒了?"

烛尤跟着站了起来,乖乖地跟着裴云舒去烧火。

百里戈余光瞥了一眼清风公子,若有所思,笑着说起另一个话题。

大骨汤熬的时间越久才会越香,最后熬得到位了,才会浓稠成乳白色的,这样的大骨汤最是鲜美,真真是喝了还想喝。

直到晚上的时候,裴云舒看着熬的大骨汤才有了这般的颜色,他尝了尝味道,不禁点了点头:"不错不错。"

只尝了一点便唇齿留香,身子全然暖起,顺着肠胃勾起了五脏六腑的饥饿感,裴云舒放下锅盖,打算再熬上一个时辰,先帮着花月去做其他的吃食。

所有人都跟着忙了起来,因为是头一次体会人间的新年,他们全都是亲力亲为的,鱼汤从午时用小火熬到现在,鲜香的味道引得隔壁小童在门前探头来看。

他们有钱,调料通通仿佛不要钱地放,门前的这些小童吸着鼻子,从没闻过这么香的味道,口水都要流出来了。

裴云舒给烛尤塞了两把肉干,让他去门前分给那些小孩。

烛尤去了,回来的时候两手空空,但面上有些隐隐的笑意和自豪之色。他走到裴云舒身旁:"他们一点儿也不怕我,还夸你做的东西很香,一定很好吃。"

裴云舒微窘:"还有花月和清风公子的功劳。"

烛尤目光往大骨汤上移去,裴云舒知道这蠢蛟的毛病又犯了,喜欢听别人大段大段的夸赞。

但是周围的人家哪里有他们这么舍得花钱的呢?怕是过年也只是稍有些油腥,这般也是做了好事。裴云舒找出来了几副碗筷,碗里盛满了大骨汤之后,让烛尤同百里戈、清风公子送给周围的人家。

他们三人老老实实地去了,回来的时候,哪怕是清风公子,面上也露出了微微的笑意。

过了不久,周围的人家也带着孩子上门送了些东西。

这些东西都被摆在了饭桌上,眼看着时间差不多了,几个人围成一团,一起包饺子,一边包着,一边嘲笑着别人包的饺子怎么那么难看。

裴云舒看着窗外纷纷扬扬的大雪,心头却觉得火热。

若能一直都如这般生活,那该有多么美好啊。

这句话,花月替他说了出来:"如果每天都有这么多的美食,能同好友在一起,那日子真是好极了。"

清风公子没忍住,冷不丁道:"我不是你的好友。"

"我知道,你是俘虏嘛,"花月大大咧咧道,"我也没把你当好友啊。"

被堵得哑口无言的清风公子手中的饺子变了形。

裴云舒闷笑出声,然后就放肆地笑了出来,他光明正大地开始劝降:"清风公子,你何必效忠于花锦门呢?正道与魔修也不是非生即死的关系,而且花锦门着实不适合你。"

花锦门的名声,在魔修之中也是极为不好的。

清风公子道:"人怎么可能背叛师门?"他眼中清明,明显心口不一。

裴云舒听闻这句话,陡然间沉默下来,他收敛了笑,拿着一壶酒走出了房间。

窗外大雪,他站在屋檐下,雪花随风吹到他的身前。

清风公子张张嘴,脸上有懊恼之色闪过。

烛尤警告地看了他一眼,也跟着走了出去。

裴云舒听到了脚步声,但是他并没有回头。

背叛师门。

魔修尚且知道不能随意离开师门,而裴云舒就这样堂而皇之、没心没肺地走了,先斩后奏,捏碎了木牌,送给掌门一封信,就此一刀两断。甚至那时的轻松感觉,让裴云舒都怀疑自己是不是天生冷漠无情之人。

他是忘恩负义之人吗?他是白眼狼吗?

他背叛师门的原因——他怎么也想不出来的那个原因。

当时在百里戈的府中,百里戈为他取出了蛊虫,然后呢?

这之后又发生什么了呢?

师祖给他恢复了记忆,但这记忆为何残缺不全?百里戈说他同师门早已一刀两断,为何他不记得?师父知道吗?师兄知道吗?

而他又为何在醉酒之后同云城师兄说出了"师兄,你为何要打断我的腿"这句话?

裴云舒看着雪花落地,心中也是白茫茫一片。

他背叛师门了。

但是背叛的原因……呢?

因为师祖困住了烛尤他们?因为师祖想杀了烛尤?因为师祖封了他的记忆?因为师祖想要抽走他的情丝?因为那一幅幅在脑海中骤然闪过的画面?

脑中犹如被千百根细针同时刺入,剧痛袭来,裴云舒疼得弯着腰,下意识去制止这股疼痛。

肩膀被一双手扶住。

"等今晚过去,让我探进你的识海看一看,"烛尤声音低低的,格外好听,"不急。"

裴云舒深吸一口气,不再去想,疼痛便慢慢退去。

"烛尤，"他喃喃自语，"我是不是对师门很是忘恩负义？"

"你开心才最重要。"

而裴云舒在师门里，一点儿也不开心。

这一点理由就足够了，足够他离开师门了。

第3章

南溪镇。

虎子他爹颤巍巍地送走了两位仙人："两位仙长，我家婆娘真的遇见妖了吗？"

两位仙人的道袍随风扬起，他们容貌年轻，但气息悠长，颇有股仙风道骨之感，不似凡世中人。

其中一位仙人微微一笑："如你家娘子所说，她所遇见的那个人能让她见到洪水浮尸，如果不是妖，还能是什么呢？"

虎子他爹千恩万谢。

两位仙人离开了他的家，在一个墙角处发现了贴在墙上的安神符。

"师兄，你瞧，"仙人上前，把符纸撕下，他凝视着符纸半晌，抬头看向了远方，"那妇人不知道那对父子中的父亲叫什么名字，却知道儿子叫作云椒。"

"云椒啊。"

"四师弟对小师弟真是百般不同。"

他身后的师兄面无表情，眼底却猛然一沉。

"大师兄，"云城转过身，"你心中可是分外怨恨？"

"无甚波动。"大师兄合上双眼，"被掌门真人和师父教导，在思过崖中待了数日，云景已心如静湖。如今听闻两位师弟的消息，只觉得分外欣喜。"

"欣喜……"云城喃喃自语，忽然笑了，"是该欣喜。只是不论是你我二人，还是师父、师祖，怕是都没有想到，咱们的云椒师弟竟然还有这等本领。"

他面上露出几分玩味神情："又是变小，又是有这等能耐，当日师父收他为徒时我就备感奇怪，如今看来，没准我还真的说中了，咱们这个云椒小师弟真是一个妖怪呢。"

"蛟妖吗？"大师兄突兀道。

"谁知道呢。"云城同他一起往裴云舒曾住过的那座院子走去，轻描淡写道，"不论是不是那条缠在师弟身边的蛟龙，但云椒绝对是让师弟离开师门的原因。

"凡间有一个词，叫作'妖言惑众'。师弟被妖物蛊惑，我虽可以谅解，但心中还是不悦。"

大师兄沉默不语，等走到院落门前了，才缓声开口道："师弟年幼，情有可原。"

云城道："我也是这般想的。"

他们二人只字不提得知裴云舒离开单水宗时的感觉。

即便是被封住了记忆，师弟也要离开师门吗？

哦，对了，师弟被师祖抽走了情丝，对师门没了感情，因此才会这么轻易地离开。不是云舒师弟的错，都是因为云舒师弟没了情丝。没了情丝的师弟，再被妖物蛊惑，自然没了分辨是非的能力。

门"咯吱"一声被推开，院落之中已无人居住，他们二人走进了深处，发现院落之中也不剩些什么了。房里也是空空荡荡的，那些日常的床褥和锅碗瓢盆，干干净净，一个没留。

大师兄道："还是晚了许久。"

"太难找了，"云城叹了口气，坐在树下石桌旁，伸手揉了揉额头，"这次好不容易才从'云椒'二字上寻到了他们的行踪，之后他们又会去哪儿，又什么都不知道了。"

大师兄站在树旁沉默了一会儿："师弟，你说云舒师弟为何要跑到这么偏僻的地方？"

云城："师兄这个问题倒是好笑。"

他扒开云景心上的那层皮，露出鲜血淋漓的刀口和冰冰凉凉的心，道："自然是为了躲我们。"

饺子被放了满满一桌,大半都是露馅的丑饺子,每人手旁放着浓香的大骨汤,一眼望过去,桌上全部都是肉。

他们都吃得很开心,裴云舒吃了几口实在觉得腻,就捧着自己的汤一口一口地喝,最后还被逼着喝了几杯酒。

酒一下肚,浑身都热了起来,脸上更是转眼就红了。

裴云舒醉酒之后很是听话,旁人让他做什么他就做什么,黏在别人身边,像是一个可爱的跟屁虫。

裴云舒喝得醉蒙蒙的,烛尤扶着裴云舒去休息。

百里戈夹起一筷子肉,乐呵呵地放在了嘴里,又喝了一口汤,对大骨汤赞不绝口:"只是听了两句就能做得这么好,可见云舒是多么聪明。"

花月也跟着喝了一口大骨汤。

百里戈神色清明,他拿起酒壶给自己倒了一杯酒,"咦"了一声:"清风,你怎么不动筷?"

清风公子放下筷子,冷笑一声:"那我就直说了。我向来不喜欢这种扰乱是非、企图给别人添乱的人。我对裴云舒,一点儿也欣赏不了,更遑论为他做出些什么不理智的事了,那是不可能的,想都不用想。"

他越说声音越大,表情越激动,甚至要扶桌站起,手背上青筋凸起。

花月其间拽了他好多次,都被他挥袖甩开,等他甚至是吼一般说出最后一句话时,百里戈哑然,朝着他身后扬扬下巴,示意他看身后。

清风公子浑身一僵,他缓缓转过身往后看。

裴云舒扶着门框,就站在门边。他脸上的表情看不清楚,因为他偏过了脸,只露出没有表情的侧颜。

烛尤满面笑容地站在他的旁边,见到他们三个往这边看过来之后,客客气气道:"你们继续说。"

继续说啊,说得好。

烛尤的笑都止不住了。

清风公子彻底僵在一旁,花月实在不忍心,第一个开了口:"云舒不是去睡觉了吗?"

"云舒口渴。"烛尤走过来拿走了一壶热水。

133

两人缓步离开。

裴云舒脚步不稳,不知是因为醉了,还是因为清风公子说的那些话。

清风公子动也不动,他像是被定住了,直直看着身后已经没人的门边,跟块石头一样。

花月乐观地道:"虽然云舒听到了些,但也没什么不好的。你本来就讨厌云舒,所以云舒讨厌你,岂不是正好吗?"

百里戈奇怪地看了他一眼。

花月没看到老祖的眼神,继续大大咧咧地道:"反正你也是俘虏,你这么一番话被云舒知道后,他就会自己离你远一些了,到时候你应该也会自在不少吧?"

清风公子手抖了一下。他僵硬地坐下,看着满桌子的菜肴出神。

裴云舒一边被烛尤拉着,一边跟着他踩着雪。他闷闷不乐,脸上烧红,冰冷的雪却让头脑冷静了不少:"烛尤,我很讨人厌吗?"

说话声音含含糊糊,带着酒气。

烛尤点点头,一本正经道:"很讨人厌。"

裴云舒嘴巴一撇,快要委屈死了。

烛尤后悔了,他连忙改口:"一点也不讨人厌。"

"假的,"裴云舒被酒熏晕了理智,只觉得满腹的委屈溢开,"我很讨人厌。"

烛尤慌了,他严肃面容,拉着裴云舒从雪地里出来,快步回了房间,然后道:"我骗你的。"

裴云舒迷茫地坐在床上:"骗我?"

"嗯,"烛尤看他这样,试探地换了一个话题,"泡个热水脚?"

裴云舒乖乖地点着头。

烛尤弄来一桶热水。

待泡完脚之后,烛尤道:"我要进你的识海看一看。"

裴云舒点了点头,烛尤就探进了神识。

他这次没去逗那个小元婴玩,而是想查看裴云舒的记忆。

如今两人的修为、神识都大为增进，就算是裴云舒的那个师祖，烛尤也不认为自己会比他弱。

这一查看，果然查出了些异样。

将裴云舒记忆封住的神识极为高深，烛尤试探了一下，也只是将那些神识灭去了一小部分。怕裴云舒会承受不了，烛尤便先退开了，打算每日解开一些封印，这样，应该用不了几日便能彻底解开了。

第4章

某些记忆对于裴云舒来说不是好，而是坏，但决定这些记忆去留的，只能是裴云舒自己。烛尤解开的那部分记忆，恰好是裴云舒离开师门所缺失的那部分记忆。

等恢复了这些记忆之后，裴云舒出神片刻，才面容严肃地对着烛尤说道："烛尤，我的记忆是否全部解开了？"

烛尤摇了摇头。

裴云舒一字一句道："一定要给我全部解开。"

烛尤点了点头。

裴云舒深呼吸一次，开始舒展双手："我既然做出如此决定，那就不会被影响到。"

"我很强的。"他点了点头，还期盼地看着烛尤，"我很厉害的，对不对？"

烛尤严肃地点了点头。

"那就没什么好担心的了，"裴云舒弯起了眼睛，"过去的事情已经过去了，我实在想不出还会有什么会比二师兄……杀了花月还要过分的事。我与师门已断了关系，也没有做过对不起师门的事情，所以我大可不必自寻烦恼，对不对？"

烛尤点了点头。

裴云舒此时正意气昂扬，他怒其不争地看了一眼烛尤，便轻松愉悦地走到窗边。

外头阳光明艳，照得满地白雪亮堂一片，裴云舒趴在窗口吸了几口清凉的空气，记忆未解开前他忐忑无比，现在反而想开了。

心魔都撑过去了，这些又算得了什么？

裴云舒唇角勾起，余光一瞥，却看到了站在院中扫雪的清风公子。

清风公子好像也注意到了他的视线，动作一停，往这边看了过来，却只看到一扇没人的窗子。

清风公子抿唇，盯着窗口看了半晌，才继续扫着雪。

裴云舒躲在窗口旁叹了口气，他觉得现在还是不要和清风公子见面了。因为昨晚的那番话，还真的挺伤人的。

就像花月说的那样，清风公子明显感觉到裴云舒对他疏离了很多。能不见就不见，如有必要，也只是客客气气的，本来就不算近的关系，瞬间又拉远了很多。

裴云舒坐在桌旁同别人喝着茶、说着话，清风公子走过去时，他只抬头看了一眼，便宛若没有看到清风公子，继续说着刚刚没说完的话。等清风公子坐下后，裴云舒便会找几个借口离开。

裴云舒实在是太体贴了，他甚至不给讨厌自己的人见到自己、和自己说话的机会。这样的体贴，对一个真的讨厌他的人来说，那应当是很让人满意的。

但清风公子看上去有些心不在焉。

见到他这种模样，花月还摸不着脑袋："你不是不喜欢云舒吗？你瞧，云舒为了让你自在，都不在你出现的时候出现了。"

"小狐孙，少说两句话吧。"百里戈无奈摇摇头，"正好今日无事，你带着云舒和烛尤去外面转一转，正好让他们瞧瞧我们住了两个多月的地方是个什么样子。"

花月眼睛一亮，跑出院子去找了裴云舒。

裴云舒听闻他的意思后，老老实实道："烛尤还在睡。"

花月："烛尤大人这么懒吗？"

"没准是冬眠，"裴云舒说完，自己先笑了，"就让他睡吧，你带我出去看看就好。"

花月头点得极快，生怕裴云舒后悔似的，拉着裴云舒就走出了门。新年刚过，外头的人格外稀少，裴云舒和花月一路踩着白雪，都没看见几个人。

没走几步，裴云舒突然觉得一股神识朝他探来，这神识极为下流，从四面八方包裹而来，裹挟着一股极为让人不舒服的黑暗气息。

裴云舒皱起眉，将身旁一无所知的花月拦在身后，毫不客气地用自己的神识去对抗这股神识。转眼之间，这股神识已经彻底被他打散了，消散在空中。

裴云舒侧头对着花月道："花月，回去找烛尤和百里戈，告诉他们这附近有妖邪之气，让他们随我来。"

他从储物袋中拿出几只千纸鹤，一只跟着花月，其余几只跟在自己的身边为烛尤他们引路。说完这些，不待花月反应，裴云舒身形一闪，已经不见了踪影。

花月倒吸一口冷气，连忙赶回家中去叫老祖和烛尤大人。

那股妖邪之气着实让裴云舒极不舒服，被窥视的感觉深入骨髓，想必对方是做了许多丧尽天良的坏事，遇到这样的妖邪，必然要将其即刻消灭。

裴云舒一路追，那股妖邪之气就一路跑，裴云舒就这样追着它来到了一处破庙之中。他当机立断地将这处破庙用结界围起，接着去寻找妖邪之气的根源。

没过一会儿，他身旁的千纸鹤突然飞起，裴云舒转身去看，原来烛尤等人已在千纸鹤的带领下赶了过来。

"你们来了，"裴云舒破开结界让他们进来，蹙眉问道，"路上可有察觉到妖邪之气？"

烛尤道："并无。"

"奇怪了，"裴云舒道，"那股神识看上去可不是善类，那妖邪盯上我时，我都觉出了它对我的垂涎之意。"

"应当是想吃了你好增长修为，"百里戈面上一沉，"总有些东西就是这般肆意妄为。"

裴云舒随着他们一起，在破庙周围探寻着妖邪的气息："说来倒是很巧，你们在这儿住了两个月时间尚且没有被妖邪找上门，而我不过来这里两日，出门便能遇见想吃了我的妖邪。"

破庙的前方没有任何问题，他们一行人便走进了破庙之中，裴云舒五感敏锐，黑暗之中，他突然觉出了一股细小的神识朝他探来，他毫不留情，上手抓住这股神识，用力一拽，便听到了一声刺耳的惨叫。

裴云舒手上贴着的符纸冒起火焰，火焰照亮了周围，一缕诡异的黑气在其中翻滚挣扎，裴云舒皱眉，看着这股神识消失殆尽。

他面容稍冷："这妖邪目的在我，我又得罪谁了呢？"

手中火光渐灭，百里戈道："先把这股神识连根拔起，若真是目的在你，应当是随你而来的。"

裴云舒下意识想到了皇宫。

莫非是他除掉了人间帝皇梦中所戴的戒指，所以那魔物想来报复他了？

将军府中，祠堂之内。

精雕玉琢的仙人玉像陡然四分五裂，玉像之中的黑气在空中四散。

将军背手站在一旁，他身边的管家诚惶诚恐地跪了下来："大人，这、这……"

"仙长的本领比真龙天子身上的龙气还要厉害。"将军倒是平淡接受了这个结果，"你下去之后，再让人给我雕出一个仙长模样的玉像来。"

"是，"管家小心翼翼道，"还用大人书房中的第一幅画像吗？"

将军道："用第三幅，照着那幅画像来，先前几幅还有些瑕疵。"

管家："是。"

将军上前将玉像碎片捡起一块，上方雕刻的正是一双眼睛，将军看了这双眼睛半响，叹了口气："纵使我使出万分心神去画，纵使你找的人是名扬天下的大师，也雕刻不出他的千分之一。"

管家抹抹头上的汗："将军说得是，便是画技再好、手艺再精巧的人也绘不出、刻不出仙长的万千风姿,但等将军成功之后,便可日日对着仙长的容貌增长画技了。"

将军笑了几声,才道:"你说得对。"

他道:"准备一瓶桂花酿吧,我要去宫中找它协助了。"

管家弯腰道:"是。"

裴云舒等人把破庙翻了个底朝天,除抓住了几只找不到回家路的孤魂野鬼外,整个破庙竟然干净得不得了。

他们只能空手回了家,但回到家之后,他们就在自己家门口看到一个被放在草篮里的婴儿。

婴儿被襁褓裹着,正细细弱弱地发出哭泣的声音,冰天雪地之中,婴儿不知被放在这儿多长时间了,气息微弱,好像下一刻就能夭折。

裴云舒和身边人对视一眼,便快步走上前,小心翼翼地从草篮中抱起了婴儿。

婴儿被冻得脸色发青,唇上发紫,他浑身冰冷,莲藕似的白嫩手臂的一截已经挣脱了襁褓,被冻得失了温。

裴云舒挡住风,急切道:"快进去。"

身边人面染焦急,关上门拥着他来到房中,火盆一个个燃起,花月连忙要去找些牛奶、羊奶,转眼消失在门外。

"糟了,呼吸微弱,怕是难活下去了。"百里戈握着婴儿的小手,婴儿眼睛半睁不睁,却下意识地握住了百里戈的手,百里戈面上露出几分难过,"这么小的婴儿,可受得了灵力?"

裴云舒摇摇头,伸手将婴儿身上冰冷如铁的襁褓脱下,将他放在了柔软温热的被褥之中。

做完了这些,他们却不知道该干什么了,只能手忙脚乱地去摸一摸婴儿的额头,给他用热水沾一沾唇和身子。

百里戈握紧了拳:"真是可恶,这样的天气,竟然将这么小的婴儿放在我们门外,便是弃婴,将他丢弃的人也着实太可恨了。"

婴儿还在弱弱地哭着,哭得嗓子发哑,哭得让人心中难受极了。

还好花月终于来了，还拽了一个郎中，郎中在为婴儿诊断时，花月把借来的奶给热了，又让凑在婴儿身边的裴云舒去喂他。

婴儿尝到了奶味，哭声顿时停了，他啊啊地张大了嘴，手臂在空中乱挥。

直到这时，屋里的人才松了口气，面上露出了几分笑意。

郎中细细诊断完了，道："莫再经寒了，若是今晚起了高烧，再把这些药熬了给他服用，若是还不管用，尽快来找我。"

听着的人都点了点头，郎中看了他们一圈，心中了然，他叹了口气："这孩子是弃婴吧？"

"应当是有人看你们家富裕，将自己养不起的孩子弃在了你们门前。"郎中苦笑道，"听老夫一句话，趁着现在，赶快搬去另外一个地方吧。你们只要收了一个孩子，接下来每日出门，都会在门前发现弃婴。"

等郎中走后，花月关上了门，几个人看着裴云舒喂食婴儿，一时不知道该怎么办。

烛尤在最远处看了半天，等婴儿手脚有了力气，主动抓着裴云舒的碗边往下拉的时候，他才走了过去，弯腰站在床边，伸出指尖，小心翼翼地戳了戳婴儿的脸颊。

软得脆弱无比，还粉嫩非常。

婴儿吃饱了，有了力气，便不哭了，只睁大了眼，眼中清澈，黑白分明，他瞧着烛尤的手在动，便乐呵呵地伸出小手去抓烛尤的手指，手小得握不住烛尤的一根手指。

烛尤愣愣地让他抓，然后抬头看着裴云舒，裴云舒笑道："烛尤，感觉如何？"

烛尤道："看上去，好好吃。"

裴云舒脸上的笑意一僵。

第 5 章

婴儿还不知道身旁有条恶蛟对着自己流口水，他咧嘴笑着，流着带奶香的口水，吐出一个小泡泡。

烛尤握着婴儿的小手，小手攥成了一个小拳头，这个拳头小极了，一口就能塞下。烛尤偷偷看了一眼僵住的裴云舒，见他没有回过神，便张开嘴，要把婴儿的小拳头往嘴里塞。

"烛尤，"裴云舒咬牙切齿道，"你给我放下他的手。"

在告诉了烛尤"婴儿不能吃"这个道理之后，烛尤虽不再试图去尝尝婴儿的小拳头是什么味道的了，但一双眼睛还是不离婴儿，在裴云舒眼里，感觉他在蠢蠢欲动。

裴云舒温柔地把碗勺给了花月，然后就将烛尤揪出了门，狠狠教训了他一顿。

被教训完的烛尤想起自己一个月前幼童的模样，问道："我看起来好吃吗？"

他如今身形高大，面容俊美，眼眸深邃，原形也那般大，谁敢吃他？

"你还想要别人吃你？"裴云舒道，"是煮着吃还是烤着吃？"

烛尤道："你想吃我吗？"

裴云舒没好气道："我不吃人，也不吃妖。"

云舒生气了。

烛尤想了想话本中的应对之法，又想了想前几日在街上听闻的传言："云舒，西岸有名山，山上有高亭，很有名气。"

他看上去有些犹豫的模样，但语气极为坚定："我想与你同去。"

裴云舒抽了抽手："不去。"

烛尤抿抿唇，道："云舒，云舒。"

裴云舒表情不变："如今家里突然多出了一个婴儿，大家都手足无措了，我和你去了，他们就忙不过来了。"

烛尤毫不妥协，固执地等着他的同意。

裴云舒问："为何非要去那座山？"

听到这话，烛尤的脸色有一丝不对劲。

裴云舒揉了揉眼睛，烛尤偏过了头。他越这样，裴云舒就越觉得稀奇，跟着转到烛尤的面前，半弯着腰去看烛尤的脸色。

裴云舒既不敢置信，又起了调笑之心，他朝着烛尤眨眨眼："烛尤，你脸色不对劲。"

烛尤闷声闷气道："没有。"

他又半转过了身，躲开了裴云舒的目光。

裴云舒随着他再转了半个弯，甚觉有趣地笑了起来："当真是脸红了，耳朵也是红透了。真是想不到你还会有这般模样，难不成……烛尤竟是害羞了？"

烛尤被打趣得稍稍抬起了头，看了他一眼，道："明日去山上吗？云舒，你同我去好不好？"

裴云舒眯着眼看他，长叹一声："烛尤，你不对劲。"

烛尤眼中一闪，慢吞吞道："云舒，外面的桃花开了，一定很好吃。"

裴云舒身形一闪，摘来了一手的桃花让烛尤吃了个够，等烛尤唇色都染上桃花汁色后，裴云舒才神清气爽地回了房，房中的三个大男人正围在床边逗婴儿，婴儿也给足了他们面子，时不时咯咯大笑，极为乖巧活泼。

见他进来了，清风公子面色一僵，余光不受控制地往他身上瞥了几眼，低声道："我去端些热水来。"

百里戈和花月累瘫在一旁："这婴儿可真是得精细十足地照料着，一眼看不到，就会想他是不是冷了、饿了、渴了。"

裴云舒走上前，坐在他们旁边，接着去逗婴儿，手指在小婴儿下巴处轻挠几下，婴儿就毫无防备地露出了笑容。

"他极为命大，"裴云舒目光柔和，"冰天雪地也未让他失去性命，能吃能喝，也不惧怕生人，以后必定有一番大作为。"

婴儿"啊啊"几声，伸手抓住了裴云舒的一缕长发，似乎是在附和他说的话一般。裴云舒觉得好笑，握住了婴儿的手："莫非你还能听懂吗？"

婴儿的手软得像棉花，握在手中的触感极好，软软糯糯的。

裴云舒不自觉地捏了又捏，握起婴儿的手，放在唇边亲了几下。香香甜甜的，好像极为松软的白面馒头，还很是小巧。

裴云舒眼睛一亮，张开嘴，本只是想要尝试一下，没想到真的把婴儿的手塞到了嘴里。这实在是太神奇了,刚出生的孩子,一拳竟还没有一口大。

裴云舒目露惊叹,他把婴儿的小手拿出,忽然感觉一旁投来了两人炙热的视线。裴云舒浑身一僵,片刻后,他佯装镇定地放下了婴儿的手,婴儿以为他是在同自己玩闹,便"咿呀"一声笑开了。

"云舒你……"

"云舒你……"

裴云舒轻咳一声,双手背在身后,往他们身上瞥去:"我怎么了?"

百里戈同花月直直地看着裴云舒,正要说话,裴云舒就急急打断了他们二人:"我与烛尤今日要外出一趟,现在就走,这孩子你们可要照顾好了。"

说完,不待别人反应就落荒而逃了。

百里戈同花月面面相觑,半晌,百里戈皱起了眉,不甚肯定地问道:"云舒刚刚是在吃婴儿的小拳头?"

花月神思恍惚地点了点头。

百里戈:"竟然让云舒跟着烛尤学坏了。"

花月道:"看着白白嫩嫩的,跟包子一样。"

婴儿见没人在一旁逗他,便四处转着头,嘴角一撇,就要哭出来。花月手忙脚乱地上前:"骗你的骗你的,没人想要吃你,我们都是不吃人的好妖怪。"

不吃人也不吃妖的裴云舒匆匆逃出,就看见了站在外头发呆的烛尤。

裴云舒拽住烛尤的手腕,拉着他就往门外走:"不是要去什么山看什么亭?现在就去吧。"

烛尤回过神来,眼睛一亮,他反手抓住裴云舒:"我带你去。"

烛尤要带裴云舒去的那座山虽陡峭高峻,但同单水宗的山比起来,却缺了几分气势与灵气。

裴云舒好奇地朝着周边看看,想知道这座山到底有什么原因能让烛尤那么看重。

143

"烛尤，"裴云舒拉了拉烛尤，"你看那片还开了一丛花。"

"嗯。"烛尤敷衍地看了一眼花，走得更加快了。

山路被前人踩出了一条羊肠小道，蜿蜒崎岖向上，裴云舒看他走得这么急，不解道："你若是着急想到山顶，为什么不飞上去呢？"

"不能飞，"烛尤转过脸来看裴云舒，认真道，"要诚心。"

怪事，裴云舒心想，爬个山还要诚心？

似乎是看出了他的随意，烛尤不高兴地皱起了眉，要求道："你也要诚心。"

裴云舒："可我要诚什么心？"

烛尤瞥了他一眼。裴云舒试探道："烛尤，你是不是有什么东西瞒着我？"

烛尤不回答这个，拉着他继续朝上走去。

爬到了山顶之后，裴云舒以为这就到头了，但是烛尤带着他左拐右拐，竟然来到了一方天池。

四周都是缥缈的云雾，天池水格外清澈，池子旁边立了一块石碑，上面写着"神灵池"三个字。

烛尤拉着裴云舒蹲在池边，专心致志地看着池底。

裴云舒陪烛尤看了一会儿，但看得眼睛疼了，都没有一条鱼从面前经过，他问烛尤："这是要干什么？"

烛尤抿直了唇，还是直直看着池水，过了半晌，脸上的表情越来越失望，眼睫垂着，显得如同被抛弃了一般。

裴云舒平时见不到他这个神情，忍不住问道："你怎么了？"

烛尤抬眸看他，黑眸中满是难过："他们说如果来这个池边，只要信念足够深，池水就会发生变化。"

裴云舒凝噎，片刻后才缓过了神："他们是谁？"

"街上的人，"烛尤道，"茶馆里的人。"

他此时浑身弥漫着失落的气息，对裴云舒的问话知无不答，却提不起多少精神。

裴云舒真不敢相信烛尤竟然还会信这样的传言，这神灵池，他只看了一眼便知道其中没有一丝灵力，这样的泉池，怎么能发生变化？

这也太欺负不懂得人间道理的烛尤了。

裴云舒气呼呼地想。

但是还要先安抚烛尤，他试探地问："那会发生什么变化呢？"

烛尤眼中的光一点点暗掉："水中会开花。"

裴云舒走了几步，心想，烛尤怎么会信这个呢？

这个怎么会灵，如果诚心真的有用，那大半个修真界的人都可以飞升了。

裴云舒点了点头，手指在身后动了动："烛尤，你莫要多想，可能只是因为池水还没来得及反应。"

烛尤将信将疑地又看向了池水。

就是现在，裴云舒心中一动，只见中间的水面忽然泛起了许多波澜，清水往中间涌动，逐渐用水开出一朵盛开的娇艳之花。

水花之上流水不断，晶莹剔透，裴云舒率先惊讶道："竟然真的开花了！"

烛尤眼睛一闪，唇角勾起一瞬，跟着点了点头。

烛尤怎么看不出这水没有灵力，怎么不知那些人说的是假话？只是即便是假话，云舒也成全他了。

裴云舒未曾看到他的笑，等凑到烛尤跟前时，烛尤已经收起了笑，但他眼中亮起了光。裴云舒心下松了一口气，就听烛尤道："开花了。"

下山的时候，烛尤心情大好，拉着裴云舒春风满面地大步向前。

等两人回了家中，裴云舒一直睡到了第二日的早上，闭目养了一会儿神，才起身出了门。

门外艳阳高照，院中只有花月在抱着婴儿晒着太阳，裴云舒走了过去，问道："他们人呢？"

花月道："他们说要去山上猎只老虎。"

裴云舒："花月，你可知道他们去了哪座山？我倒要看看他们要打什么样的老虎。"

花月怀中的婴儿双目清澈，正好奇地看着裴云舒，朝着他伸出手，咿呀咿呀地叫着。

花月适时地把婴儿递到了裴云舒面前，笑道："云舒你刚醒来，不值得专门去山上找他们，等着他们回来多好？"

裴云舒："说得也是。"

他正要接过花月怀中的婴儿，却突然听到了门外传来了一声响动，裴云舒蹙眉，厉声道："谁？"

门外没有动静，裴云舒让花月将婴儿抱好，抬步走了过去，打开门一看，左右无一人，只有地上放着的一幅卷起来的画。

"画？"

裴云舒皱眉，画被他招到身边，裴云舒关上了门，带着这画回到了院中。

花月好奇道："云舒，这是什么？"

"我也不知。"裴云舒摇摇头，打开了画，一个男子便展露在了眼前。

这人似清风朗月，嘴角带着浅浅的笑意，双目清明，瞧起来分外舒心好看。

裴云舒只觉得有几分熟悉，却还没参透这熟悉，就听花月惊呼了一声。

裴云舒侧头朝着花月看去，花月表情惊讶："云舒，这画的不就是你吗？"

裴云舒一愣。下一刻，他身后的画便扭曲了起来，逐渐形成一个旋涡。

花月瞳孔一紧："云舒！"

裴云舒讶然回头，却在下一刻就被这古怪画卷吸入旋涡之中！

吸入了裴云舒后，画陡然卷起，就要往空中飞去，花月大惊失色，连忙踩着凳子腾空而起，险而又险地将画握在了手里。

花月将怀中婴儿放下，咬着牙打开了画，画中的人还是裴云舒，只是细节之处更加相像，双眼之中多了一份令人着迷的灵动。

"糟了，"花月眼中泛上狠意，"这是什么妖法！"

第6章

"这幅画显然不是一种妖法,而是一个法宝。"百里戈神情不怎么好看,他将展开的画铺在桌上,摩挲着画布,"能瞬息之间将一个元婴期修士困住,更何况云舒的神识远超元婴,这东西一定是个极为稀少的法宝。"

花月着急地走来走去:"在它没把云舒吸进画里前,我没在这画上看出一丝一毫的灵气波动。"

画布光滑细腻,似绸缎而非绸缎,画中裴云舒身上的颜色也极其艳丽,红唇粉面,发丝分明而飘逸。画布看起来脆弱,但极其柔韧,无法轻易撕裂。

烛尤面无表情地站在桌旁看着画中的裴云舒,他浑身气息低沉,藏着快要压抑不住的狰狞。

清风公子自看到这画之后便有些奇怪,他兀自恍惚出神,但此时没人注意到他。

为今之计是把裴云舒给救出来,可怎么救却一点儿头绪都没有。

房中的气氛越来越压抑,人人板着一张冷脸,半含着怒气半无力地瞪着桌上的画布。

过了一炷香的时间,烛尤忽然动了,他找出笔墨,在众人来不及阻止之时,用毛笔在画上的裴云舒手腕处画了一个黑色的镯子。

从镯子接合的头和尾部能勉强看出是条蛇的样子,画完之后,画闪了下光,烛尤将笔放下,刚刚化作原形,画就腾空而起,下一瞬就形成了一个漩涡,转眼将烛尤给吸入了画中。

"烛尤!"百里戈大喝,下意识伸出手去拽烛尤,但反而让自己也跟着被吸入了画中。

桌上的茶杯叮当作响,画摔在了桌面上,只见画中裴云舒手上的那个镯子变得更加精细,血红色的双眸闪闪,散发着野兽般的光。而在裴云舒的指尖处,有一只白毛狐狸显现在画布上,狐狸的毛发根根分明,眼睛格外冰冷,栩栩如生。

花月脸色倏地苍白，他握紧了手，无助地去看清风公子："糟了，清风，他们三个都被吸进去了……"

三个能顶事的修炼高手不在了，花月慌得手足无措，却必须冷静下来，他撑着桌子坐下，把画握紧在手里，手指用力到发白。

"这到底是什么？"花月咬牙切齿，兽瞳和利齿隐隐冒出，"这到底是什么东西！"

不说云舒已是元婴期修为，也不说百里戈是个响当当的妖魂，单说烛尤……烛尤竟然也被吸进画中了！

若不是亲眼所见，这怎么可能？

这样的法宝，究竟是谁的，到底有什么目的？

在一旁好似出神的清风公子突然道："这个叫授神画。"

花月一愣："授神画？"

他喃喃自语几遍，突然眼睛一瞪，抓起桌上的画就往后一跳，警惕地看着清风公子："你又是如何得知的？"

"因为这东西……"清风公子嘴唇干燥，失去了血色，翕张几下，直直看着花月道，"因为这东西，是我花锦门的法宝。"

花月脸色骤变，他不敢犹豫，带着画就要往外冲去，手刚挨到门，身后就有一阵风袭来，花月只觉得后颈一疼，就陷入了黑暗之中。

"对不起……"最后只听到清风公子痛苦的声音。

清风公子将晕过去的花月放在了床上，又将大哭不止的婴儿放在了花月的怀中，他站在床边看了他们一会儿，似乎昨日的快乐犹在眼前。

清风公子攥紧了手，指甲在手心掐出血痕，良久，他掏出一颗丹药，刮下一些药粉喂进婴儿嘴里，婴儿逐渐停止了哭泣，粉面上流着大大的泪珠，抽泣着睡了过去。

再将剩下的丹药喂给了花月，清风公子拿过花月手中紧握不放的画，低声说道："对不起。"

话音刚落，他就毅然转身，出门离开之前，还是给房中两人布上了一层结界。

做完这一切，清风公子就御剑而去。

这么久了,他差点忘记自己是花锦门的堂主了。

授神图提醒了他应该要做什么。

他应该当机立断地把这幅画送回宗门。

将军府中,将军正在书房画着画。

门外突然传来些响动,笔尖的墨水滴落,白白毁了正在画的画。将军眉头皱起:"外面发生了何事?"

外面的响动声更大,将军正要出门去看上一看,书房的门倏地被人推开,走进来了两位身着道袍的俊美年轻男子。

将军眼睛微微眯起,他放下了笔:"二位是何人?"

两人中的一个是面带微笑的温润公子,他道:"将军可是前不久去过桃花村的那个将军?"

将军淡淡点了点头:"不错。不知二位有何指教?"

"谈不上指教,"那人笑道,"只是想问一问将军,是否知道我的师弟现在去了哪里?"

将军眼中一闪。

找到将军府的人自然是云景和云城两人,云城见桌上放着一幅画,就极为自然地走上前,一看,笑意就加深了:"将军原来正在画我的师弟啊。"

大师兄抬眼,跟着走了过来,在桌旁往画纸上看去。

这幅画只勾出了形,还未画完,但能看出作画者的笔法娴熟,每下一笔都是心中有底的,画得极为漂亮利落。

上半身已被上了浅浅的颜色,面上,那一双眼睛描绘得精致十足,睫毛分明,眼中含笑,眼尾微挑。

师弟的模样,同以往一模一样。

大师兄伸手在画上隔空轻点两下:"二师弟,你来瞧瞧云舒师弟是不是瘦了?"

云城道:"大师兄,我没看出哪儿瘦了,就觉得师弟应当是很快活的。"

他指了指画中装云舒的唇角:"眉目含笑,嘴角微翘,倒不像冰冰冷冷的样子。"

大师兄收回了手，怅然道："确实不像是师门中那般冷心的样子。"

"将军还没画好吧，"云城笑意温和，他看着将军，伸手做了一个"请"的姿势，"将军继续吧，待将军画完之后，我们再与将军好好说一说话。"

知道这两人是仙长的师兄之后，将军还是极为冷静。他朝着云城微微颔首，便换了一支笔，擦去刚刚滴落的那滴墨，用淡且浅的红笔给画中人的唇着色。

红色一遍遍地加深，微勾的唇角便更是好看了。

云景和云城在一旁认真看着，一直等到将军画完了最后一笔。

待他放下了笔，云城便挥了挥衣袖，将军凭空被击到墙上，然后颈间一阵窒息感传来，他被掐住脖子沿着墙抬到了半空。

"将军可知道我师弟去了哪儿？"云城彬彬有礼地问。

将军奋力呼吸几下，知道自己技不如人便停了无用的抵抗，他眼眸深深，沙哑道："仙长未曾告知我。"

云城转身朝着大师兄看去。

大师兄招来一阵风将画纸吹干，便收进了储物袋中，他淡淡看了将军一眼："师弟，莫要同他计较了。"

"我只是觉得有些不悦，"云城笑了笑，"一个凡人，只是同师弟见了几面，竟然有胆子招惹师弟了。"

他话音刚落，利风便如箭雨一般落在了将军的身上，尤其是刚刚作画的手，更是被伤得鲜血淋漓。

云城终于收敛了笑，他脸色沉沉地看着将军，黑眸中是不把对方放在眼中的漠然："人贵在有自知之明。"

将军眼中杀意闪过，掩饰地低下了头。

在清风公子走后不到一日，云景、云城就凭着画像来到了东海岸边。

他们一到了东海岸边就不需要多费心神去找了，因为整个东海岸边，只有一处院落布上了结界。

两个人一同进了这处院落，直直推开了门，就见到床上昏睡过去的花月和一个婴儿。

云城原本含笑的眼忽地一顿，他死死地看着花月："他竟然没死！"

小师弟和他在一起，知道他没死！

云城眼中冒出戾气，大师兄轻叫一声："二师弟。"

云城回过神来，克制住心中复杂的情绪，脸上冰冷，抬手把了一下花月的脉，给花月喂了一颗丹药。片刻之后，花月悠悠转醒，甫一睁眼，就听到了一道让他惧怕胆寒的声音。

"云舒在哪儿？"

花月眼睛猛地睁大，他顺着声音看去，就看到了曾经捉了他还杀了他一次的云舒的师兄。

"嘭"的一声，他直接被吓得变回了原形。

这下好了，云城眯起眼，似乎认出了花月的原形。

他因为杀了这只狐狸被师弟厌恶，便想着抓一只相似的狐狸赔给师弟，就专门回到了妖鬼集市，然后就在杀了这只狐狸的不远处捡到了它。

云城那日将狐狸送予师弟时，师弟还冲他笑了。这只狐狸，在师弟的心中可当真是重要。他还亲手把这只狐狸送给了师弟。

云城声音越冷，杀意越盛："云舒师弟在哪里？"

"云舒被抓走了，"花月的声音发抖，颤颤巍巍，"他被吸进了一幅画中，那幅画被……花锦门的魔修拿走了。"

大师兄和云城一同皱起了眉。他们自是知道花锦门是个什么样的宗门。

"若是没记错，那个叫邹虞的，好像是花锦门的宗主？"云城侧身问大师兄。

大师兄点了点头，蹙眉。

花月道："花锦门的大魔头都是不要脸的玩意。"

云城似笑非笑地瞥了一眼狐狸，随即就把它拎起，打算就此离开："师兄，走吧，去问问他们花锦门为何要抓我单水宗的弟子。"

"先等一等。"大师兄拦住了云城，他从袖中小心地抽出了一幅画像，抖开之后放在花月面前："将云舒吸走的画和这幅可相像？"

花月命脉被掐住，手脚缩着，它有些绝望地抬头去看云城手中的那幅画像，看到时，却不由得愣住了。

"一模一样……"它喃喃道，"一模一样的画像。"

"花锦门的人和那个将军还有关系。"大师兄收了画像，沉思了一会儿，对着二师弟说道，"师弟，带着它走吧。"

云城点了点头，正要带着狐狸走，花月连忙指着床上的婴儿道："那个婴儿也要带着！"

花月不能把婴儿放在这儿让他饿死，着急之下，只能将婴儿同裴云舒扯上关系："那是云舒的孩子！"

"轰"的一声巨响，只见屋内的木桌已经被一掌击成了粉末。

师弟的孩子？

师弟竟然……有了孩子。

第7章

大师兄在出来寻裴云舒前，已经做了最坏的准备。他曾同云城说过，或许小师弟不愿意回来，又或许小师弟已经去了另外一个宗门。

云城说最严重的，也莫过是裴云舒厌恶他们。

他们谁都没有想到，裴云舒已经有了孩子。

云城扔下狐狸，面无表情地走到床旁，看着在床上酣睡的婴儿。

婴儿白白嫩嫩，正吮着手指，香甜入梦，睡得面颊泛红。

云城的声音像是从深渊而出的恶鬼发出的，冰冷的恶意从骨缝里钻出，让人头皮发麻："他的母亲是谁？"

花月咬了下舌头，含着血腥味道："死、死了。"

"死了？"云城笑了一声，他回头看着花月，黑眸中的冷意刺人，"你觉得我会信吗？"

花月吓得浑身发抖。

云城用看死人的目光看着它半响，花月毛发根根竖起，觉得自己如同被野兽盯住了一般，快要命丧他手。

最终，云城还是移开了目光。他弯腰，轻柔地将床上的婴儿抱在了怀中。

大师兄改为拎着花月，师兄弟二人出了房门，朝着将军府而去。

有些错事，云城做过一次之后不会再做第二次。

他不杀他们，还要好好用他们。

清风公子的目的地不是将军府，而是花锦门。他花了三日工夫才来到了花锦门，进入宗门之后，便闻到了一股浓重的血腥味。

从刑堂走出来的门徒见到他，面色惊讶："令堂主。"

清风公子看向他身后的刑堂："是谁正在受罚？"

"看管南下秘境的堂主，"门徒神色有些嫌恶，"他没有接到命令却径自出了秘境，还想要改名换姓叛出宗门，宗主已经让他体内毒丹发作，并要刑堂处以二百零一种刑罚。"

清风公子眼皮一跳："我知道了。宗主现在在哪儿？"

门徒道："刚刚还在刑堂，现在带着邹堂主走了。"

清风公子点了点头，便让他退下，匆忙去往自己的住处。

他许久未曾回来，房中已经积了一层薄薄的灰尘，清风公子没有管这些，他坐在桌旁，手紧紧攥着，手背上暴出青筋。

没过一会儿，门就被人推开，一道高大的身影走了进来，似笑非笑道："令堂主，终于舍得回来了？"

"邹虞，"清风公子道，"你竟然没死。"

邹虞冷笑一声，抱臂倚在门框上："先别说我，这两个多月的工夫，令堂主干了些什么？"

他牙关磨出刺耳的声音夹杂在话中，好像是用了全部的力气去压抑心中的戾气，只能将狠意磨在牙关。

清风公子轻描淡写道："我被裴云舒捉住了，这两个多月，自然跟他一起。"

"裴云舒"三个字一出，邹虞就猛地站直了身子，他沉于眼底的深沉倏地浮起，最后他低低地笑了，声音沙哑："他在哪儿？你带回来了吗？"

153

清风公子察觉到他的变化，凌厉的目光往他身上移去。

邹虞走了进来，双目如烈火一般看着清风公子："你竟然敢回来，那就一定是想将功折罪了，令堂主，你把他带回来了对不对？"

在南风阁中，邹虞几乎被烛尤要去了大半条命，要不是有手下及时赶来，邹虞早就已经死在半路上了。

清风公子皱起眉："你最好清醒一点。"

"我清醒得不得了。"邹虞深目微眯。

清风公子眉头皱得更深："邹虞，有些话能说，但有些话最好过过脑子再说。"

邹虞嗤笑一声，玩味地看着清风公子："我怎么忘了，你平日里可是厌烦极了那些会惹出麻烦的人。"

清风公子："邹虞，看样子你被抽的鞭子还不够，被裴云舒身边的人打得还不够。"

邹虞没说话，只是那双深如大海的眼眸深深地看了一眼清风公子，半响，他才说道："走吧，令堂主，宗主叫你过去了。"

昏暗的殿堂之中，静默无声。

清风公子单膝跪在地上："属下无能，还请宗主责罚。"

高座上坐着的宗主道："责罚先不说，你带了什么东西回来？"

清风公子抿了抿唇，从袖中掏出了一幅画卷。

画卷甫一拿出，宗主便笑了："鸢二刚同我说授神图在半路被人截下了，原来兜兜转转到了你的手里。"

他走下高座，居高临下地走到清风公子身旁："被吸进去了？"

清风公子攥着画卷的手指发白，手上青筋凸起，他道："是。"

宗主从他手中拿走画卷，解开金色的细线，画卷展开，上面的画便直直展露在眼前。

邹虞往前走了一步，有了几分兴趣，但一看到画上画了什么，眼中就充满了震惊。

"这就是裴云舒？"宗主笑了几声，"听说尊上原本想将人皇的身体当作退路，就是他将尊上这条退路给毁得彻彻底底。"

宗主往一旁招了招手，就有人抬着一张紫檀木的桌子放在他的身前，宗主将画放在桌子上，双手一空下来，便有了闲心俯身看着画中人。

一旁的邹虞忍不住走近了几步，宗主看他一眼："邹虞，以你所见，这裴云舒容貌如何？"

"宗主，"邹虞伸出了手，轻轻点在画中人的眼尾处，"您凑近瞧瞧。"

宗主当真凑近了，不由得一怔："红了。"

"眼尾泛红，"邹虞带笑看着裴云舒的眼角，"这颜色淡得很，若是不注意看，是怎么也看不出来的。"

宗主道："这颜色倒是好看，作画的人画技不错。"

宗主只看了这两处红意，便无甚兴趣地想要起身，身子起了一半，鼻尖却突然闻到了几丝桃花香气。

宗主移开眼睛，对上了画中人的双目。这双眼睛极亮极清，灵动含笑，逼真到已经不像是画了。

宗主定定看了一会儿，才起身站直，邹虞在一旁道："宗主，这画中的人你打算怎么处置？"

宗主反问道："你想要？"

清风公子咬住了牙。他单膝跪在地上的腿抽疼，双手在袖中握紧，几乎能听见自己牙齿间发出的声音，但他面上却要维持着毫无波澜的表情。

邹虞听到宗主这话，连犹豫也不曾犹豫，就应了一声"是"。

宗主挑眉，多看了邹虞一眼。他并未就此应下，而是指着画中裴云舒指尖的那只白狐："这狐狸又是……"

清风公子低着头道："那是裴云舒的小宠。"

宗主点了点头，朝身边人吩咐一句："告诉鸢二，授神图已经在我手中了。"

身边人退下之后，清风公子没忍住抬起了头。

宗主注意到了："你想知道什么？"

清风公子喉结滚动了一下，道："宗主，鸢二去干什么了？"

"去和一个凡人耍诡计去了，"宗主道，"她向来喜欢美男子，这次似乎看上了一个凡人将军？"

他转头问着身边人。

藏在阴影处的人点了点头："这画就是那凡人将军画的。"

宗主点了点头，再朝清风公子看去："你也算是有功，清风，说说你想要些什么。"

清风公子名字就叫令清风，"清风公子"这个称号也只是那日游街时拿来用的，不算骗裴云舒他们。

清风公子想说"不敢"，可是嘴唇翕张数次，就是说不出来一个字。

宗主也不强迫，只是看着桌上的画，像是随口一问："你与这人相处了两个多月，应当不会起了叛离宗门之心吧？"

清风公子心头一紧，毫不犹豫道："属下不敢。"

"宗主多虑了，"邹虞在一旁不怀好意地笑了，"令堂主亲手把这画送了过来，裴云舒他们只会恨死他吧。"

宗主笑了两声："起来吧。"

清风公子面无表情地站起了身。

宗主将桌上的画卷起，最后用细线缠上，邹虞忍不住道："宗主，可否将裴云舒赏给属下？"

宗主好似没有听见，他将画卷扔给了身边人，吩咐道："挂在我房中。"

吩咐完之后，他才看向邹虞，慢条斯理道："等我什么时候看腻了，那时再说。"

邹虞瞬间握紧了手，眼中隐晦不明："是。"

即便画中人和尊上有些关系，一张授神图在花锦门宗主的眼中，也不值得他另眼高看。

等处理完事务后，宗主回到房中，一抬头就看到了明晃晃地挂在房中的授神图。

宗主踏步靠近，细细看了一会儿，却是没看出来这裴云舒究竟好看在何处。眼是一双眼，唇是一张唇，看在他的眼里，只是勉强看着舒服而已。

但对他来说，似乎看着舒服就已不容易了。

宗主眼光一移，移到了画中人的手腕处。

他看着那个蛇形黑镯子，微微眯了眯眼。

第8章

这黑镯子似乎不单单是个普通镯子。

宗主觉得有趣，看这幅画看到半夜才悠悠休息。第二日，清风公子就被宗主传召了过去。

清风公子来时，宗主正拿着笔在授神图上专心致志地作画，清风公子只匆匆看了一眼，就垂眸在桌前行礼："宗主。"

宗主"嗯"了一声，随意道："起吧。"

清风公子起身，往画上瞥了一眼。

宗主正在往裴云舒的发上画一只色彩缤纷又漂亮的蝴蝶，蝴蝶正在合翼，不知宗主从哪儿弄来的颜料，翅膀上的蓝色还闪着若隐若现的光。

宗主画完了蝴蝶，端详欣赏了一会儿，又拿着这笔在裴云舒的眼角处轻轻一点。

淡红色便被这闪光的蓝色盖住，宛若上了妆一样。

"可美？"宗主抬头问清风公子。

清风公子不知他说的是蝴蝶，还是随手点了一下的颜色，他抿抿唇，道："属下觉得美。"

"是吗？"宗主眯了眯眼，放下了笔，身侧有人上前为他擦手，他低着头看了一眼刚刚增添的那一只蝴蝶，道，"这只蝴蝶倒是比这狐狸和这镯子配他。"

清风公子眼皮一颤，低着头不说话。

宗主点了点授神图："去吧。"

授神图从桌上飞起，冲出了房门之后不过瞬息又飞了回来，安静地落在桌子上，只不过清风公子知道，那只蝴蝶变得不一样了。

"这法宝当真是好用，"宗主挥退服侍他的人，闲聊一般道，"以往被堆在库房之中，都积灰了，但是用起来也有些麻烦，只有这么一点地可画。"

清风公子道:"宗主可先将画中人放出来,没准就有地方重新画了。"

"放出来?"

宗主玩味地笑了,他朝着清风公子招招手,清风公子屏息上前,就见宗主手指轻轻点在了裴云舒的手腕上。

确切地说,是点在了裴云舒手腕的黑镯子上。

"这东西一放出来,"宗主似笑非笑,"怕是连我也无法再收服他,到时候也约莫是两败俱伤。这样的大敌,你让我把他放出来?"

清风公子连忙跪倒在地:"属下失言。"

"我倒没有想到鸢二这么有眼光,"宗主道,"这张授神图在我看来,能困住裴云舒一个元婴期修士已是难得,最后却让我有些惊喜了。"

宗主说这话,自然不要清风公子应和,清风公子额上有细汗冒出,心中却冷静无比,竖着耳朵不想错过宗主的每一个字。

宗主最后道:"只可惜困不住他们多长时间了。"

清风公子一愣,抬头看去,谁知宗主也正在看着他,一双无一丝光亮的眼眸静静地看着清风公子,眼中情绪让人难以揣测。

"过来。"

清风公子站了起来,来到了宗主旁边。

离得近了,在宗主的指示之下,清风公子才看到授神图上已经有了三道裂痕。

一道在白狐处,一道在黑镯子处,一道在裴云舒处。

三道裂痕微乎其微,才有指甲盖般的长度,但三道都在不同的地方,遥遥相对,便让人觉得这些裂痕快要接在一块了。

他们三个,都找到办法突破授神图了。

清风公子觉得自己可真是无能,他这边还没找到能让他们出授神图的方法,他们那边就已经在破解了,颇有一种英雄无用武之地的复杂心情。

"这……"清风公子道,"宗主,还是太勉强授神图了。"

"是有些勉强了,"宗主笑了笑,"所以我决定先放一个出来。"

清风公子一愣，目光已经朝着裴云舒看去。

宗主想做就做，他拍拍手掌，身后突然现出了两个身着黑衣的人，这两人瞳孔空洞无神，面容无一丝波动，此时单膝跪地，声音沙哑道："主上有何吩咐？"

宗主朝他们招了招手，让他们站到身旁，指了指画中的裴云舒："你们两个来说一句公正的话，这画中人如何？"

这两人是花锦门独属于宗主的傀儡，没有思想，只会听命于宗主，宗主让他们看，他们就没有表情地上前看画。

宗主道："如何？"

两个黑衣人冷漠道："如令堂主所言。"

宗主笑了，他的目光再次落到画上，眼中一闪，抬起右手，在左手指尖上一划，鲜血渗出，一滴滴落在裴云舒的身上。

"他被吸进授神图中几日了？"

清风公子道："算上今日，已经是第五日了。"

宗主点点头。

清风公子看着宗主的动作，不错过一丝举动，宗主突然道："要是想将授神图中的人放出，唯独需要认主之人的鲜血浸泡。"

原来如此。

"清风，"宗主道，"你若是想将他们救出，就需要杀了我，再拿我的血去救他们了。"

清风公子猛地抬头，下一瞬却只觉得心神剧痛。他唇角溢出鲜血，面上却冷静道："属下怎会如此？"

"去刑堂领罚，"宗主道，"等受完罚再去拿解药。这次先饶你一命。"

"是。"清风公子咽下满喉鲜血，快步退出了房中。

宗主捏着指尖，没有在意他，等授神图吸入他滴落的鲜血后，宗主饶有兴趣地等着画中人现身。

破坏了尊上布局也未曾惹怒尊上的人，最好不要让他失望啊。

裴云舒正在同烛尢、百里戈一起从三方破解这古怪的画，突然一阵天旋地转，眩晕感袭来之后，裴云舒发现自己着地了。

他脚下踩着的是结结实实的地面，裴云舒抬头，就见头上忽然飞下来一只蓝色蝴蝶，在他眼前飞来飞去。

裴云舒驱赶了蝴蝶，他快速看了周围一圈，就直直地看向了站在书桌旁的人："是你送来这幅画的？"

宗主没有回话，只是上上下下地细细看着他，看完了之后，朝着裴云舒道："过来，让我好好看看你。"

裴云舒瞥到了桌上的画，画上还有烛尤、百里戈，他鼻尖轻嗅，闻到了空气中残留的丝丝血腥味。

裴云舒一言不发，拔出青越剑就朝着宗主攻去。

宗主正被人服侍着擦去手中的血，看到他袭来，身子一偏，躲过了裴云舒这剑，但下一剑已经接着袭来，宗主不得不拿过奴仆手中的手巾，亲自擦着手。

裴云舒在心魔历练中狠狠练了剑法，此时一招一式未曾在脑中细思，全是自然而然地使出，一剑跟着一剑，出剑如行云流水，越来越快。

宗主"咦"了一声，指尖一弹，弹在了青越剑的剑尖上，躲过了这封喉的一剑："你倒是与我收集到的消息有些出入。"

裴云舒目光清明，全副身心都放在宗主身上，心知此人绝不简单，因此不接他的话茬，不敢掉以轻心。

宗主闲庭信步地躲着，想看看这裴云舒还有什么与消息上不同的地方。他躲着裴云舒的剑，还有心思朝着裴云舒看上几眼。

裴云舒眼尾处有金粉闪烁，每动一下颜色便灵动变换，他的剑泛着青光，是锋利冰冷的，眼睛清亮，专心致志地盯着宗主。

宗主似乎觉出这蓝色的好看了。

"对着我的剑也敢出神吗？"裴云舒冷声。

话音刚落，一条水龙凭空出现在他的身后，巨口张开，狰狞凶猛地随着剑势而来。

裴云舒左手掐着法诀，房外四面八方的树叶化作锋利的刀剑，带着破空声横冲直撞地进入房内。

宗主无奈道："似乎有些麻烦了。"他拍拍手，隐藏在暗处的人瞬间现身，数十人围在殿中四周，挡住四面八方袭来的落叶和暴虐的水龙。

还有些人想要上前去攻击裴云舒，却被宗主拦下，宗主看着裴云舒，对那些人道："你们莫要打扰。"

裴云舒见着这数十人却丝毫不怯，他站在殿中，缓缓将剑停于身前。有气朝着他的剑裹去，这气变得越来越大，最后形成肉眼可见的扭曲旋涡。

裴云舒双眼不曾从宗主身上移开，他的眼中好像藏着光，在剑气萦绕下熠熠生辉。

被拦在一旁的下属中有人已经变了脸色，准备随时听令上前。

宗主却还是噙着笑，半是期待地想要知道这一击会有多大的威力。

威力确实很大。

滔天的灵气在房中如推山之势一般荡开，护卫中的许多人被他的灵气冲击所伤，裴云舒脚下蓄力上前，直冲到宗主面前。

灵气和剑气吹起他的黑发，宗主轻松闪开，却看到了他含着得逞笑意的双眼。

宗主一怔，下一瞬就见裴云舒卷起桌上的画，在所有人猝不及防之下冲出了房。

"有趣。"过了一会儿，宗主道。

"去追吧，"他饶有兴致，"莫要追得太紧，看他能做什么。

"也切莫伤了他。"

第9章

裴云舒躲在树上，看着追他的人在他的眼皮底下往远方跑去。

结界隐藏在飘动的树叶之间，裴云舒等那些人全都跑得没影之后，才靠着树干解开了画卷。

画上他的位置已经空出了一片，裴云舒看了下那三道裂痕，知道烛尤和百里戈能出来，但所需时间一定不少。

裴云舒在画卷上闻到了血腥气，却没有看到血滴，若是没记错，他出来时见到的那个花锦门的宗主正在擦去手中鲜血。

难不成是用他的血才将自己放出来的？

裴云舒若有所思，收起了画卷，听到下方又有一批人经过，低头往下一看，这些人衣服上绣出的牡丹张扬高调，一下子就入了他的眼。

"快！"

"速速通知各堂主，宗主下令不可伤人。"

裴云舒揉揉额头，分出几缕神识跟着他们往各处而去。

知道自己进了花锦门的老窝之后，即便清楚清风公子不是那样的人，但裴云舒只能怀疑是他将他们三人带到了花锦门之中的。

烛尤、百里戈与他都在画中，在外的只有花月和清风公子，他怎么能不多想？

探出去的神识将各种消息一一传回，嘈嘈杂杂，裴云舒在其中突然听到了一个熟悉至极的声音。

"你说谁跑了？"

裴云舒表情一冷，握紧了青越剑。

是邹虞。

另一道声音响起："回邹堂主，小人也不知是谁，宗主只交代若是您看到什么古怪的人，千万别伤了这人，将他押送给宗主即可。"

邹虞："本堂主知道了，你可以走了。"

裴云舒悄无声息地跳下树，宛如一阵风般跟着这缕神识而去，眨眼之间，他就来到了一处院落。他踩上了树梢，从层叠树叶中往房中看去。

通知的人正在往外走，裴云舒的神识没有跟着离开，而是留在了邹虞的房中。那神识化作了裴云舒的眼和耳，化作了他手中的利器。

裴云舒想杀了邹虞，早在狐族秘境中就发誓要杀了他，而邹虞对此一无所知。

邹虞正蹙眉，表情怪异地出着神，不知想到了什么，他的神情逐渐变得阴郁，手中的瓷杯发出不堪其重的碎裂之声。

裴云舒的神识趁此机会，化作无形的利刃朝邹虞的后心口处冲去。

邹虞心中猛然生起不妙的预感，他头皮发麻，这种在一次次生死危机中历练出来的直觉让他下意识往旁边一滚。

滚开之后，邹虞朝着刚刚落座的地方看去，只听一声巨响，刻有漂亮花纹的石桌被凭空割出一道深深的刀痕。

邹虞脸色难看极了，他立刻掏出一个防御法宝，深邃的目光在周围扫视，不动声色道："怎么，是哪位前辈想杀我？竟连面都不敢露吗？"

裴云舒的声音在他身后响起："是我想杀你。"

他的声音冰冷如冬，其中的杀意丝毫没有遮掩。

邹虞一愣，流露出掩饰不住的惊异之色，他转身朝后看去，就见裴云舒提剑站在他的身后。

裴云舒手中的青越剑发出急切的剑鸣，灵气如水纹般在这个房间中荡开，每一下，都是对邹虞的威慑。

"裴云舒，"邹虞眉头皱起，眉眼之中的阴郁之色浓重，"你要杀我？"

裴云舒目光灼灼，他定定地看着邹虞，眼中的杀意也不再掩饰，直白地展露出来："我不应该杀你吗？"

说完这句话，裴云舒不跟邹虞多谈，他的身上飞出一条捆仙绳，红色的捆仙绳长而细，气势汹汹地朝着邹虞而去。

邹虞躲开捆仙绳，可是躲不开裴云舒的神识，他慢了一瞬，就被结结实实地捆住，狼狈地摔落在地。

以往他用捆仙绳绑住裴云舒，现在彻彻底底地反过来了。

裴云舒提剑走近，邹虞面上有细汗沁出，但他唇角却勾着笑。

"从宗主那儿跑出来的果然是你。"他动了动身子，换了一个舒服的姿势，"能让你这么想杀我，也是我的本事。只是我没有想到，云舒的修为竟然变得如此高深莫测。"

裴云舒狠狠皱起了眉。

邹虞笑意更重，他舔舔唇，还想要说些什么，深陷的眼睛却陡然睁大，不敢置信地低头，看着胸膛上穿心而过的利剑。

裴云舒抽出剑，殷红的鲜血顺着利剑滴落在地，不久就积成了一个小水潭。他垂眸看着邹虞，眉目逐渐舒展开。

邹虞似乎没想到裴云舒竟然如此利落，他直直看着伤口，又抬头看着裴云舒。他知道裴云舒想杀他，但没想到裴云舒竟然会这么利落地杀了他，以为裴云舒会慢慢折磨他。

他口中溢出血迹，喘息逐渐困难："裴、云、舒！"

血腥味逐渐浓郁，邹虞的眼中逐渐浮现出了最后的疯狂："我死也要拉着你一起死！"

屋内的灵力开始躁动，裴云舒眉心一跳，随即往后一跃冲出了门，朝着远方飞去，能有多远就有多远。青越剑变大飞到他的脚下，载着他以从未有过的速度逃离此处。

好像过了很久，又好像只是转瞬之间，身后轰然传来一声巨响，汹涌的灵气震荡，裹着杀戮之气如山崩海啸一般往外平推。一道惨叫声转瞬即逝，又有另外一阵惨叫声响起，裴云舒的速度快极了，他根本没有时间去回头看一眼身后的情况，只知道要往前，要赶紧逃离这一片地方。

邹虞自爆了。一个元婴期修士的自爆，能将这一处夷为平地。

他是真的死了也要拽着裴云舒一起死。

不知道飞了多久，身后的响动逐渐平息，青越剑在空中转了一个圈，裴云舒站在剑上，看着眼前的一片狼藉。

尘土在空中飘飘扬扬，有塌陷的地方便有死亡，四面八方都有呼救和挣扎的绝望之声，他们不是死于山石坍塌，而是死于邹虞的灵气自爆。

裴云舒微微喘着气，他盘腿坐在青越剑上，为自己罩上了一层结界，平复着气息。他探入识海，同小元婴道："没想到你这般小，自爆之后却可以这么厉害。"

小元婴拽着身上的叶子去遮住眼睛，掩耳盗铃道："我一点儿也不厉害，你不要让我自爆。"

"我为何要你自爆？"裴云舒想不到自己的元婴怎么这般傻，"不要去拽叶子了。"

元婴松开身上的叶子，又去拽头上的四月雪树，他长了一张同裴云舒幼时一样的幼儿面容，委委屈屈地嘟着嘴："你在心中说我傻，我是知道的。"

裴云舒笑笑，吐出一口浊气之后，他睁开眼，摸了摸身下的青越剑：

"一鼓作气。邹虞搞出了这么大的动静,他们的宗主总不能坐视不管。我们趁火打劫,去借他血液一用。"

青越剑左右摇摆一下,就载着他离开了此处。

凡间有一句话叫作"祸不单行",宗主还未收到邹虞出事的消息,那边就有人来禀报,说鸢二被人捉住了。

宗主稀奇:"被谁捉住了?"

"两个正道修士,"属下道,"看他们的衣着,应当是单水宗的弟子。"

单水宗的弟子。宗主若有所思,问身旁人道:"那裴云舒似乎也是单水宗的?"

隐藏在黑暗中的傀儡声音毫无波动:"回主上,他以前是单水宗的弟子,现在已离开了师门。"

"有趣,"宗主道,"他们捉了鸢二是想干什么,莫不是想用鸢二来换他们的师弟?"

宗主语气里有笑意。

"属下不知,"上报的人道,"但他们二人正挟持着鸢二往花锦门而来。"

"叛主的东西,"宗主,"等他们来到宗门,将鸢二带去刑堂处死,那两个正道弟子就先随他们去。"

"是。"

等处理完鸢二的事,宗主刚刚坐下,便似有所觉,抬头朝着南方看去,眼睛微眯。

身边的人觉得奇怪,也跟着往南方看去,却什么都未曾察觉到。等过了一炷香的时间,才猛然听到了从南方传来的巨响声。

躁动的灵气也开始往这边涌动,宗主摇了摇头,道:"没用的东西。"

他抬起干净苍白的手,在桌上轻轻一拍,此处就罩上了一层结界,结界将灵气和尘土山石挡在外面,等一切平静时,才有人上前来报:"宗主,邹堂主自爆了!"

房中一片寂静,人人都在屏息,生怕触了宗主的霉头。

宗主抬眼看着进来禀报的人:"你进来就罢了,怎么还把别人的神识给带进来了。"

屋外躲在角落的裴云舒一惊。他嘴唇紧抿，心跳个不停。

他的修为是元婴期，神识比修为要了不得多，只是他自己估计，都有分神期那般的能力。自出了神龙秘境到现在，他的神识从未被别人察觉到过。

裴云舒一动不动，将那缕神识完全当作了自己，更加谨慎地藏了起来。

化实为虚，化虚为无。

裴云舒尝试着去找当初在心魔历练中的感觉，呼吸清浅，宛如自己融入了自然气息当中。

"眼睛"看到了许多，"耳朵"听到了许多。

裴云舒看到了花锦门的宗主坐在书桌之后，面上露出几分惊讶："咦？竟然藏起来了。"

他周边的下属中有了些异动，有人忍不住问道："宗主，是有大能来袭了吗？"

宗主："对你们来说确实是大能。"

裴云舒心想：怎么才能伤到他呢？

若是他的神识修为真到了分神期，那么一眼就能察觉到他神识的花锦门宗主，究竟又有多高的修为？为何以往从未听说过花锦门中有这个人物？

裴云舒不敢妄动，他吐纳越来越慢，打算跟在这个宗主身边，找准时机取一些血来。

他这么想了，就这么做了，等宗主回房了之后，裴云舒就跟着站在房外的高树上，在寒风黑夜中等候着时机。

宗主正在温暖的房中悠然自在地看着书，他嘴角含着笑意，似乎书中有什么好笑的事，能让他以这么玩味有趣的态度继续看下去。

过了片刻，弯月高挂空中时，有一行人带着一个盖着黑布的东西来到宗主的房前，四处看了一眼，低声道："宗主。"

裴云舒振作精神——这一看就是在干什么见不得光的事。他全神贯注，若是幸运，没准还能把这当作把柄来要挟花锦门的宗主。

话本中的这招百试百灵。

屋内的人给这一行人开了门，裴云舒的神识也悄悄跟在这一行人的身后探了进去。

他提防着宗主，因此不敢离对方太近，只尽力掩藏住自己，果然，宗主没有察觉到他的存在，只是问进来的领头人："何事找我？"

领头人恭敬地弯着腰："这是在邹堂主密室中发现的东西，属下不知如何处理，便送来交予主上。"

宗主道："拿上来瞧瞧。"

那盖着黑布的盒子被人送到宗主的面前，宗主伸出手去打开，裴云舒屏住呼吸，眼睛一眨不眨地盯着。

盒子中放着几朵开得万分娇艳的牡丹，看到这儿，裴云舒忽然觉出了几分熟悉，这盒子和这花似曾相识。

到底在哪里见过？

宗主拿出牡丹，牡丹大如脸盘，颜色鲜亮极了，裴云舒正在思索着，宗主就对着牡丹轻轻吹了一口气。

牡丹倏地飞到了空中，不断旋转着变成了一个人，那人唇角勾起，身体中好像蕴含着牡丹香气。

这花化成的人，面容和裴云舒极为相似。

裴云舒脸上一黑，竭力冷静着，他盯着那牡丹化的人，忍住了想拿剑刺过去的冲动。他想起来这是什么了，邹虞也送过他这样的一个盒子，里面还有一本一指厚的书。他现在有些后悔让邹虞死得太容易了。

宗主看着这牡丹化的人，不禁感叹道："邹虞在这方面的巧思当真是别人比不上的。"

送东西进来的人直愣愣地看着这牡丹化的人："宗主，这当真是只有牡丹能化出的相貌了。"

宗主却是摇了摇头："不美。"

在他的言语之间，牡丹化成的人又化成了花，飘飘扬扬的花瓣落在了地上。

他把盒子中的牡丹都拿了出来扔在一旁，在裴云舒的瞪视之下，从盒子中拿出了一本书。

裴云舒的杀意轻轻地涌了起来。

宗主正要翻开书的第一页，下一秒，他手中的书就忽地燃起了红黄色的火苗。

火苗极旺，转瞬之间吞噬了那本书，宗主却不慌不忙，他一个转身，书上的火苗就此消失，书中完好的纸页还残留了大半。

"你越是这样，我就越是想看看这里面有什么了。"宗主悠然翻过被烧成黑色的纸张，"给你我看半本书的时间逃走。"

裴云舒知道自己被发现了，他咬咬牙，却做出了与之相反的选择。裴云舒在宗主低头翻书时，用庞大的神识猛地朝他袭去，在他身上划开几道伤口后便猛地退开。

神识卷着血液，裴云舒脑子里也能察觉到心的剧烈跳动。

"逃。"青越剑猛地动了起来。

宗主却没追上来。他专心翻看着手上的书，对身上的伤口视而不见。等这本书翻完了，他身上的伤口也已经愈合了。

已经追着裴云舒而去的人无功而返，跪在地上请罪："属下跟丢了。"

"你们要是跟上了，我才会觉得奇怪。"宗主张开双手让身边人给他换衣服，眯着眼看着被他放在桌上的书，"邹虞倒是颇有些画技功底，只可惜死了。"

傀儡牢记他说的看半本书的时间，追着裴云舒而去，但半个时辰后也是无功而返。

花锦门宗主的地界里，裴云舒一个元婴修士，竟不知道藏哪里去了。所有追查裴云舒的人都被叫到了刑堂领罚。

已经在刑堂受尽折磨的清风公子，这才知道裴云舒逃出授神图了。

得知这个消息的时候，他被人带到了宗主的面前。

第10章

裴云舒伤了宗主的那一下，卷来的血液比他想象只多不少。

等甩掉了试图追上他的那些人后，裴云舒就躲进一个无人的偏僻木屋之中，将画卷打开，先试着用画卷收了一只小蚂蚱，再分出一滴血液滴在小蚂蚱的身上。

幸好，同他想的一样，被滴了鲜血的蚂蚱成功飞出了画卷，裴云舒心里松了一口气，这才敢将这些血抹在烛尤和百里戈的身上。

"烛尤这次很聪明，知道化成镯子那般大小。"裴云舒手下忙碌，嘴上也在说个不停，"百里就不行了，怎么也跟着跑进来了？跑进来就罢了，也不知道变小一点，这么大的一只白狐狸，得用多少血才能将你放出来。"

"还好我很厉害，"裴云舒轻咳几声，"不知不觉间，我也变得如同烛尤一般厚脸皮了。"

他心情愉悦地将血用完了，百里戈还未出来时，烛尤已经顺着自己撕开的那道缝隙跑了出来，由黑色镯子变成人形。

烛尤用一种平静无波的语气阐述事实："我不在，你就会出事。"

裴云舒："……"

先前伤了花锦门的宗主，甩开了那么多想追他的人，裴云舒本来还有些骄傲的心瞬间蔫了下来："这次是意料之外。"

"你相信我，"裴云舒声音越来越小，"我已经变得很厉害了。"

他语气里的心虚，烛尤都能听得出来。

但烛尤还未多说几句，一只白狐狸就从画中一跃而出，像是一道白光闪过，转眼化成了一个英姿飒爽的美男子。

"你们两个竟然先我一步跑出来了，"百里戈大笑道，"我还以为自己是撕口子最快的一个。"

他们两个人生龙活虎，比裴云舒这个早出来的看起来还要精神，裴云舒让他们坐下，从储物袋里拿出袋灵茶泡上，又拿出些点心，慢悠悠地和他们说起了他从画卷出来后发生的事。

等他说完，拿起杯子抿了一口绿色的茶水，抬头一看，就见烛尤和百里戈正目不转睛地盯着他看。

裴云舒奇怪道："看我做什么？"

"云舒，你独自在花锦门闯了一圈，如今觉得自己实力如何？"百里戈问道。

裴云舒脸一红，当着他们的面，脸皮还是不够厚，谦虚道："应当还算不错。"

百里戈觉得如今的裴云舒瞧上去有些不一样了。

元婴期修士在修真界中已经是强者，但裴云舒总是待在烛尤身边，遇见的人如百里戈、清风公子，修为都是极其高深的，遭遇的危险中挟制他的人，修为都比裴云舒厉害，这就让裴云舒认为他似乎一点儿也不厉害。

但如今，他独自在花锦门闯了一圈，还杀了三番两次羞辱他的邹虞，这一番下来他才算知道，自己如今的实力非但不弱，似乎还很强。整个人有了一种胸有成竹的沉着之气。

他们说完了事，喝完了茶，将授神图收了起来，裴云舒御剑同他们一起飞了出去，准备离开花锦门。

花锦门中来回搜查裴云舒的人很多，但没一个人发现他们，他们三个飞上了高空，寻了一个方向就加快了速度。

但快要出花锦门时，下方却突然响起一道清晰无比的声音。

"清风，你违逆了我。"

空中的他们骤停。

说话的人有着强大的神识，漫不经心地让这句宣判在花锦门中的任意一处回响："一刻钟后在刑堂门前处死他。"

"处死清风？"百里戈骨头捏得咯咯作响，脸色沉了下来，"这是在故意引我们回去。"

裴云舒握紧了手，片刻后，他同百里戈一起转过了身，毫不犹豫地沿着原路返回。烛尤一脸淡漠地跟在一旁，不到片刻，就找到了花锦门的刑堂。

此处的血腥味极为浓郁，老远就能闻到这股气味，刑堂的门前站立着数百个身着黑衣的花锦门门徒，其中站在最前方的十几个非魔非人的，气息古怪。

他们寻了处地方躲好。蛟龙好战,即便没有救清风公子的想法,看到这一幕,烛尤还是蠢蠢欲动了。

他紧紧盯着下方,指甲变得锋利而长,裴云舒及时按住了他,小声跟他说:"莫要轻举妄动。"

烛尤点了点头,按捺住下去厮杀一场的欲望。

裴云舒细细看着下方,清风公子脸色苍白地被围在中心,他的嘴唇干裂,冷汗层层冒出,衣衫上满是血迹,一副虚弱无比的模样。

"他们在等着我们。"裴云舒冷笑,"对自己的人也这么狠心,魔修果真是狠辣无情。"

"他们站成了一个阵法,"百里戈沉吟一会儿,"清风被围在阵法正中央,不杀光所有人就救不到他。"

裴云舒和烛尤看向百里戈,两张脸上流露出同样茫然的神色。

大妖挺挺胸膛,乐了:"如此看来,这一战还须听我命令了。"

清风公子跪在地上,身上的伤痕在日头下疼痛非常,他低着头,任凭冷汗顺着下颔滴落。体内的毒丹还未发作,宗主说要杀了他,但只是将他当成了诱饵,勾裴云舒过来的诱饵。

清风公子的呼吸声一道比一道粗重,刑堂的堂主就站在他的身边,听到了他的呼吸声后侧身朝他看来:"清风,我手下留情了。"

"我知道……"清风公子撑着说出这三个字,咽下喉中的血腥气,"你老了。"

刑堂堂主气笑了:"等你下次落在我手上时,我就让你看看我究竟老没老。"

清风公子费力抬起眼,周边到处都是人,无一处可攻陷的地点。

想让裴云舒来吗?

清风公子想活,但他并不想让裴云舒来。

刑堂堂主在此时道:"一刻钟已经过一半了。"他这句话用了神识,每一个字都宛若在众人耳边诉说,说给谁听的不言而喻。

"我好久好久未曾见到宗主受伤了。"刑堂堂主用一种怀念的语气道,

"清风,我瞧着宗主似乎并没有暴怒。"

清风公子咳嗽了几声,咳得五脏六腑都疼,血液跟着从唇角溢出,不想和他说话。

每过六弹指的时间,刑堂堂主便高声喊上一句,这是清风公子的催命符,也是逼迫在暗地里藏着的人现身。

百里戈嘱咐好了裴云舒和烛尤,正要打个手势上前,裴云舒突然伸手按住了他。

"别动,"裴云舒手下用力,"有人来了。"

百里戈一愣:"谁?"

下一瞬就有人从高空御剑落地,其中二人身着道袍,一身正气,被他们挟持的是一个容颜娇丽的女子,女子甫一落地,就对着刑堂门前的众人问道:"这是在干什么?等着救老娘吗?"

刑堂堂主高声道:"莺二,你怎么早不来晚不来,偏偏在这个时候回来了?"

"这能是我说了算的?"莺二朝着身边的两个人殷勤笑道:"两位哥哥,这就是花锦门了,看看这阵势,似乎宗门中正有大事发生,不若两个哥哥先去我院中坐坐?"

他们三人背对着躲起来的裴云舒一行人,裴云舒不需要见着他们的面容,在看到他们身上的道袍时已经愣在了原地。

是单水宗的人。

这背影无比眼熟,是他的师兄们。

裴云舒气息乱了一瞬,他不移眼地看着前方,想知道他的师兄们怎么会来到花锦门,是为了其他事而来,还是为了来追他?

烛尤在他的耳旁道:"屏息。"

裴云舒收敛了心神。

拿剑挟持着莺二的大师兄神情沉稳,他在人群中看了一圈,最后把剑收了回来,看向了莺二:"人呢?"

莺二讨好地笑了笑,朝他眨了眨眼:"这位哥哥,先别急。我这就问问别人,你的那位师弟叫什么来着?"

云城笑如三月春风:"在下的师弟名唤云舒。"

鸢二扯着嗓子问刑堂堂主:"你可见过一个叫云舒的人?

"咦,这不是令堂主吗?他怎么跪在你身旁了,这刚刚受完罚了吧。"

"宗主下令要处死他。"刑堂堂主勾起一抹不怀好意的笑,"宗主也下令了,等你回来,也要处死你。"

鸢二脸色骤然苍白,云城挑挑眉,他往四周看了一圈,彬彬有礼地朝着刑堂堂主道:"在下单水宗弟子云城,难得来花锦门一趟,敢问这位堂主,我的师弟是否在此处?"

"你的师弟就在花锦门,"刑堂堂主道,"我们正守株待兔地等你师弟上门。"

云城勾唇,眼角瞥过清风公子,似笑非笑道:"就凭他?"

他的语气不屑,但眼中却阴霾沉沉。

刑堂堂主就喜欢看正道人士露出这样的表情,他嘿嘿一笑:"劝你们趁现在还未惹怒宗主时赶快离开,宗主可是下了令的,裴云舒此人,早晚要被我们抓住献给宗主。

"你们就算找到了这儿,也没法从我们手里带走你们的师弟。"

大师兄声音冷了下来:"大言不惭。"

他一剑划过鸢二的脖子,便冲进了人群之中,云城见他如此,嘴角露出无奈的笑,身后化出了密密麻麻的细剑,脚步闲适地跟着踏入了阵法之中。

裴云舒皱起了眉,他心中瞬息之间下了决断,决定趁乱救出清风公子,再迅速离开,正要将这方法说出,就见一旁的烛尤陡然杀意浓重了起来,他留下一句"我去杀了他们宗主",就消失不见了。

刑堂堂主说的那句要将裴云舒献给宗主的话,彻底激怒了烛尤。

裴云舒一句话都来不及说,只能转头去看百里戈:"百里,你趁乱去救清风,我去找烛尤。"

百里戈面容严肃,他郑重地点了点头,便松松筋骨,化作原形转眼加入了混战之中。

裴云舒也循着烛尤的神识而去。那宗主同烛尤斗起来,他不觉得烛尤会输。

等他过去协助烛尤时，两人合力，不信杀不了宗主。

他提着青越剑，脚尖轻点，速度飞快，但行至半路，天边突然一道白光闪过，一个人影落在了前方不远处。

这个人影身着白衣，黑发披散在身后，容貌俊美，神情却冷漠而无情。他抬眸朝着裴云舒看来，黑眸中似能吞噬一切，不起一星半点的波澜。

"出门闹够了，"师祖缓缓道，"你该回去了。"

第11章

这才过去几个月，师祖身上的气息越发幽深了起来。

裴云舒警惕地看着无忘尊者，他小心地后退，待寻到机会之后，当机立断换了一个方向，用平生最快的速度飞快远离无忘尊者。

师祖垂着眼，羽扇般的睫毛颤了几下，几次呼吸之后，他化成白光，转瞬之间又拦在了裴云舒的身前。

"你已经结婴了，"师祖不看裴云舒，却看向了裴云舒身旁的树，"神识已快破了分神期，很好。"

裴云舒停住了脚步，他索性不做无用功了，本以为会很慌乱不安，但他现下只觉得心中平静无波："若是尊者没有忘记，我应当是已经离开师门了。"

"弟子木牌也被我捏碎了两个，"裴云舒道，"师祖这次难不成还要封住我的记忆，再将我带回师门，装成无事发生的模样吗？"

师祖脸色苍白了一瞬。

裴云舒觉得好笑，无忘尊者的这副样子，就像是自己说的话能伤到他一般。没有装模作样，他对着师祖就像是真的被抽掉情丝的模样："师祖还想做出什么样的事？"

只"擅自封住他的记忆，抽掉他的情丝"这一点，裴云舒就觉得厌恶极了。他在无忘尊者的眼里好像就是一个可以肆意玩弄的木偶，他绝不会原谅无忘尊者。

无忘尊者道:"我不会伤害你。"

裴云舒忍不住嘲讽地笑了。

无忘尊者静静看着树,过了片刻,他低声道:"你对我说了谎。"

裴云舒看他。

"你没有被我抽掉情丝。"无忘尊者道。

修无情道的人,哪能用这种方式破道呢?

这是捷径。

便是真的破了道,渡劫飞升时也会被天道所不容,就如同无忘尊者之前经历的一样,肉身陨落,魂体重伤。

无忘尊者的魂体,已经承受不住第二次的飞升失败了。

但无忘尊者还是这么做了。

裴云舒不知道师祖是如何得知的,但他很冷静:"你擅自封住了我的记忆,想要抽掉我的情丝,而现在,你是在埋怨我为何不乖乖被你抽掉情丝,让你白白做了错事吗?"

无忘尊者闭了闭眼:"我不是这个意思。"

无忘尊者极快地笑了一下,那笑容仓促而苍白,显得狼狈极了,稍后,他收敛了笑,又变成了冰冷锋利的锐剑模样:"我是你的师祖。"

他一字一句,不知道是说给裴云舒听,还是说给自己听。

裴云舒道:"你发誓。"

无忘尊者一愣。

裴云舒举起青越剑,剑尖指着天,他道:"你对着天道发誓。"

师祖顺着他的剑尖往上看去,天道在上,云雾涌动,刹那间就有万千变化。

半晌,他看得眼睛都觉得干涩,却还不低头:"发什么誓?"

"发你对我永无执念的誓,发你永不锢我自由的誓,发你永不接近我的誓。"裴云舒的眼睛逐渐发红,每一个字都像巨雷一般击在无忘尊者的心中,"若是违背誓言,那便死无葬身之地。"

无尽的委屈在这一瞬间涌上心头,冲得眼睛发热而酸涩,裴云舒死死咬着牙，忍下了这股突如其来的冲动。

他凭什么哭？凭他被欺负了吗？被欺负的人哭给欺负他的人看，除了显得怯懦，还有什么用呢？

他的这双红眼睛看着无忘尊者，无忘尊者便觉得心中泛起了一阵细细密密的疼。

刑堂前的那片混战之地离这里很远，烛尤也离裴云舒很远。

没有其他的依靠，但也没有其他的敌人。

裴云舒端平了剑，剑尖对准师祖，握着剑柄的手再向上，便是他抿到苍白的唇，他道："你敢发誓吗？"

无忘尊者看着他，似乎想上前一步。

"别过来。"裴云舒厉声道。

大名鼎鼎的正道大能便停住了脚步。

"我还有一部分记忆被你封住没有解开，"裴云舒道，"但没有关系，烛尤可以替我解开。你只需要发誓就够了。"

无忘尊者手中无剑，他明明是响当当的剑修，但裴云舒却很少见他用剑。

拿剑指着曾经的师祖，这实在是大逆不道。裴云舒知道自己无论如何都打不过无忘尊者，他在这一刻，心神冷静得好似旁观之人。

心脏的跳动声逐渐远去，激荡的情绪逐渐冷静如雪水，神智告诉他应该如何去做，他便极为镇定地这么做了。

他反手把青越剑横在了自己脖颈之前，青色的利剑映着白皙的脖颈，利剑仿若瞬息之间就能使他丧命。

青越剑老老实实，宛若最普通的一把剑，在他手中不敢动上分毫。

无忘尊者的脸色骤变。

裴云舒道："我打不过你，与其受你禁锢，不如自己选择去死。"

过了不知道多久，直到青越剑在脖颈间压出一道重痕时，无忘尊者终于说了话，声音如风一般轻，他的唇色苍白，脸上也不见血色："我发誓。"

无忘尊者像是重伤未愈的病人，命不久矣地说着死前遗言。他伸手对着天道，发出了裴云舒刚刚所说的誓。

"我若对你有半分执念，便让我心如蚁噬。我若违背此誓，就让我……"无忘尊者眉心跳了一下，"就让我死无葬身之地。"

裴云舒字字听得极为细致，待誓言成立，他心中陡然生起一股极为轻松的感觉，如同束缚他的绳子突然消失，他得到自由了。

呼吸变得悠长，裴云舒看着无忘尊者，眼中越来越亮。

无忘尊者面色不变。

裴云舒放下了剑，他朝着无忘尊者行了最后一个弟子礼，腰背弯成一道纤细的弧，黑发从背上滑落。

无忘尊者垂眸看着他行礼，面无表情地咽下喉间鲜血。

裴云舒行完了礼，便从无忘尊者身边走过。无忘尊者直直地站在原地，待他不见了，独自又站了许久，才痛苦地弓起了背，带着血腥气辩解："那不是我。"

裴云舒上辈子记忆中的无忘尊者不是他。

云忘也不是他。

他漫长的人生中除了修炼，便是剑，到头来魂体投胎转世。他甫一出现，便是面对云舒抛来的厌恶和疏离。

无忘在仓促之间接住了这些东西，尚未来得及学习怎么对待裴云舒，就做了许多错事。

裴云舒在朦朦胧胧之中，总是能知晓烛尤如今是在何处。

他顺着方向过去，还没靠近就听到了一声仰天长啸。

震天动地，真是威风极了。

裴云舒听着这声音，就知晓烛尤此时生龙活虎，心中一直压着的大石头也放了下来。等他见到烛尤和花锦门的宗主时，他们正打得激烈，身影快得只留残影，裴云舒的肉眼无法看清他们的动作，但神识告诉他，烛尤占了上风。

怒火之下的蛟龙，彻底被激起了血脉之中的杀戮之气，每一个企图伤害裴云舒的人都要被他狠狠撕成碎片。宗主的身上已经弥漫出了血腥味。

裴云舒插不上手，就盘腿坐在一旁，学着百里戈的模样高声道："烛尤,好样的!"

烛尤兴奋起来,攻击宗主的动作更加凶猛。

花锦门的宗主叹了口气,在百忙之中回头看了裴云舒一眼,无奈道:"你倒是看足了热闹。"

话音未落,烛尤就逼近了他,烛尤鼻息灸热,兽瞳凶恶,妖纹中满是暴虐气息。

烛尤下手越来越狠,眼中的冰冷和怒火如两重天。

没过多久,就有花锦门的人赶到了此处,裴云舒插不进烛尤和宗主的对战,但绝不会让他们去打扰烛尤。

他用强大的神识隔出一个圈,把花锦门的人赶到圈外,无论他们的表情多么愤恨,都拿裴云舒无可奈何。

这处的动静越来越大,逐渐传到了刑堂处。

刑堂堂主脸色一变,拎着清风公子,带着属下就要往宗主的方向赶去,但手腕一阵剧痛,下一瞬清风公子已经在他手中消失不见了。

他冷哼一声,来不及追究,先带着属下走了。

清风公子被百里戈搀扶着,已经闪到了偏僻角落之中,百里戈担忧地让他靠墙站着:"清风,你还没死吧?"

清风公子咳嗽不止,哑声道:"你看我死没死。"

"看上去还有些精神,"百里戈大大咧咧地笑了,跟着坐在了他的身旁,"这样就好,省得我和云舒费心救回来的最后只是一具尸体。"

"你们不应该救我,"清风公子冷静道,"是我把你们送到花锦门的。"

百里戈挑挑眉,扔给他一瓶丹药。

清风公子抿唇,抖着手拿出几颗丹药服下:"裴云舒呢?"

这些花锦门的魔修跑得这么快,云景和云城二人很快看出了不对。他们对视一眼,跟在了这群魔修身后,片刻之后,就见到了被隔在一圈神识之外的人群。

云城看了看在空中对战的两个人,若有所感,突然剧烈跳动了起来。他身后的细剑为他在前方开了一条路,所有不愿让开或口中咒骂的魔修都死在他的剑下，尸体从后往前堆着，一条血路直达神识之边。

云城的心越跳越快，他黑眸望向前方，眼中好似有火光绽开。

大师兄跟在他的后头，似乎预料到了什么，脚步依旧沉稳，却还是不由自主地朝着前方看去。

盘腿坐在结界边的，正是抱着青越剑的裴云舒。他面色淡然，神识却霸道极了，不给任何人上前的机会，花锦门的魔修们被他隔在圈外。

所有人都越不过裴云舒。

看到他的那一刻，云城猛地停住了脚步，他同大师兄的眼睛不离裴云舒。

"许久不见，师弟瞧起来却没变。"云城微偏着头，眼睛看着裴云舒，嘴中和大师兄道，"原来师弟也有这么霸道的一面。"

"神识的威慑力比你我都强，"大师兄的面色缓和，"师弟很厉害。"

他们二人实在太过显眼，裴云舒自然也看到了他们两个，当他的视线扫过大师兄和云城时，他们两人不自觉地屏住了呼吸，微笑着等待四师弟的反应。

但裴云舒好似没有认出他们一样，他目光平静地扫过两个师兄，似乎他们同周围的花锦门魔众并没有任何区别。

大师兄和云城的呼吸陡然重了起来。

"这是什么意思？"大师兄道，"师弟没有看到我们？"

云城沉默不语，眼中隐晦不明。

裴云舒当然看到了他们，不过他已经离开了师门，同单水宗的师祖无忘说了那些话，无忘答应了，也是默认了他的离开。那他就不必勉强自己了。

有些记忆虽是没有恢复，但身体不会骗人。

排斥、害怕、恐惧、厌恶。

因为把他们当作亲人，所以显得更加敏感，不想让这些东西压在心头，那就把他们当作陌生人吧。

但是大师兄和云城并不想和他形同陌路，他们二人走上前，忌惮于他们实力的魔修不断退后，让他们完完全全地站在裴云舒面前。

一层透明的神识阻挡不了他们看向裴云舒的目光。

"师弟……"云城缓缓开口，低着头看着裴云舒，伸出手想要抚平他的发丝，但伸到半路，还是在碰到神识之前停了下来，"师弟，师父和师兄们都很担心你。"

裴云舒终于抬眸看了他们，但云城嘴角的笑意还未加深，就听裴云舒道："往后退三丈。"

躲在高树之上的百里戈嘴里啧啧不停："云舒对着我们时软得像是棉花，对待这些人时，冷得叫人看着都开始难受了。"

清风公子修复着体内暗伤，对此毫不惊奇。

早在裴云舒躲着他、冷落他时，他就知道裴云舒硬起心肠来究竟会有多硬了。裴云舒真正排斥一个人时，是怎么也无法软下态度的。

云城唇角僵硬："师弟，莫要同师兄说笑了。"他的眼神冷了下来，笑不出春风和煦的模样了。

裴云舒皱眉，他站起了身，大师兄同云城本以为他要说些什么，却没想到裴云舒双手握着剑柄，重重地将青越剑插入了泥土之中。

剑柄黝黑，衬得裴云舒的手白皙如玉，但就是这双手，握着青越剑一个下压，便有"轰隆"一声沉闷巨响，被神识隔绝在外的一片土地瞬间凹陷，地裂如蛛丝般往外蔓延，尘土漫天，靠得近的人一个个脸色突变，往后一跃逃出这片不断深陷的危险之地。

地裂足足有三丈长。

围绕着神识的一圈，是黑不见底的深渊，围成一个不许别人靠近的圆，裴云舒身上的衣袍被风吹得猎猎作响，黑发狰狞地在身后飞扬。

"三丈，"裴云舒抬眸，"谁都不许踏过此地。"

第12章

裴云舒的这一招震慑了所有人。

凹陷的深渊顷刻而成，有人试着探过头去看，三丈余长的地下一片黑暗，瞧不出尽头有多深。方圆之内，全都如此。

原本叫嚣着要给裴云舒教训，表现自己忠心的各方堂主此刻带着手下人退出三丈再三丈，不信有这种手段的正道修士会放过他们。他们脸色难看，双目紧紧盯着裴云舒的手，生怕这个人再动那把剑。

这一双瞧着细长白皙的手，正轻轻搭在剑柄之上，邪风从凹陷的深渊中呼啸而上，他站在邪风风口处，目光从眼前人身上一一滑过。

刑堂堂主盯着裴云舒，嘴不饶人地朝着单水宗的那两个修士道："你们不是他的师兄吗？"

可这两人脚底下的那条地缝，反倒比他们脚底下的还要裂得长。

云城低头看着脚下，细小的石粒挡不住风吹，被卷着往深渊中滑落。他看了一会儿，抬起头，脸上没有分毫表情，黑眸定定地看着裴云舒："师弟，你想要杀了我吗？"

站在他身侧的大师兄与他并肩，可脚下的裂痕没有逼近脚尖，留了几寸，显出微不可见的情分。

坏事都让他做尽了，大师兄藏得好，反而把四师弟蒙骗了过去。这让云城不快极了，他想认真地问一问："四师弟，你想杀了我，可是因为我杀了那只狐狸？你应当是恢复记忆了吧？"

裴云舒抬眸，他的目光从大师兄身上扫过，落在了云城的身上。

这目光让云城不由自主地皱起眉，他站得笔直，双手负在身后，周身气息平缓柔和，即便是当下，也是风度翩翩的。

"从始至终，你没有变过，"裴云舒道，"事到如今，你还是觉得我在小题大做。"

"云城，我问你，"他声音平静，"你给我下蛊是何意？若是蛊发作，你打算如何？"

云城挑眉，他朗声大笑："云舒，你是懂了却不敢懂，还是真的不懂？"

"子蛊在你那儿，母蛊在我这儿。"他嘴角带着意味深长的笑，"离得我越近，你就会越舒服。你只要不跑，不去斩断我给你的链子，子蛊、母蛊又怎会被唤醒？我又怎会那般直白，在被激怒后直接以此惩罚你呢？"

大师兄眉间已经紧皱，他侧过头看向云城，眼中黑云压城："云城，你还做了什么？"

云城却不理他，还在直直地看着裴云舒："你问，你发作了我会如何，我那时已经等在了鬼医处。云舒，我那些时日忐忑不安，从日出清晨到月上枝头，心中总是万分焦急，但那日等在鬼医处时，这些焦急就慢慢化成了期待。"

他眼眸深深："我期待着你的蛊发作，这样你就能留在师门了。"

他话音刚落，就被两道烈风重重袭在胸膛，云城早有预料，防御法宝光芒一闪，碎成了片。

这两道攻击，一道是来自占了上风后，不忘时时刻刻看着裴云舒的烛尤，另一道就是他的四师弟。

裴云舒觉得讽刺极了。听到云城说的这番话，他打心底觉得厌恶："这便是你给我下蛊的理由？

"也是你杀了花月的理由吗？"

云城苦笑："师弟，那只狐狸不是还没死吗？我尚且有补救的机会。"

话音刚落，他手上就出现了一只狐狸，狐狸怀中困难地抱着一个婴儿，那婴儿沉沉睡着，狐狸喘着大气，它抬头看见了裴云舒，泪水大颗大颗地往下掉："云舒，婴儿死了！"

襁褓滑落，露出婴儿的脸，那脸色铁青，分明是窒息而亡的。

裴云舒抬头看着天，天上染了一层抹不去的昏黄尘土色。

他觉得鼻中的呼吸开始困难起来，裴云舒深吸一口气，再次开口时，神识将他的声音传出千百里之远。

"云城，"他拔出了土中的青越剑，"你总是这样。"

裴云舒挥了一下剑，一股剑风深深划过云城左侧，青越剑再被挥起，剑风便斩落云城的发丝，堪堪落在他的右侧。

两道剑风隔开了他身旁的人，云城抓着这只狐狸，沉着脸看着它怀中的婴儿。婴儿胸膛不再起伏，已经没了呼吸，皮肤上还有余温，应当是才被闷死的。

"你总觉得我大惊小怪，"裴云舒提着剑跳出神识圈，跃过三丈有余的裂缝，落至剑风之前，"为了一只狐狸和蛊，所以想离开师门，现下又为了一个凡人家平平无奇的婴儿，提剑到你面前。"裴云舒同云城对视，"我视你为亲人，你心思却如此狭隘，你可知自己有多令我厌恶？"

云城放在心底的念头，裴云舒却觉得厌恶。

云城脸色难看，他抓着手中的狐狸。

花月发出一声痛呼。

裴云舒蕴含沉沉灵力的一掌击到云城身上，云城摔落在地，重重的坠落声随着飞尘扬起，下一瞬，青越剑的剑尖就抵在了云城的颈间。

大师兄在一旁被神识所威慑，竟动不了一步，他低声喝道："云舒师弟！"

裴云舒闭了闭眼，再睁开眼时，他的眼睛已经红了。眼中还是干净的，无一丝水光，只是痛苦和悲伤太过于沉重，让人瞧着就心头沉沉。

其中的难过有几分是为了这什么都不知道的婴儿，又有几分是为了如今刀剑相对的局面。

"我从小就在单水宗，却不明白'实力为尊'这句话的意思。"裴云舒垂眸看在他剑下的云城，"我所以为的，与我见到的总是两种样子。"

云城手腕一痛，花月抱着婴儿转瞬从他手中跳到了裴云舒身后。

"天下之大，单是单水宗便能让我生死不得，宛若傀儡。"裴云舒道，"你们不顾我的意愿，我说不要，却没人听我的，单单是因为你关心我，我就不能违背你吗？"

云城躺在地上，他直直地看着裴云舒，眉心露着愉悦："师弟要是想杀就杀吧，想必师弟杀了我，就真的忘不掉我了。"

"云城！"大师兄在一旁厉声道，"莫要胡言乱语。"

他又看向裴云舒，眼中有忧色生起，嘴唇翕张几下，只讷讷地说道："师弟……"

"师兄到了现在还在装什么？"云城笑了一声，"云舒师弟怕是不知道，大师兄只在面上沉稳老实，不若云舒师弟问问，他私底下又对云舒师弟做过什么样的事？"

他们说话之时，裴云舒却觉得脑袋隐隐作痛。

封住记忆的神识开始松动。无忘尊者这是想做什么？

来不及多想，一幅幅画面便在眼前闪过。

云城感觉到抵住自己脖颈的利剑忽然开始轻轻抖动了起来，他眸中闪过诧异，下意识想拽过师弟来为他把把脉："师弟可是觉得哪里不对？"

裴云舒声音沙哑地制止了他："莫动。"他眼角和唇上的红更加深了。

几息之后，裴云舒才说了话："我不杀你。"

云城眸中一柔："师弟……"云城眼中有了喜色，他无比认真地看着裴云舒，翩翩君子此刻却有些手忙脚乱。

裴云舒去看云城，不知为何，他颜色极浓的唇角讽刺地勾出了一个弧度。

他觉得万分可笑，笑了出来："怎么会如此呢？"

上辈子他们为了小师弟对裴云舒做了那般的事，这辈子裴云舒想离得他们远些，他们却这般说。

怎么会如此……怎么会如此呢？

裴云舒的鼻息越来越炙热，眼眸极黑，唇色和眼尾却红得如同有了热病一般，但裴云舒从未觉得如此清醒。他握着青越剑的手抓得紧极了，青越剑颤个不停，像是在主人身旁愤怒极了的老虎。

"你说我杀了你反而会记你一辈子，说对了。"裴云舒笑道，"还要多谢无忘尊者在这会儿解开了神识，让我知道该如何去做。"

云城一愣，随即便觉得眼前白光一闪而过，他的魂体被裴云舒拽入了幻境之中，肉身陷入了沉睡，静静躺在脏污的地上。

大师兄看他如此，还未说话，自己也坠入了黑暗之中。

裴云舒回身朝后看去，同烛尤打在一起的宗主被激起了怒火，山石震裂不止，崩塌的天地全被裴云舒围在了神识之中。

烛尤越战越强，裴云舒看着他，看着看着就出了神。

心魔历练中见的那条花蛇，竟是上辈子将他吓哭了的那条花蛇。他不免多想，那条蛇，会是烛尤吗？这条蠢蛟，前世会不会已经快要到化龙的阶段了？

他胡思乱想了一会儿，心中纷繁复杂的情绪缓缓平静，又恢复成了在心魔历练中如止水的状态。

有魔修看他在出神,便试探着想要朝他攻来,裴云舒指尖轻弹,魔修便被袭得向后飞起,再重重落地。

"烛尤快赢了,"裴云舒道,"莫要打扰他。"

花月和他怀中婴儿被风托起,送至树上百里戈的身边。它愣愣地看着裴云舒,扯了扯百里戈的衣袖:"老祖,云舒何时变得这般厉害了?"

"他早就变得厉害极了,只是谁都不曾知道而已。"百里戈叹了口气,看向了陷入幻境之中的裴云舒宗门的那两个师兄,"云舒连幻境都学会了,以他的神识,想必这二人破不开这幻境了。"

花月摇摇头,指着云城道:"老祖,这个人很是邪门,他可是很精通阵法、幻境一类东西的,那时我带着云舒去狐族秘境,他只用了片刻工夫就破了秘境前的阵法。"

百里戈神情一肃:"既然如此,那就不好说了。"

宗门中的这些师兄如亲人一般,裴云舒也把他们当成亲人,杀不得,可是不杀,总是让他们有些大胆的心思。

百里戈希望云舒能好好用幻境惩治他们,最好让他们恍恍惚惚,永远陷在幻境之中,即便出了幻境,也不敢再来招惹云舒。

如此,才能让这些人彻底从暗处消失。

正如百里戈所说,云城一睁开眼就发觉自己正站在无止峰的大殿之中。

新来的小师弟云忘跟着师父踏入殿中,朝着三位师兄笑着行礼,云城控制不住自己,他从袖中掏出了一支玉笛,将其送予师弟。

"今日小师弟来得突然,我也没准备什么好东西,就送小师弟一支青笛吧。"嘴中的话也是自然而然说了出来。

原来是幻境。

这便是云舒师弟的办法吗?云舒师弟果然还是同以往一样,即便表面冷心冷情,但心中却极为柔软。

只是从头来过一遍罢了。师弟还是太过单纯了。

云城在心中笑着想。

第13章

本以为只是从头经历一遍回忆,却没想到一开始就已经偏了。

云城在这幻境中只是一个旁观者,他看到自己在院中修炼,新入门的小师弟笑得如开了的花一般黏在他身边,几日过去之后,小师弟就同他说道:"二师兄,自我入师门以来,还未见过四师兄。"

"是应当见见。"云城听到自己温声这么说道,还抬手拍了拍小师弟的头发,"二师兄正好也许久未见到你四师兄了,今日就带你去见见他。"

等云城带着小师弟来到四师弟的院落时,就发现了红着张脸,喘着气在院中给灵植浇水的四师弟。

云城只一眼就瞧出他染了风寒,将裴云舒拽到房中,给他把了脉,又喂了丹药。

裴云舒眼中晶亮,虽生了病,但是精气神很好,朝着云城笑得分外灿烂:"师兄!"

云城掐了下他的脸,板着脸问:"你怎么不服用丹药?"

"不想吃,"裴云舒道,"我这里剩下的丹药都是苦极了的丹药,我宁愿忍着也不想吃这些苦丹药。"

云城:"胡闹。"

裴云舒笑得眼睛弯弯:"师兄,你再给我一些吃着不苦的丹药吧。"

云城没忍住笑了起来:"好。"

他想到了被他带来的小师弟,转身正要让小师弟过来,却看到小师弟正直直地看着裴云舒。

云城拍拍裴云舒的脑袋:"这是你新来的师弟,你应当听说过了。"

裴云舒走到小师弟身旁:"小师弟,我是你的四师兄。"

小师弟抿着唇,露出一个羞涩的笑。

自那以后,小师弟更为频繁地来找云城。云城带着他修炼,亲自教会他一日之内哪里的灵气最浓重,一段时间过去之后,云城与小师弟走得越来越近了。

再过几日,小师弟陪他一起去后山采草药,采到一半时,正听到不远处有笑声响起。云城带着小师弟走过去一看,就见两棵绿树之间拴了根绳子,四师弟正在绳子上,三师弟在背后给他当着苦力。

"三师兄,力气再大点。"裴云舒哈哈大笑,笑声畅快,飞到高处时,乌发扬起,露出的表情也是十足的畅快,"你要是不把我哄高兴了,我就把你让我瞒着的事告诉师父去!"

"别!"云蛮忙讨好地笑了笑,又故意叹了一口气。

裴云舒转头瞪了他一眼,三师弟用足了劲儿去推:"我的好师弟,你千万要替哥哥保守秘密。全师门上下你最喜欢的就是师父,但我怎么也能排到第二吧?"

云城在一旁听了,没忍住哼了一声:"他外出历练了不知道多少年,现在一回来倒是还有脸说这种话。"

裴云舒和云城想到一块儿去了,他把云城说的话同三师兄说了一遍,又拖长音道:"师兄弟里面,你勉强能排个第四吧。"

"那岂不是还在小师弟之后?"三师兄拿出折扇扇了扇风,"行了,我算是知道你是个没良心的,师兄弟里你最喜欢的怕不就是二师兄了?"

云城忽然感觉到自己握紧了手,心跳也开始变得快了起来,在期待着四师弟的话。

四师弟随着绳子荡了一下,顺着三师兄的话说道:"师兄说对了。"

云城情不自禁地握拳抵在唇边,轻声咳了一下,想到身边还有小师弟在,他欲转身同小师弟回去,却看到了小师弟看着他的眼神。

带着狠意和嫉妒,饱含着黑如墨一般的恶意,但下一刻,小师弟便轻轻笑了起来,眼中全是揶揄:"二师兄,四师兄可真是喜欢你。"

云城还未探究的心又被这一句给打碎了,他觉得好笑地摇了摇头,带着小师弟如逃荒一般逃离了此地。

之后,云城便不由自主地开始注意起四师弟了。

四师弟喜欢笑,性子活泼,云蛮历练回来之后,他同云蛮总是有许多的话聊。四师弟喜欢灵植,有时候灵草开花,他便欣喜异常。四师弟还喜欢喝茶,特别是用晨露泡的清泉茶,他早上泡了许多壶,从早喝到了晚。

云城还发现了,四师弟似乎很怕疼。

师父凌清真人对待小师弟极为不同,小师弟也是讨人喜欢的性子。

很快云城就发现,只要小师弟在四师弟的眼前,四师弟就只会看到小师弟。无论是在师父面前还是在师兄弟们的面前,只要小师弟在,裴云舒便不会注意到旁人。

不久之后,有其他峰的弟子同裴云舒熟识了起来,一来二去之后,裴云舒便说想同他们一起下山历练。

他们所去的那个地方危险得很,小师弟当即变了脸色,当着所有人的面冷着脸反驳了裴云舒的请求,话说得狠了,听起来就极其伤人,云城不知道其他的师兄弟是如何想的,但他也不想要云舒离开无止峰,便沉默不语了。

师兄弟们都没有说话,裴云舒最后红了一双眼,来了倔劲:"我偏要去!"

四师弟转身回院中收拾东西,云城看到小师弟眼中隐晦不明的变化,脸色铁青,之后,小师弟便进了师父房中,不知说了什么,再出来时,师父便将云舒师弟关起来了。

云城知晓后,除了担忧,更多的竟是一种隐秘的喜意。

师弟被关在他的院中,没有外人哄骗,也染不上世间尘俗,这就是顶好的方法。

那之后,即便谁也没有口头说过,但师兄弟好似遵循着某种暗中规矩一般,谁也没有率先去找四师弟,谁也没有与四师弟交谈过。

摆上一张冷脸就会让师弟害怕,师弟害怕了,就会极为听话。

这之后,又一日夜晚,小师弟来找他了,喝着酒水,口中不知是炫耀还是抱怨地说着四师兄的事。

那晚不知小师弟是何时走的,但是云城却喝酒喝到了天亮,等日出东方,金光满地,他双眼泛着血色和冷意,踏进了四师弟的院落。

陷入幻境,寄身在本体身上的云城忽然生起了不好的预感。这种不好的预感随着他走进师弟的院落而变得越来越重,最后甚至心跳骤停,太阳穴跳得发疼。

随后,他就知道这股不妙的预感为何而来了。他拿起了师弟的本命法宝,居高临下地看着师弟在地上一步步地逃离。

师弟的眼中含着水光,惊恐交加,他带着哭腔道:"二师兄,我再也不招惹小师弟了,会离开师门,你放过我好不好?"

修为被封的师弟在他面前可怜得像只断了翅膀的鸟儿。

云城控制不住自己,他甚至不能闭上眼睛,不能装出自欺欺人的模样,每一次落在裴云舒身上的剑鞘、裴云舒的每一道呜咽和恐惧疼痛的叫声,都让他心口好似破了一个大洞。

寒风侵入骨髓,从根部泛着冷意,云城不敢看裴云舒的眼神,不敢看自己在做什么,但他被迫看完了,一点点地看,一点点地感受,幻境宛如现实,剑鞘打在四师弟腿上的感觉永世难忘。

四师弟将他放进这个幻境中原来是这个意思。

云城心口抽疼到了麻木的地步。他听着幻境中裴云舒的沙哑哭声,想起了之前裴云舒问过他的话:"师兄,你为何要打断我的腿?"

原来四师弟是这个意思。

云景和云城陷入幻境不久,他们的面上就露出了一些痛苦神色,眉间纠着,双拳紧握。

裴云舒却没有再管他们了,他等着烛尤将宗主打落,那些魔修看着他这副样子,都在心中暗骂不已,骂完了之后开始思考着如何才能活命。

没等他们思考出来,他们心中不可战胜的宗主就重重地从空中摔落到地上,烛尤头冲下,利爪穿过了宗主的胸膛。

花锦门的魔修惊慌失措:"宗主!"

裴云舒眼中一亮,他飞到了烛尤身侧,探身去看宗主:"烛尤,他被你杀死了。"

烛尤的身上满是血腥气,他也受了重伤,这会儿正喘着粗气。

裴云舒又仔细检查了一番宗主的尸首,确定他死透了,无一丝生还可能后,才同烛尤离开此处,一跃便到了百里戈躲藏的地方。

那些花锦门的魔修得知宗主死了之后，一半悲怆欲绝，另一半暗藏喜意。他们也不围在这儿了，顷刻之间就散没了。

清风公子道："宗主死了，他们就不用担心体内的毒丹发作了。"

裴云舒等人才知道他体内原来还有一颗毒丹，清风公子知道这不能作为借口，他将授神图带回花锦门，有自己中毒的原因在，但也是因为授神图是宗主所有的，只有宗主知道破解之法。他将他们带来，也是想找到破解之法后将他们放出来。

但此时宗主已死，万事落定，他说这些也只是自取其辱，不会有人相信。清风公子低声道："我随你们处置。"

他说这话时，眼直直地看向裴云舒。

裴云舒当作不知，低垂着眼。

百里戈在一旁道："先别说这些了，花月还抱着那婴儿，在这处找一个风景秀丽的地方，先将婴儿埋了吧。"

其余的人点了点头，去找风水宝地。裴云舒同烛尤走在最后，烛尤不知怎么回事，呼吸声一直很是粗重。他如今战胜了一个强敌，正是亢奋的时候。

烛尤身上翻滚着浓重的血气，让他变得和平时完全不一样了。

第14章

裴云舒担心了，他伸手朝烛尤额头探去："怎么了？"

烛尤的鼻息跟被火烧一般，声音沙哑着吐出一个字："热。"

不会是因为对战，灵力紊乱沸腾了吧？

裴云舒神识一探进去，就见那颗金色的妖丹有着火一般的颜色，红光灿灿，热意一下子就冲上了神识。

裴云舒拉起烛尤。

等到了地方，裴云舒眼疾手快一把将他推到了湖泊里，再把身上所有冰属性的法宝和符纸一鼓作气地扔进了水里，水面瞬间结了一层冰，寒意冒出，冻得烛尤瞬间安静了。

烛尤:"……"

他茫然地看着裴云舒,裴云舒呼出一口气,抬手擦去脸上的汗,庆幸道:"还好来得及,现在好多了吧?"

烛尤沉默了一会儿,点了点头。

裴云舒蹲下身在冰水里洗了下手和脸,洗完之后皮肤已经被冻红了,鼻尖有一点红意。他抖了一下,甩掉手上的水,轻呼:"好冷。"

烛尤在水中幽幽道:"是很冷。"

裴云舒露出个笑,约莫是因为摆脱了师门又恢复了记忆,这个笑容轻松愉悦:"那你多泡一会儿,你的妖丹现在正激动着呢,等平和之后你再从水中出来。"

烛尤把头埋在了水里,黑发在水面上像水草一样地散开,瞧着如同水怪一般骇人。

百里戈等人找了处风水很好的地方,不是花锦门的地盘,人迹罕至,在那处下葬挺好。

而云景和云城就被丢在原地,裴云舒将他们拉进幻境时,让他们保持了理智与清醒,让他们旁观自己上辈子的所作所为,再体会一遍裴云舒到底经历了什么。

幻境里那么真实,他们极有可能就迷失了,以为那是真的,就在那里过上一辈子。修仙人的一辈子有多长呢?

在幻境中的裴云舒死去之后,他也不知道他们会经历什么。

总之,也算是让他们体会一遍了。

百里戈等人接到了裴云舒的消息,将婴儿埋了之后就回头去找他和烛尤。等他们走了之后,无忘尊者突然现出了身形,垂头看了眼坟包,婴儿尚且幼小的尸身飞出了地面,飘在无忘尊者的面前。

无忘尊者叹了口气,将婴儿带在一旁,找到了躺在地上的云景、云城二人。总归是他们欠下了一条命,也需他们来结了这因果。

而无忘尊者看到了宗主的尸首上有黑气萦绕。这黑色魔气见到无忘尊者后激动异常,汇聚成一股,陡然朝着无忘尊者冲来。

无忘尊者身形一闪,躲过了这些黑气,却忘了他身边还有一个婴儿,黑气阴错阳差地冲入了婴儿体内,本来已经死去的婴儿倏地睁开了眼,眼眸中全是不敢置信。

无忘尊者在婴儿周身布下了一个结界,沉声道:"魔气。"还是他曾在打坐之后被拉入梦境,被告知裴云舒所在地方时的那道魔气。

想到裴云舒,无忘尊者便心口猛地一疼,一瞬间近乎肝胆俱裂,他咽下喉中鲜血,面无表情地盯着魔物,稍微一探,就能知道这魔气不过占了本体的一小半而已。

"你想夺我的舍。"无忘尊者淡淡道,"既然如此,我就要将你彻底找出来了。"

婴儿张嘴冷笑,却只发出几声极细的哭啼,无忘尊者将他封印后,看着地上两个弟子,眼中复杂情绪闪过,挥袖将他们一同带回宗门。

无止峰上,凌清真人看着两个弟子,冷着脸,眉头拧起,知晓发生何事之后,不知自己是该愤怒还是该失望。

师兄弟兵戈相向,而他的四弟子,已经变得如此强大了。

将云景、云城拉入幻境中的神识,凌清真人已从中看出分神期的威严,心中情绪万千,终究还是想要知道,云舒到底给他的两个师兄布了一个什么样的幻境。

无忘尊者在一旁看出他的想法,道:"凌清,你如果要进入,道心恐怕不稳。"

凌清真人叹了一口气:"您在一旁,也拉不出他们两人吗?"

无忘尊者垂着眼:"不能。"

裴云舒想给他们惩罚,那他就不能将他们唤醒。

凌清真人无论如何也想不通向来亲近他的四弟子为何走到这步,许多事在他眼中,如同蒙上了一层雾般看得不甚清楚。

弟子们的嫌隙还未被他看见,就已经裂成一道深渊了。这是从何时开始的,是在将云忘领上山之后吗?

凌清真人只觉得一股挫败感油然而生,但无论如何也不想就此罢休,他郑重点了点头:"师父,我会多加小心。"

外侧忽然有匆忙的脚步声传来，云蛮横冲直撞地闯了进来，他来不及对着师祖和师父行礼，一张风流的脸上此刻已满是坚毅："师父，我同你一起。"

凌清真人呵斥了他几句，可是云蛮极为坚持，凌清真人终究还是同意了。

他们都想知道，裴云舒布下的幻境之中，究竟会发生何事。

裴云舒的腿断了，是被云城打断的。

听闻这件事情之后，云景心中一震，在院中站了整整一夜。

第二日，他悄声落在裴云舒屋外的窗口旁，看着里面脸色苍白地躺在床上的人——身子还在发抖，脸上失了生气。

云景看了许久，在身体里无法控制自己的大师兄心道：云城是怎么想的呢？

他离开了裴云舒的院子，去和云城打了一场，他下了死手，打到一半的时候，小师弟冲了出来，疯了一般地和云城拼命，双眼血红，恍若入魔之相。

师父将小师弟关了起来，又令他们二人闭关，云景在闭关之时，总是会一遍又一遍地想起躺在床上的裴云舒。

担忧和怒火交织，心疼和愧疚交缠，若是他能大胆一些，不管师兄弟那些明面上的规矩，带着师弟直接离开这里，说不定如今他们就不是这番光景了。

闭关的时日里，云景所有的时间都在想裴云舒，他庆幸着还好，还有时间，待闭关之后，他就带着师弟离开，师弟说什么就是什么，他用一生来补偿那些自己犯下的错，用灵药、灵石好好让师弟恢复，任凭师弟打骂。

他的师弟们中没人能比他更适合照顾四师弟了。

在这样的想象之中，闭关的时日也过得快了起来，不知道过了多久，终有一日，门开了。

云景欣喜异常，很少笑的脸上露出一抹笑："我以为才过去了一半，闭关已经结束了吗?"

"确实只过了一半。"来通知云景的小童眼中露出难过的神情,他面上纠结,似乎是不知道如何向云景开口。

云景心中突然生起一股不好的预感,他脸上的笑意僵住了,定定地看着小童。

小童张了张嘴,声音逐渐远去,好像天外来音:"师兄,云舒师兄他……"

他什么?

云景只看到小童嘴巴张张合合,却没有听到他的声音,他重新端起笑意:"云舒师弟怎么了?是不是他身体好了,师父将师弟放出来了?"

小童看着他的眼神一变,其中的悲伤加重,又夹杂了同情,看着云景说道:"师兄,你还是……快去吧。"

"云舒师弟他死了。"

云景不知自己是怎么走到裴云舒面前的,他到时,云城已经跪在了床头,失神一般直直地看着床上的裴云舒。

躺在床上的人身形瘦削,脸颊也瘦了许多,放在被褥外侧的手,细白得像没有生气的树枝。

云景踉踉跄跄地走过去跪下,握住裴云舒的手,伏在床头,轻声唤道:"云舒师弟?"

云舒师弟既没有睁开眼,含着恨意地看着他们,也没有挣脱他的手,瑟缩地想要躲开。

"师弟,莫睡了。"云景道,"师兄错了,你打一打师兄出气。"

他伸直腰,凑到裴云舒的手边,脸碰到冰冷指尖的那一瞬,云景眼中的热泪不可控制地流了下来。他在裴云舒泛着青色的掌心里,哭得不能自已。

小师弟冲过来之后,在门外便僵住了,他直愣愣地看着躺在床上毫无生气的人,似乎想不通这是怎么回事?床上那人又是谁?他走了进来,真的清清楚楚地看到了裴云舒的面容之后,便弯着腰、弓着背,死死抱住自己,仿佛有难以忍受的剧痛一般。

凌清真人的声音在远处惊呼着传来："师父！"

这一切，都传不到云景的耳朵里了。

不知道过了多久，突然有一双手从他身旁抢走了裴云舒，那人有着同小师弟一样的面容，只是双眼血红，眉心也有一点血红，是已经入魔的状态。

云景疯了一般想要上前撕扯，想要将云舒抢下，可最后他和师弟们被打成重伤，四肢无力，只能躺在地上，看着入了魔的云忘将师弟抢走了。

裴云舒死了之后，寄身在本体上的云景、云城突然能控制身体了。

他们却茫然极了。

缓过来之后，第一件事便想要杀死自己结束幻境，可无论用什么办法，他们都无法杀死自己。

修仙之人的寿命很长，长到他们即便不再修炼，也能活很久很久。云景和云城用了一百年的时间去寻找云忘，想要抢回自己的四师弟，他们听闻四师弟被云忘藏了起来，又听闻云忘吃了许多魔物，想要寻求复活师弟的方法。

可他们每一次，都被云忘打得半死不残。

最后一次，云忘似乎是对他们不耐烦了，等他们伤愈之后，再也找不到云忘和裴云舒了。

死也死不了，回忆在一遍遍之后成了折磨人的利器，比回忆更折磨人的，就是漫长的生命。

漫长的、无一丝希望的生命。

云景沉溺在了酒水之中，可醉酒之后，也总是见不到师弟。

没有尽头，出不去，永远没有师弟的世界。

没有师弟。

裴云舒盯着湖面，见哪里有冰消的痕迹，就赶紧把冰属性的法宝扔过去。

烛尤恹恹地从水池里爬出来，又被裴云舒一脚踹了回去。

"待着别动，"裴云舒道，"等着百里过来为你看看是怎么回事。"

水中的寒气弄得裴云舒脚趾蜷缩,他缩着脚:"你刚刚想做什么?"

烛尤抬头看了一下他的神情,听到有人过来,裴云舒朝着烛尤绽开夸张的笑容,脚下一个使劲,将烛尤踩进了水下。

一声蛟龙的惨叫响起,百里戈等人一惊,连忙赶过来一看,烛尤正半人半妖地在冰水里翻腾,疼得面目都拧在了一块。

"这是……"百里戈磕磕巴巴地问道,"这是怎么了?"

裴云舒站在湖旁看了一会儿,瞧着烛尤实在是疼,就蹲下来朝着烛尤招招手:"过来让我看看。"

烛尤翻滚了好几圈,才可怜巴巴地朝他游来,身上的水珠滴下,看上去被欺负惨了。

裴云舒拍了拍烛尤的脑袋,安抚小狗那般:"乖,一点儿事也没有。"

第 15 章

当天晚上,一行人落脚在一家偏远小镇的客栈里。

裴云舒正听着百里戈对烛尤妖丹变化的猜测,时不时点下头,表示有理。

老板热情地把最好的房间给清理了出来,让小二送上热水,待到了休息的时候,百里戈才揉了揉裴云舒的脑袋,打趣道:"云舒为了烛尤操心甚多。"说完起身走了出去。

裴云舒一个人坐在床边,发了一会儿呆后,开门声响起,他回头一看,烛尤脚步稳当地走了进来,脸上神情没有变化,瞧见裴云舒看自己,露出稍显疑惑的神情。

烛尤走上前,低声问:"你年岁多少?"

裴云舒想了想,慢吞吞道:"不记得了,但总不会是十几二十几的小孩子。"

烛尤的脸色变得难看起来,他欲言又止地看了裴云舒好几眼,又皱起了眉,拖着沉重的步伐坐在桌旁,想着自己今年又是多少岁。

他也记不清,总之不低于五百年,他能做裴云舒的老祖宗了。

裴云舒不知晓他在想什么，突然听到外面传来有人上楼的声音。

"你们这地方真的是破。"爽朗的声音带着笑，说的话虽是不好听，但倒是让人生起不了讨厌的情绪，"哎，真的没有上房了吗？我多出些钱，跟他们好好说说，没准能匀我一间。"

"边少爷，您有钱也不是这样花的，外头还有那么多的好客栈，您怎么非和这里杠上了呢？"

裴云舒听这声音越听越耳熟，他走出屏风，倏地打开了门，往外探出一个脑袋，瞧见了正朝这里走来的人："边戎？"

边戎正同身边的人说着话，闻言朝裴云舒看来，也是一喜，俊脸露出笑，大步走到裴云舒跟前："裴云舒，竟然会在这里碰到你。"

裴云舒走出门，也不禁笑了："真是巧了。"

边戎穿着一身紫衣，显得霸气非常，他见到熟人心中高兴，话也不自觉多了起来，最后和裴云舒肩并下了楼，在客栈的小院坐下说着话。

"我原想第二日去找你说说话。你把巫九击败那日，我心中总算是出了一口气。"边戎哼笑一声，"他那画册上把你我二人画得如此丑，真是小人行为，恨不得全天下都没有比他更俊的男子。"

裴云舒想到了那画，也真的是无话可说："我从来没见过那样的画法。"

他们两人对视一眼，都有了些不堪回首的意思。

"但我没想到之后你就不见了。"边戎说，"得知你不见的消息后，我还领着玄意宗的人一起去找了你，巫九更是找了你许久，第二次比赛的时候，他眼底两圈黑，那场就跟对手打了个平手。"

裴云舒张张嘴，边戎似乎知道他想说什么一般，在唇边竖起手指，一边眉毛高高挑起，不羁傲然的劲儿就出来了："你别同我说些什么客套话了，我们去找是我们的事，你不必心中不安。"

裴云舒笑了开来："好吧。"

边戎伸手拍在他的肩上："这样才对。"

楼上的窗户口，烛尤站在旁边，垂着眼看着他们两个人。

大半夜，外头下起了细雨，雨滴砸在草地、叶子上。

窗外的狂风裹挟着暴雨，远处河流中的船起起伏伏，好几次差点翻进水里，但掌船的船夫力气大得很，在风里雨里仍然掌着船不让船乱窜。

等裴云舒上来后，烛尤打开了窗户，感受夜间的微风。

窗外雨水停了，蝉鸣蛙叫不止。

裴云舒眼皮发困，精神却亢奋，他一时半会儿也睡不着，索性和烛尤慢慢说着话："储物袋中的野鸡都快要没了。"

烛尤认真地想了想："再找灵山。"

花月手里的狐族秘境中能吃的也快要被吃完了，为了给那些可怜的野鸡休养生息的时间，狐族秘境暂时不能再遭他们三个妖的毒手了。

裴云舒轻声埋怨："灵山哪里有这么好找呀？"

窗外的风逐渐冷了下来，烛尤关上了门窗："有的，我会找到的。"

他语气里的自负感明显，裴云舒笑了几声："好，那你可要找到一座有绝好灵脉的灵山，留着当作我们以后的住处。"

这任务重大，烛尤好好地想了想，又板着脸点了点头。

裴云舒睡意缓缓而来，烛尤又突然问道："他们要跟着我们吗？"

裴云舒迷糊道："当然。百里、花月……还有清风，一个也不能少。"

第二天一早，边戎来找裴云舒，敲了几下门："云舒，你醒了吗？"

过了片刻，隔壁房间有人打开了门，一个高大的身影出现："你找谁？"

"我找裴兄。"边戎彬彬有礼地看着这个男人。

烛尤眯着眼："他现在还没醒。"

这个人每说一个字都有极大的压迫感，边戎站在对方身前时，感觉到骨子里的本能在叫着"快跑"，他虽然傲气，但并不蠢笨，于是识趣地道："我今日要离开此地了，此时就不打扰裴兄了，还请这位道友替我同裴兄道个别。"

烛尤轻轻颔首："会的。"

边戎朝他点点头，直到他的身影彻底不见了，烛尤才悠悠地走到了楼下，端上了一碗粥和一些熟蛋推开裴云舒的房间，放在屋里的桌子上。

"云舒，吃东西。"

裴云舒"嗯"了两声，从绸缎枕头上露出来侧脸，正睡得香甜。烛尤直接施法让他腾空，吓得裴云舒瞬间清醒了过来，双眼瞪大，迷茫无措地看着自己飞了起来。

客栈中的粥熬得挺稠，等吃了半碗，裴云舒推开了碗，用故作冷硬高贵的语气道："饱了。"

烛尤几口就粗鲁地将饭食咽了下去。

等烛尤给裴云舒全身上下按照自己心意打扮了一番之后，他走出了房间。

花月他们正在楼下吃着全鸡宴，听到声音后朝上一看，嘴角还没咧开，已经僵住了："云舒你……"

底下的人直愣愣地看着他，一言难尽："云舒，你今日穿得可真鲜艳……"

活脱脱一副富家公子哥的模样，先前的那些出尘气质一下就被拉到了地上。

裴云舒一愣，这才抬手往自己身上一看，大红大紫的衣袍上了身，绣有暗纹祥云，走动间银丝闪烁，一股天然的富贵潇洒之意呼之欲出。

他眉心抽动几下，烛尤在身后推了推他："这样好看。"

"确实好看。"百里戈上下打量了一番，从袖中掏出一块晶莹剔透的玉佩，上前挂在裴云舒腰间，玉佩和衣衫上的金扣相碰，便发出了一道悦耳之声，百里戈满意地点了点头，退后两步道，"云舒，这些颜色要比素色还要衬你。"

裴云舒被打量得僵在了原地，浑身都不自在，清风公子在这时突然冷声道："菜要凉了。"

饭菜香味诱人，比白粥好吃多了。裴云舒又跟着吃了一些，烛尤一直给他传音："禁油禁辣，不能吃肉，吃些清淡的。"

裴云舒装没听见，麻利地尽往够味的菜下手，烛尤拦不住他，眉头皱得老高。

三口之后，烛尤把那些沾着辣的肉片在水里涮上一下，才送到裴云舒面前。

裴云舒偏过脸："不吃。"

烛尤把肉片放到自己嘴里，撂下筷子，盯着他。

许久，裴云舒才乖觉，乖乖地吃着涮过的菜。

第16章

他们当日选好了下一个游历地点——繁华无比的江南。

一路顺着江流直下，像凡间人那般走走停停，一路走来趣味横生，心中很是畅快。

到了地方之后，花月就带着裴云舒跑到了街市，看到成衣铺子，花月就准备带裴云舒走进去："云舒，我老早就想看你穿红衣的模样了。"

"我从未穿过，不知好不好看。"

花月胸有成竹地拍拍胸脯："云舒穿必定好看！"

裴云舒点点头："那就去看看吧。"

花月在他身边，眼珠转了几下，"嘿嘿"笑了两声，拉过裴云舒的衣裳，在他耳边说着悄悄话："云舒，你说，让烛尤大人穿怎样？"

花月不遗余力地想给烛尤添些麻烦："虽然云舒你穿上红衣必定比烛尤大人好看多了，但你为烛尤大人操了许多心，还不能让烛尤大人穿次红衣吗？"

这话冠冕堂皇得裴云舒都忍不住笑了，他眼中闪烁着跃跃欲试的光。

几句话的工夫，商铺近在眼前。裴云舒和花月低声说着话，两人容貌非凡，衣着华贵，老板亲自带着人迎了上来，笑容热情："两位公子，可需要什么？"

花月道："老板，让我们瞧瞧你们这儿的红衣。"

老板连忙带着他们去看了一圈，花月和裴云舒一件件瞧了过来，裴云舒总觉得无甚差别，分辨不出哪件更好。

花月已经沉浸在漂亮衣裳当中，满心满眼都只有红装了。

正为难的时候，身后有个声音道："这些衣裳瞧着大同小异，还须穿在身上才能辨出好与坏。"

老板在一旁笑道："可不就是这位公子说的那样。"

裴云舒转头一看，就见一年轻修士发上浸着薄汗，他气息微微急促，正在平息。

商铺外传来一阵焦急的脚步声，跟在巫九身边的下属此刻才跟了过来，面带焦急地道："少宫主，你万万小心！"

巫九缓过来气后看了裴云舒一眼，又去看他身前的红衣："你怎么在这里？"

裴云舒道："你是跑来的吗？"

异口同声，让二人都愣了一瞬。

巫九还是穿着一身明艳的华服，他双手背在身后，面上不自然的神情一闪而过，微微哼了一声："我听边戎说在花锦门的地盘不远处见到了你，谁想你们也是一路南下，正好在此处遇见了我。"

裴云舒笑了："也是与少宫主有缘。"

他想起了什么，忙从储物袋中掏出一件珍贵无比的华服来，红色衣衫被他捧在手心，裴云舒恳切道："巫道友，这华服还须还给你。"

巫九本来带着隐隐笑意的脸倏地冷了下来，黑着脸道："我巫九送出去的东西从来不会再拿回来，你要是不要了，那就把它给扔了。"

花月跟只蝴蝶一样飞到裴云舒的身边转着圈，他掀起衣服一角看看，惊叹："云舒，这华服比挂起来的那些漂亮多了！"

"不妥，"裴云舒不为所动，固执地捧着衣裳，"巫道友还是拿走吧，此物贵重，我不能要。"

巫九被气得胸膛快速起伏，他握拳移开目光，又看到了墙上挂着的那些衣服。

花月多看了巫九几眼，攀上了裴云舒的手臂，一副小鸟依人的样子："云舒，快点同人家看衣裳吧。"

巫九的目光倏地定在了花月身上，片刻后皱起了眉，不客气道："这妖是男是女，怎么一副雌雄不分的样子？"

花月呜咽一声急急扑到了裴云舒身上，背脊颤着，似乎哭得委屈极了。

巫九身边的属下面带尴尬之色，低声道："少宫主，您怎么能这么说呢？"

巫九咬牙，他看着眼前的一人一妖，甩袖怒气冲冲地出了商铺的门。裴云舒连忙将手中衣裳扔给了他的下属，巫九的下属接过之后，匆匆朝着裴云舒道了一声歉，跟在巫九身后赶了过去。

花月的哭声逐渐变成了大笑声，裴云舒推开他叹了口气，挑了几身衣服一一试过，最后终于选出了一身，又从纹绣花样中挑出几个瑞兽祥图。

裴云舒指尖在一旁轻挥，凭空显出一道高大的身影，裴云舒摸了摸鼻子，道："老板，可能做出他能穿的红衣？"

老板被吓到，拍拍胸脯，惊疑不定地看着裴云舒，又强撑着往化出来的烛尢影子上看了几眼，忙不迭道："能能能，仙长想要什么样的我们都能，必定将这衣裳做得漂漂亮亮，不比您刚刚手里拿的那身差。"

裴云舒一喜："那便多谢老板了。

"只是不知道需要几日时光？"

老板擦去头上的汗："仙长放心，我定会用最快的时间给您弄得妥妥帖帖！三日！三日之后您尽管来拿，必定会让仙长满意。"

裴云舒同花月跟老板道谢，又替百里戈和清风定制了两身，愉悦地离开了商铺，在街市上买了许多东西，才往府中走去。

自从来了江南，烛尢就异常不对劲，从早到晚都不在，不知去了哪里。

裴云舒把疑问憋在心底，自知不应该什么事都要过问。他白日里越来越出神，一两天过去之后，百里戈也偷偷摸摸地跟着烛尢出去了。

短短几日的时光对他们来说只是眨眼之间，待到裴云舒从老板那里拿来几身明艳红衣时，就到了温居宴的日子。

他们在当地租了一个宅子，游历期间暂住在这里。

屋外热热闹闹，都是请来的手艺人在杀鸡、杀鱼，明日门户大开，谁想要上门吃一顿好饭，只需要送上一句好话就能进来。

这些人被安置在外头，里头只让百里、花月和清风三人在此就够了。

裴云舒算得清清楚楚，就算——敬酒也只是喝上三杯之事，他到时候使些小手段，完全可以应付过来，必定要保持住威严。

但等到当日，裴云舒看着一屋子奇形怪状的妖怪，完全蒙在了原地。

一房子的妖魔鬼怪正大声说笑着举起酒杯，大口吃肉，大声调侃。

裴云舒面上镇定地同他们点了点头，这群大妖一个个站起身声音洪亮地朝着他祝贺问好。

裴云舒勉强维持着温和的笑，识海中的小元婴拽着叶子遮住一只眼睛，忧心忡忡道："这群妖怪怎么瞧起来不太聪明的样子呀？"

裴云舒心道：怎么能这么说？笨也不是他们的错。

站在这些妖怪之后的才是他的友人。

馥郁的酒香浓郁而绵长。

裴云舒转过头，正好迎上了烛尤他们的目光。

烛尤俊美的面容不显违和，黑眸中带着愉悦的光，小到指节大小的龙角冒出，满是欢喜的味道。

裴云舒看上一眼就忍俊不禁。

不知谁在身后"扑哧"一声笑了，带动整个屋子的妖，哄堂大笑。

烛尤余光从周围人的身上冷冷滑过，待到没人敢笑之后才看向裴云舒。

百里戈在前头咳了两声，今日装扮得异常漂亮的花月就同唱曲一样在宾客间谈笑。

等寒暄之后，烛尤飞一般地想要带着裴云舒穿过人群溜走。

百里戈微微一笑，轻轻挥了下手："拦住他。"

十几个大妖瞬间变化身形，按着百里将军先前的吩咐组成了一个阵形，谄媚地朝着烛尤笑道："大王，不是我们不让你们走，但百里将军说了，要是不把你灌醉，他就扒掉我们一层皮！"

烛尤冷笑道："你们不退，我就连皮带肉也给你们扒了！"

大妖们面面相觑，最后无计可施地看向百里戈，百里戈一本正经地说着瞎话："烛尤，我也是为了你好，宾客还在，咱们先行离开就破了规矩，越开心越要吃酒，你要是想走那就走，把云舒留下，云舒同我们喝酒就行。"

裴云舒认真地看着百里戈："我可以喝。"

他已经做好准备了。

烛尤转身不豫地看着百里戈，终究还是妥协道："我喝，你不用喝。"

裴云舒皱眉道："那怎么可以，烛尤，你不要小瞧我。"

烛尤沉默，喝一口酒就能醉倒的人这会儿是认真的吗？

"都喝都喝，"百里戈笑眯眯地拿过来两个酒杯，一手一个塞给了裴云舒和烛尤，"客气什么，好酒多的是呢。"

裴云舒嗅嗅杯子里的酒水，干净利落地一饮而尽，他暗中将这些酒水传到了指尖溢出，因此还是眼睛明亮，清醒十足。

时时刻刻看着他的烛尤也跟着随口喝下，下一刻，这千杯不醉的蛟龙却倏地闭上眼睛往地上倒去。

"烛尤！"裴云舒连忙接住他，不敢相信道，"你是醉了吗？"

看到烛尤倒地，大妖们齐齐松了一口气，百里戈擦去头上的汗，庆幸地同裴云舒道："这个酒能让烛尤好好沉睡几日。"

裴云舒对百里戈的小把戏无奈地叹了口气，把烛尤扶去了卧房。

秘境之中，无忘尊者只睁眼看了一眼，就闭上了眼睛。

他身边的一个面色铁青的婴儿冷笑一声，竟用稚嫩嗓音说出了细弱音调的话："你还在秘境之中找我的散魂吗？"

无忘尊者淡淡道："我只为灭你而来。"

婴儿死死瞪着他。

这人上辈子入了魔之后为了复活裴云舒，硬是将世上的魔物吞噬了整整八成，他的散魂更是被这男人吃得只剩下其中之一。为了逃命，也为了一线生机，他拼命地用秘法让裴云舒重头再来，他从头开始布局，终于让裴云舒使这人道心破裂。谁能想到如此大好局面，快能夺舍他的时候……这倒好！他如今还是要被这人给灭了！

婴儿冷笑不止："真是令人发笑的正道第一大能，只敢缩在此处。"

无忘尊者呼吸平缓，却不像活人一般。

婴儿瞧着他如此坚定，忽然蛊惑道："我原想夺舍你，你想杀我无可厚非，但实话实说，我也看中了那蛟龙之身。若是你放我走，再暗中相助我一把，我必定能夺舍那蛟龙，到了那时，裴云舒不就能回归师门了吗？"

"这蛟龙的肉身实在是强健，只是已有龙魂，这是个天大的麻烦。"他话语中诱惑的含义更浓，"但若是有无忘尊者，那你我二人联手必定可以成功。我可以操纵梦境，自然也能操纵其他东西。使裴云舒对你放下仇恨这事，对我而言，也并非不可做到。"

魔物不愧是魔物，每一个字都直奔无忘尊者心底的欲念而去："无忘尊者，那可是裴云舒啊。"

剑气从婴儿脖颈上滑过，无忘尊者声音如冰一般冷："闭嘴。"

他的神识已经找到了秘境之中这个魔物所残留的散魂，无忘尊者站起身，打碎了魔物凝成的水镜，不为所动地朝着散魂的方向而去。

裴云舒……

若你欢喜，那便这样吧。

我能做的，怕是也只有让你后路无忧，永不出现在你眼前了。

第17章

第二日，裴云舒神清气爽地坐在自己的位子上，拿起一双竹筷吃早饭。

等这顿饭吃完时，百里戈才慢条斯理道："云舒，我要带着清风和花月暂时离开了。"

裴云舒一愣："你们要去哪儿？"

清风公子低着头，沉默地避开了他的询问。

"我们总不好随时随地都赖在你的身边。"百里戈带笑道，"花锦门手里握着数不胜数的秘境，清风为了偿还救命之恩，打算助我在这些秘境中寻找妖魂化妖的方法。"

裴云舒点了点头，有些怅然："原来如此。"

"但这也不表示你们就可以就此偷闲了。"百里戈话音一转，"烛尤可是说过要给你找来更多的秘境，等你们玩够了，就来找我们吧，这些秘境本来就有你们的一半。"

裴云舒松快了，笑道："我自然会去找你们的。"

烛尤今日还在沉睡，百里戈他们却不想等着烛尤醒来后被报复，饭后，就同裴云舒告别准备离开。

花月眼泪汪汪，百里戈双臂张开，最终轻轻抚摩了下裴云舒的头顶，他目光柔和，宛若兄父："云舒，珍重。"

裴云舒眼底一酸，重重点了下头："你也珍重。"

百里戈笑笑："云舒，要不你来抱一抱我？"

裴云舒毫不犹豫地抱住了他。

温暖的怀抱总能让人觉得安稳，裴云舒眨眨眼，眼中湿润，他拍了拍百里戈的背部，打心底对这个大妖感到敬佩："百里，多谢你。"

百里戈从始至终帮助了裴云舒良多，或许"有情有义"四个字便是为他写的，他待友人的那颗赤诚之心让裴云舒知道原来世间还有这样的妖，能与百里戈相识相熟，真是无法言说的幸事。

百里戈低声道："莫要忘了同烛尤来找我们。"

"嗯。"裴云舒抽抽鼻子，放开百里戈时已经是一副带笑模样。

百里戈哈哈大笑，他拉着花月后退几步，让清风公子同裴云舒好好说几句话。

清风公子握紧了拳头："我欠了你一条命，你有什么吩咐尽管告知。"

裴云舒直接道："清风，这是你的真名吗？"

清风公子低着头："我生来没有姓名，宗主为我起名为令清风。"

"所以初见那日你也不算是骗我了，"裴云舒道，"你的名字至少是真的。"

清风公子哑声道："你这么蠢，被我背叛之后不要再轻信他人了。"

"但我也有一双可以看出是非的眼睛。"裴云舒认真道，"我已经不是以往那般好骗的了，清风，即便是我还是那般好骗，可是百里还会轻易被骗吗？我看得清他对你的态度。清风，百里不认为你是个坏人。世间又不是黑白分明的，若你不说，就算我们心中体谅也不明不白。如今分别在即，你不想说些什么吗？"

清风公子叹了口气，抬起头看着裴云舒："魔修说的话总不能当真，你还要信我的话吗？"

裴云舒点了点头。

清风公子自暴自弃道:"我没有想害你们。"

听了他话的人双目睁大,好似被这句话吓到了一样。

清风公子觉得浑身都不对劲,他难受得想要现在就立刻飞走,但还是控制着双腿不动,纠结得面色都微红了,他低吼道:"我想要同你们在一起,喜欢你们,这样说够了吗?"

裴云舒结结巴巴:"你、你——"

清风公子立刻说道,语速很快:"我喜欢我脚下踩着的小草,也喜欢我身上的衣服,我喜欢的东西多了去了,还不能喜欢你们吗?"

"可、可以。"裴云舒被一句话说蒙了,越想越头晕,迷迷糊糊道,"你可以喜欢我们。"

清风公子唇角勾起又很快敛下,哼了一声后离开,转过身的时候,又带上了若有若无的笑。

送走了友人,宅子中寂静了很多。

裴云舒没什么好玩的,只好去戏弄烛尤。

把烛尤折磨得忍无可忍,次日午时烛尤睁开双眼,抓着裴云舒好好打了一顿。

"你是不是以为我一点知觉都没有?"烛尤慢条斯理道。

"我要去找百里,"裴云舒红着眼睛,"放开我,我不要待在这里了。"

烛尤狰笑两声:"晚了!"

半夜,裴云舒在睡梦中感觉耳边传来风声,月光时明时暗,裴云舒费力睁开眼,哑声问:"怎么了?"

"无事,你安心睡,"烛尤拢了拢裴云舒身上的披风,语气里有几分心虚,"我带你去一处新地方。"

裴云舒应了一声,沉沉睡了过去。

裴云舒睡醒时发现自己还在空中飞着。他沉默了一会儿,抬手揉揉眉心,心中有些不妙的预感,往后一看,整个人都滞了一瞬。

"烛尤——"

烛尤心虚地抱紧了他,讨好道:"云舒,先逃再说。"

烛尤身后有千百座莲台在追，莲台上方都端坐着和尚，这些和尚双手合十放在身前，有人面色着急，有人勃然大怒。

"前方的孽畜给我停下！敢偷我大宝寺的镇寺之宝还不敢当面与我等对峙吗？"

"前方施主只要将我寺镇寺之宝原物归还，我等必定毫不计较。"

"偷东西偷到了我们这儿，你不怕惹怒天下佛门弟子吗？"

裴云舒额头青筋暴起，他推开烛尤的脸，招出青越剑，烛尤熟练无比地跟着他站在青越剑上道："云舒快走，这群和尚真是贪得无厌，我拿我的龙鳞换来的细针，凭什么还？"

他的语气怒火沉沉，在气自己凭本事换回来东西竟然还被倒打一耙。

裴云舒眉心又狠狠跳了几下，恨不得此时也如先前烛尤一般，狠狠打他一顿。

青越剑急速升空，又忽地掉头往下冲去，看见他们转眼往自己冲来，佛修们万分警惕，停下了莲台，一个个结界罩下。

裴云舒扬声道："各位前辈说话可算数？若我们还了你们的镇寺之宝，当真一笔勾销吗？"

领头的僧人气质温和，眼中清透，他念了一句佛号，道："出家人不打诳语，说话自然算数。只要两位施主将我寺庙宝物还来，我等绝不追究。"

裴云舒道："我信大师，既然如此，大师便接住吧。"

一根闪着佛光的细针从他指尖飞出，佛修们心提了起来，目光全放在了细针上。待到领头僧人接到细针看了一番点了点头，他们才松口气，这才发现先前那两人已经不见了。

破空之声飞速，烛尤不满道："我的鳞片。"

裴云舒忍无可忍，掐了烛尤一把："烛尤，你拿鳞片换佛针，但他们显然不想同你交换。"

烛尤眉眼下压："他们竟敢瞧不起我的鳞片。"

"你这是强买强卖，"裴云舒道，"下不为例。"

烛尤气得面色阴沉，但还是听裴云舒的话，乖乖点了点头。

身后没人追了，烛尤给裴云舒指着路，裴云舒问道："这是要去哪儿？"

"之前我与他们圈下了一条灵脉，建了院落。"烛尤道，"之后住在那里，不告诉别人。"

裴云舒仅剩的那些怒气被抚平，他没忍住笑了起来，转身用双手掐着烛尤的两颊："烛尤这么棒的吗？"

烛尤的脸色好看了许多，他矜持地点了点头。

裴云舒趁此机会又同他说教了一番——不问自取是为窃，即便是拿东西去换，未经过主人家的许可也不可以。

烛尤不点头也不摇头，看样子还是心有不悦。

裴云舒用出了绝招，他轻柔地哄着："听话。"

烛尤被哄得恍恍惚惚，只会点头再点头，裴云舒说什么他都应了下来。

第18章

裴云舒到了烛尤圈下来的那片地盘之后，足足愣了半刻钟，才知道什么叫作世外桃源。青山绿水，抬头就能见到对面白云苍苍的雪山，鸟啼蝶飞，无论哪里都是清秀怡人的。

烛尤看着裴云舒的表情，暗暗挑起了唇："喜欢吗？"

裴云舒被一语唤醒，忙不迭地点着头："喜欢。"

烛尤难得谦虚："不喜欢也不用勉强自己。"

"没有勉强，真的很喜欢！"裴云舒眼中神采光亮，"快，带我去看看那房子！"

烛尤眉目愉悦地背着他往里走。

羊肠小道曲折蜿蜒，路旁的花随风摇曳，一处接着一处的花树散发着醉人的香。

"啊，"裴云舒手臂收紧，惊讶地看着不远处一片开着雪白色花的树林，"那是四月雪树吗？"

识海内的小元婴也跟着小声惊呼了一下，身上的叶子抖动，头顶的四月雪树好奇地伸着枝丫："是没有灵识的四月雪树啊。"

裴云舒自然知道这些树极为平凡，但还是感觉很是亲切，甚至想上去蹭一蹭、滚一滚，在那些雪色花瓣中好好躺着睡上一回觉。

他不自觉把心里话说了出来，烛尤把他往背上颠了颠，意味深长地道："此处没人，在树下睡多少回也可以。"

裴云舒闻言兴奋地说："那说定了。"

花草树林之间，在溪水旁有一座精致小巧的房屋，房屋外侧被灵植攀附，裴云舒精神一振，从烛尤背上跳了下来，就往房屋里冲去。

之前那点沉稳已经不知道被扔在了哪里，瞧着他这个样子，烛尤再一次觉得，以自己的年龄，是能做裴云舒老祖宗的人。

他面不改色地跟在裴云舒身后，刚走到门口处，裴云舒便激动得脸蛋泛红地跑了出来。

"好漂亮！"裴云舒雀跃着，"烛尤，我真是喜欢极了。"

烛尤心满意足，心都快要飞起，面上却没有什么波动。

美景治愈心境，裴云舒在这里过着过着，竟有一种自己越来越傻，如同小儿一般被宠坏了的感觉。他面上的笑容经久不散，储物袋的东西也被一一搬了出来，小屋逐渐被占满。

在神龙秘境中拿的那些酒烛尤很是喜欢，极对这条蛟龙的胃口，几个月之后，他们就静悄悄地又去了一次神龙秘境，将百里戈没拿完的酒水全都装在了身上。

他们出神龙秘境时，运气不好地遇到了白龙。白龙分外思念地在他们身边左看右看，没看到龙崽，只好厚着脸皮问道："小龙崽呢？"

裴云舒沉默了，烛尤半点思虑也没有，正要开口直说，裴云舒眼疾手快地捂住了他的嘴，朝着白龙尴尬笑道："小龙崽在家中睡觉呢。"

白龙失望得龙须都垂了下来，却开路让他们赶紧回去："我那日送予小龙崽的镯子本就藏着去往神龙秘境和神龙庙的通道，你们要是想来，直接进那镯子之中就可，不必如此耗费心神地从东海岸边进入神龙的地盘。"

裴云舒心里开始愧疚，面上竭力镇定地点了点头："我们会的。"

出了神龙秘境之后，裴云舒长长舒了一口气，烛尤完全没把刚刚那一回事放在心上。

"烛尤,那镯子呢?"裴云舒问。

烛尤手上一动,一个银色的镯子就出现在他的手上,看起来平平无奇,但其中蕴藏的力量更加凶猛。

"得赶紧找一个龙蛋,"裴云舒重复念叨,"神龙庙中会不会有龙蛋?"这样去骗一只老白龙,心中实在是过意不去,心虚羞愧。

如果能找得到尚未破壳的幼蛋,白龙又怎么把所有的希望都放在了烛尤身上?

裴云舒在原地转着圈圈,回了家之后还转着圈圈,终于灵机一动:"烛尤,你曾给我吃的那个黑蛋是什么?"

烛尤面露茫然之色,他想了一会儿才不确定地拿出了几个黑蛋:"是这个?"

一个个黑蛋堆积在他的脚边,被毫不怜惜地放在冰冷的地上,裴云舒低头摸了一下,连连点头道:"就是这个,这个是龙蛋吗?"

烛尤低头看了这几个蛋一眼,黑蛋瑟瑟发抖地想要滚远,还没开始滚,就被烛尤捡起来,咬碎其中一个,有滋有味地喝了起来。

清香从蛋壳之中溢出,裴云舒咽了咽口水,有些发馋。

剩下的几个黑蛋动也不敢动上一下,若是能哭,现在已经能哭出一条河了。

"这是芥子花的果实。"烛尤主动递给他一个,让他放心吃,"芥子花五百年结一次果,那日我在附近,把所有的果实都摘了下来。"

"这竟然是果实。"负罪感骤然减轻,裴云舒捧着黑蛋,闻着清香,尝过一次黑蛋味道的青越剑在一旁跃跃欲试,剑尖逐渐对准了蛋壳。

裴云舒还是没忍住诱惑,让青越剑凿开了一个孔,跟着烛尤一起吃着瑟瑟发抖的黑蛋。

温热的感觉从喉咙向下,醉醺醺的感觉又一次袭了上来。裴云舒和烛尤连续吃了五六日,等这些黑蛋只剩下最后一个了,才勉强控制住自己的贪嘴。

最后一个黑蛋似乎僵成了一个石头,被小心翼翼地放在了储物袋里,裴云舒咂咂嘴，回味一番道："得再找些芥子花。"

烛尤煞有其事地点了点头。

这件事过去之后，龙蛋还是要找。裴云舒并不想龙族就此灭族，以后无论是蛇还是鱼跃龙门，这样化成的龙谁能知道会不会获得传承呢？

在裴云舒的认知当中，上上下下几百年中快化成龙的只有烛尤一个，如果龙族灭族，谁知道下一个化龙的又需多长时间？

白龙将一切都给了烛尤，传承给他，提炼龙魂，虽有些固执，但终究因果须还。

想来想去，裴云舒和烛尤还是进了神龙庙中。

神龙庙中龙像数不胜数，每一尊都气势恢宏，宛若活龙，甫一进去，其中的威压就压得裴云舒喘不过来气，烛尤将他护在自己身后，周身一震，裴云舒才觉得缓了过来。不过瞬息的工夫，他已经是大汗淋漓，裴云舒擦掉额上的汗，不由得敬佩道："不愧是神龙庙。"

这里极大，且暗无天日，一方暗沉空间望不到边，只有一座座巨大的龙像宛若有飞天之势。

除了龙像，这里也有许多堆积在一起的死蛋。这些死去的龙蛋数以万计，个个如同石块一样，不须一个个去看，只须用神识一扫，就知道这些龙蛋没有一个是活的。

虽然知道不太可能，但还是有些失望。裴云舒叹了口气走上前，随手拿起一个蛋看了看："可惜了，怎么会死去这么多的蛋？"

"越强的种族越难育出后代，"烛尤淡淡地道，"龙族灭族不是意外。"

神兽之中，凤凰与麒麟早已不见了踪影，只有含着其少许血脉的妖族后裔存活，相比起来，龙族已经是万幸了。

纯正的、不需要其他手段化龙的天生龙族到如今也要惨遭灭族，即便是白龙再如何心急，烛尤也没有其他感想。他得到了传承，但也仅此而已，并不打算为此去做些什么。烛尤不是纯正龙族，他只是黑蛇化的蛟龙而已。

裴云舒站起身叹了口气："既然如此，那也没有办法了。"

两个人站在堆积如山的死蛋跟前，一时间沉默不语，怜悯地看着一个强大种族就此消亡，复杂心情涌上心头，让人难以释然。

半响之后，他们正要出神龙庙，寂静的空间之中却突然响起一道极其细微的响声。

裴云舒和烛尤一起停下了脚。一切动作停了下来，寂静遍布整个神龙庙，安静，静得似乎连呼吸都惊不起一粒尘埃。

"咔嚓。"

细小的声音再次传来。

裴云舒和烛尤的动作很快，他们两人转身飞回，给自身覆上灵气，一口气钻入了如山一般的沉沉死蛋之中。

几乎是眨眼的工夫，那道细弱的声音越来越近，弹指间，裴云舒就同烛尤看清了是什么发出的声音。

一个摇摇晃晃的龙蛋，在层层死蛋隔绝出来的空间之中，发出蛋与蛋相碰磕的声音。

裴云舒几乎在屏息。他的手试探地朝着那个蛋伸去，龙蛋似乎有所察觉，它倏地不动了，似乎在害怕一般。

裴云舒也跟着不动了，只用葱指尖对着它，良久，那个龙蛋试着朝指尖的方向动了一下，又动了一下。最后直接滚进了裴云舒的手里，撒娇地蹭着他温热的掌心。

"烛尤，"裴云舒轻声道，怕吓坏了手中的蛋，"是龙蛋。"

烛尤朝着龙蛋伸出手，龙蛋害怕地往裴云舒怀里钻去，裴云舒连忙抱住它，龙蛋恨不得整个埋在裴云舒的怀里。

裴云舒用神识扫过龙蛋，之后，这个龙蛋内微弱的生命气息反而更加旺盛了。他讶异地抬头看向烛尤。

长久以来的默契使得烛尤也做了同样的事。他们用神识扫过龙蛋，龙蛋却吞食了他们的神识，好像他们的力量对于龙蛋来说，是能让它重新燃起活力的圣泉。

这个龙蛋，好像就是……就是专门因他们而活过来的一般。

213

第19章

　　龙蛋只有一个巴掌大，裴云舒掌心的温度不算高，但同他相比，龙蛋的温度更低，气息微弱，好像随时都会夭折。这让裴云舒又紧张又心疼，将龙蛋带回家后寸步不离，用崭新的被褥和动物皮毛堆出一个温暖舒适的小窝，把龙蛋放在里面，他与烛尤每日都用自身灵力喂食龙蛋。

　　裴云舒的灵力含有四月雪树的治愈力量，烛尤的灵力则蕴含霸道的龙气，两者相比，小龙蛋对裴云舒更亲昵。

　　裴云舒给它喂食灵力的时候，小龙蛋总会格外活泼，晃动着在柔软的床铺上滚来滚去，偶尔裴云舒伸手将它扶正，它就会蹭着裴云舒的手指撒娇。

　　实在是太黏人也太弱小了，裴云舒疼它，小龙蛋也黏极了他，因此每当烛尤面无表情地来给小龙蛋喂食灵力时，小龙蛋恨不得自己就是块石头。它装得极像，一动也不动，烛尤把它戳倒了，它就老老实实倒在床上，半点也不反抗。

　　裴云舒每次看着，都忍不住哈哈大笑。

　　小龙蛋先天不足，在神龙庙中不知待了多久，如果那日没有被裴云舒和烛尤的神识扫过，或者他们的神识没有蕴含四月雪树和龙的力量，怕是小龙蛋已经没有生命地永远沉睡下去了。

　　为了给小龙蛋好好养养身体，烛尤和裴云舒时不时去秘境搜刮一圈，还从百里戈他们手中拿到了不少好东西。

　　一日夜中，裴云舒从睡梦中模模糊糊醒来，正要喝口水以解干渴，却发现外屋没人。

　　烛尤呢？

　　裴云舒奇怪地披上衣衫，悄声往外走去，一下就发现了小龙蛋的房中有微弱的说话声。他蹑手蹑脚地走过去，耳朵贴在窗户上，下一刻就听到了烛尤的声音。

　　"你记住了，"烛尤压低着嗓音，凌厉的目光投在装死的龙蛋上，"他如此爱护你，你最好不要恃宠而骄。"

裴云舒："……"

他顶着寒风，默默听着烛尤念叨了小龙蛋一个半时辰。

怪不得小龙蛋近日总是显得困倦极了，白日里动也不动，只有在裴云舒靠近时才会活泼一点。原来是因为晚上被烛尤念得睡不好觉。

裴云舒在烛尤出来前先一步回了房，他想了想，最后快要睡着了才决定：就这样吧，如此也能让小龙蛋同烛尤培养些感情。

这样决定之后，裴云舒就装作不知道的模样，每日夜里也会悄悄醒来，跟在烛尤身后去听他教训小龙蛋。

烛尤说的话总是阴沉沉的，类似于"你今日多蹭了一下云舒的手指"，或者是"你埋在云舒怀里撒娇卖痴，丢尽了龙族的脸，没有下次"这样的话，原是明里暗里告诫，最后直接成了明面上的警告。

小龙蛋装石头都装得烦了，最后不胜其扰，相当具有血性的龙崽，在烛尤强大的威压之下，还是一鼓作气地朝着烛尤撞去。

烛尤还没闪开，小龙蛋便半路转了弯，一路气势汹汹地从床上滚到了床边，再一转眼摔下了床。

还好烛尤接住了它，但小龙蛋初生牛犊不怕虎，刚刚的坠落也没让它生出惧意，扭着想要从烛尤手里滚下去。

烛尤脸上没什么变化，眼中却心虚无比，他下意识地左右看了看，想起裴云舒还在睡觉之后，冷硬的面上才露出一抹"松了口气"的表情，但对待小龙蛋还是很粗鲁，一手将它扔在了床上，恶声恶气地威胁："别动！"

他在床边护起一道结界，让小龙蛋怎么滚也滚不出来。小龙蛋急躁得在被褥上跳来跳去，用尽了吃奶的力气也只能一头撞在结界上，烛尤在一旁看它做无用功，幸灾乐祸地勾唇笑了。

等小龙蛋力竭地瘫倒之后，他才心满意足地离开了小龙蛋的房间。

裴云舒连看了好几日，越看越心情复杂，有时白日也用这样的心情一言难尽地看着烛尤。

他原本以为只有自己变得越加稚拙了，谁想到原来烛尤也变得如同有了孩子一般的性子，在他面前装模作样，私底下还不如他呢。

烛尤被他看得神情僵硬："云舒，怎么了？"

莫非是云舒知道他欺负龙蛋的事了？

裴云舒摇了摇头，突然叹了口气，起身越过桌子，弯腰在烛尤头上揉了揉："没事。"

烛尤拉下他的手，不动声色道："你是不是想花月他们了？"

裴云舒一愣，随即有些尴尬地咳了两声："倒是还好。"

这些日子忙来忙去的，一颗心都放在了烛尤和小龙蛋的身上，真的是好久未曾想起百里他们了。这么一想，真的是无比心虚，好友们在秘境中千辛万苦，他一点儿没担心。

"他们如今也不知道到哪里了。"裴云舒惆怅道，"他们正在找妖魂化妖的秘籍，希望能找出一个好的功法。"

"会的，"烛尤起身走到他的身旁，安抚道，"他们找不到，我们可以。"

语气中的自信和傲慢无视天地，裴云舒"扑哧"一声笑了，侧过脸道："你说得对，但现在最要紧的是，我们要为小龙蛋找来更多的灵液。"

灵液是各种高品阶的灵植浸泡出来的浓稠如粥的透明水液，泛着如湖水一般清澈的墨绿颜色，之前得到的那些灵植全被裴云舒酿造成了灵液，足足有一个小池子那般的量，他将小龙蛋放进其中后，不到五日时光，一整池的灵液已经被小龙蛋吸收得干干净净了。

想要养一条龙，实在是伤财劳力极了。

但效果很是明显，小龙蛋吸收如此多的灵液之后，明显比从前足足大上了一圈，以往一只手便能托起来的龙蛋，现在却需要两只手捧着，以此看来，破壳终是有望的。

这一日，裴云舒正陪着小龙蛋泡着灵液，他用柔软的手巾沾上灵液一遍遍地擦过龙蛋的整个壳，龙蛋乖乖让他擦，擦过正面之后，龙蛋还会费力地在水中转个圈，让裴云舒好给它擦背面。

"乖，"裴云舒每到这时，都含笑称赞一句，"我们家的小龙崽还未破壳就已经这么贴心了。"

小龙蛋已经明白一些简单的话语，知道了什么是称赞什么又是告诫，自然，美好的一面总是从裴云舒那里学来的，而从烛尤那里得来的，总是一些让小龙蛋听了就想拿屁股对人的不好听的话。

烛尤的声音一响起，小龙蛋就想往他身上撞，因为如此，每日白日同裴云舒在一起时，小龙蛋总是一天比一天地黏人。

给龙蛋泡完灵液之后，烛尤正好回来了，他将装满灵植的储物袋递给裴云舒，又从袖中掏出一只被荷叶包起来的烤鸡，还有一些仍留有余温的肉干。

这些东西一拿出来，芳香的肉味儿便传满了整个房间，裴云舒吸吸鼻子，在烛尤身上闻来闻去，忽地粲然一笑："我闻到了甜丝丝的味道。"

烛尤默默从袖中掏出了油纸包着的糕点。

裴云舒脸上的笑意洋溢，他从烛尤的手中接过糕点放在桌上，又把灵液中探出整个身子快要摔落在地的龙蛋抱了出来，放在一旁，打开油纸一看，有些惊讶地低头轻嗅了一口："都是花香味的甜糕。"

烛尤点了点头，从糕点中拿出一块软糯白玉糕点递给他："这样卖得好。"

裴云舒张口，吃了一口，慢慢品味了一番："我倒是觉得还是上次买来的那几种味道的好吃。"

烛尤记下。

甜糕的香味同馋人的肉味缠在了一起，在一旁待着的小龙蛋忍不住了，滚着来到了甜糕旁，想吃，圆滚的身子却把甜糕推得越来越远。

裴云舒一下子笑开，烛尤眉眼也带上了笑，他当着蒙了的小龙蛋的面，拿着糕点在它面前转了一圈，才放了裴云舒的嘴里。

突如其来的恶劣心把裴云舒也带坏了，他慢慢吞咽着糕点，装出一副意犹未尽的模样："真是美味极了，比灵液的味道要好多了。"

小龙蛋眼巴巴地看着，浸泡了灵液后的蛋壳慢慢在桌上渗出水来，烛尤眼尖地看着了，眯眼嘲笑道："这是流的口水还是在桌上尿了出来？"

被嘲讽的小龙蛋不知道这话是什么意思，但它听出了烛尤话里的取笑意味，顿时生气地转过了身子，拿着屁股对着他。

裴云舒一本正经地教训烛尤："你怎么能以大欺小呢？"

嘴上是这么说的，他却撕开了烤鸡上的荷叶，浓香瞬息间更加浓郁，裴云舒撕了两条肉放进他和烛尤的嘴里，故意道："这个比甜糕还要好吃。"

背对着他们的龙蛋单纯极了，听不出这是在勾着它转身，它转眼就忘记了刚刚被烛尤嘲笑的事，跳着回到了裴云舒的面前，蹭着裴云舒的手指，想要让他也撕条肉喂给自己。

烛尤嚼着嘴中的肉，看着被裴云舒欺负却不知道自己被欺负的龙蛋，露出一抹愉悦的笑。

看在云舒的面子上，更重要的是看在这个龙蛋看上去蠢笨无比的面子上，那便勉强容忍它留在这里吧。

等它破了壳，再把它扔出去。

第20章

秋去冬来，山林中银装素裹的时候，龙蛋已经长到一个大西瓜般的大小了。它被养得很好，蛋壳也越发厚，每日活力十足，总要晃来晃去地寻找一些好玩的新事物。

而裴云舒和烛尤在这时收到了百里戈和花月的求救传音符。

烛尤为裴云舒建造的世外桃源，裴云舒唤作"春晓谷"，之前百里只知道他们二人就在此处，却不知道此处具体在哪里，为了让他们遇到危险时可以及时求助，裴云舒便将地点告诉了他们。

所以，当传音符疲惫地穿进结界时，裴云舒还未知晓传音符的内容，就已经准备同烛尤出谷了。

传音符中的内容潦草，应当是非常危急的时候留下来的消息，里面也只有"南临城花阁船，速来"这一句话。

南临城是凡间的大城，其中留恋凡间的修真人士不少，裴云舒同烛尤没有耽搁，当日就决定带上小龙蛋一同出谷。

小龙蛋头一次被带在剑上，它被裴云舒抱在怀中，清散的白云从身边掠过，身居高处，底下的房屋变得越来越小，最后小到犹如蚂蚁一般。

小龙蛋在裴云舒的怀中探着身子享受风吹，差点整颗蛋都摔了下去，裴云舒点一点它："莫要调皮。"

小龙蛋撒娇地钻进了裴云舒的怀里，裴云舒轻柔地摸着蛋壳，对一旁面色不善的烛尢道："它如今这般大了，怕是快要破壳了吧？"

烛尢从他怀中接过龙蛋，龙蛋不愿意，用尽全力在裴云舒怀里躲着烛尢伸过来的大掌，晃动得裴云舒都不由得前后摇晃了一下。

烛尢脸色更加难看了，他粗暴地抢过龙蛋，一只手抓得牢实，凌厉而冷酷地对着龙蛋道："你累到他了。"

龙蛋不晃了，乖乖离开了裴云舒。

裴云舒由着他动作，好笑道："只这么一个小小东西，哪这么轻易就能累到我。"

烛尢只好面无表情地说了实话："你今日已抱它一个时辰了。"

"好吧。"裴云舒小声道。

一天之后，南临城城门前。

裴云舒同烛尢衣着简单，低调地隐藏在百姓之中。

天空暗沉，阴风阵阵，有鸟雀贴地飞过。有庄稼人已经忧心忡忡道："看这天，快要下雨了。"

"不知道下雨之前能不能回到家。"有人一同担忧，"我家大郎还在海口做工，这雨一下，今日怕是只能做半天工了。"

裴云舒抬头看看天，陡然一滴雨落在了他的脸上，烛尢蹙眉，用指尖捻去他脸上的这滴雨水，反手朝天上一弹，即将落下的雨水消失不见了。

天色越来越沉，雨却没有落下来，裴云舒和烛尢匆匆进城找了家客栈之后，外头才轰然一道雷声巨响，瓢泼大雨跟着他们脚后跟落了下来。

客栈中的老板正给客人递来一碗姜汤和一条手巾，烛尢接过手巾，拒绝了姜汤。他递给裴云舒一条，裴云舒笑意盈盈地同他道谢，才拿过手巾擦脸，但脸上并不存在雨水。

因为百里戈送来的传音符内容着实不同寻常，他们并不想打草惊蛇，打算装作凡人的模样,在未找到百里戈之前,还是不要透露修为为好。

老板送完了姜汤,犹豫了一会儿,还是端过来两个碗,劝道:"客官,还是莫要粗心大意,各喝一碗驱驱寒也好。"

他的话音刚落,身后就传来一道响亮的喷嚏声,裴云舒转过身,就看到一个年轻英俊、浑身贵气的男子没有仪态地揉着鼻子,他衣服湿透,头发也在滴着水,整个人犹如落汤鸡一般狼狈。

身边的侍从正在劝他喝一口姜汤,这人大呼小叫着拒绝了,瞥着姜汤的眼里全是嫌恶:"爷就算去外面喝上几斛老天爷的眼泪,也不喝这东西一口!"

侍从苦着脸,一个劲地劝着。

这一主一仆说话着实好玩,裴云舒看着觉得有趣,但被他看着的人好像察觉到了他的视线,不耐烦地抬头一看,正好和裴云舒对上了视线。

这人一愣,眼睛一亮地指着裴云舒大声嚷嚷道:"这个人不也没喝吗?他长得瘦瘦弱弱的,比爷还不如,他都不喝爷为什么要喝?"

瘦瘦弱弱的裴云舒看戏反而将火烧到了自己的身上,他指着自己问烛尤:"他说的是我?"

烛尤老老实实地点了点头,又觉得不够,火上浇油道:"对,他说的就是你。"

男子也听到了这句话,特地走到裴云舒身边,瞅了瞅被放在桌上一口也没动过的姜汤,摆出一副长者姿态,意味深长地教训道:"你瞧瞧你的身子,自己淋了雨还逞能不喝姜汤,万一得了风寒,遭罪的不还是你?"

"还不赶快喝了?"男子肃然,"没有爷的身子,就不要学着爷放浪。"

裴云舒看了他半晌,突然唇角勾起,笑道:"好啊。"

不待男子疑惑,裴云舒就端起姜汤凑到唇边一饮而尽,然后含笑看着这个小少爷:"我喝完了,你也该喝上一碗了。"

男子瞠目结舌,刚想说他怎么能喝,身体却不由自主地走回了自己的位子上,端起姜汤就咕噜咕噜几口咽下。

辣味儿从心口往脑子里冲,这还不止,好不容易几乎喝完了这一碗,碗里已经快没了的姜汤却又慢慢涨了起来,又变成了满满的一碗。

看着这人连喝两碗姜汤,裴云舒才撤去了法术,但法术刚撤走,这富家少爷就眼睛一翻,留下一句"好难喝"干脆利落地晕了过去。

裴云舒心虚地别过脸,小声同烛尤道:"我好像玩过头了。"

"无事,"烛尤扭过了他的脸,"别看他。"

旁边富家少爷身边的侍从似乎已经见多不怪,喊了几声"少爷"之后,就镇定地同店家将人抬上了楼。

裴云舒和烛尤跟着店小二回到了房内,将被装在包裹中的龙蛋放出,让龙蛋在床上蹦跳,两个人走到窗旁看着外面的疾风暴雨。

龙蛋怎么也不肯待在储物袋内,裴云舒便将它收进了包裹。他们看着雨,躺在床上的龙蛋不堪寂寞,从床边跳了下来,一路滚到了裴云舒的脚侧。

裴云舒回过神,将它抱了起来,在雨幕中再次远眺了一瞬:"烛尤,这里能放得下船的只有南边的一条支流,正好今日下了大雨,我们做些什么事也不会被轻易察觉。"

烛尤松松筋骨:"我去,你在这儿看好它。"

裴云舒看了看乖乖依偎在他怀中的小龙蛋,目露无奈:"那你多加小心,若是有何不对也莫要冲动,快些回来与我商讨才行。"

烛尤点了点头,看了裴云舒一眼,转眼就消失在了层层雨幕之中。

龙蛋朝着窗口的方向动了动,似乎是想要知道烛尤去了哪里。

"乖,"裴云舒抱着它往前走了一步,这个位置,雨水已经能被风吹在他们身上了,"是不是舍不得龙父?"

龙蛋又往窗口的方向动了动。

"快快破壳吧,小东西。"裴云舒柔和地抚摸它,"等你破了壳,就可以吃尽天下美食了,也可以同着爹爹和龙父一起上天入地了。"

"世上美好的东西千千万万,爹爹是跟你说不完的,"蛋壳上的手温柔而慈爱,"终究是期盼着你快快出生,好自己一一去体会其中美妙。"

风雨交加,雨水也飘到了蛋壳上面,但小龙蛋只觉得万分安全舒适,是以往百年来黑暗之中从未感觉过的舒适。它眷恋地蹭蹭裴云舒的手指,懵懵懂懂地想着:爹爹和龙父原来都在期盼它的出生吗?

烛尤回来得很快，前后不过两刻钟的时间，他从窗口飞进来之后，去掉一身寒气才坐在了裴云舒的身边，皱眉道："船上和周围藏着许多道士。"

"哦？"裴云舒惊奇，追问道，"门派修士还是散修？"

"散修，"烛尤眉眼间露出几分厌恶，"一个比一个血腥味浓重，他们专杀妖，身上都是妖的血气，煞气也针对妖而来。"

裴云舒面容也不由得严肃了起来。

修真门派之中，正道与魔修尚且不是你死我活的关系，更何况人与妖。只要没有因果仇恨，无论人也好，妖也罢，谁也不想徒增杀孽，即便是无忘尊者，他也不过是将那些大妖关进镇妖塔中罢了。

这种专杀妖的修士，也只有极少的散修。

"那百里和花月不妙，"裴云舒沉吟，"他们身上杀孽深重？"

烛尤道："若有雷劫，一击必死。"

裴云舒眉间渐渐皱起："罪孽如此深重，他们是见妖便杀，不分好坏吗？"

如果是普通的散修，裴云舒也相信他们奈何不了清风和百里戈，但如今两妖被困在花阁船上，怕是还有厉害的人在其中坐镇。

烛尤不怕那些修士，但他们也是一个麻烦，裴云舒自然也不畏惧，可百里他们在那些修士的手中，这才是让他担忧的源头。

"不宜打草惊蛇，还要找个办法混到那艘船上。"裴云舒喃喃道。

敲门声响起，裴云舒同烛尤对视一眼，他将龙蛋给了烛尤，起身去开了门。过了半晌，裴云舒满面笑容地回来，他手中的请帖华贵非常。

"刚说要想办法，办法就送上门来了。"裴云舒挑眉含笑。

因让那位富家公子哥乖乖喝下了姜汤，对方本来要发作的风寒被压了下去，他的侍从便上门感谢，送来了两张可以登上花阁船的请帖。

真是欠了东风，东风便吹上门来了。

第21章

要是只有裴云舒和烛尤，上船很方便，偏偏他们还有一个黏人极了的小龙蛋，小龙蛋还害怕黑暗安静的地方，不能把它放进储物袋中。

最后，裴云舒面无表情地由着烛尤将他打扮成了一个身怀六甲的大肚子妇人。

裴云舒头一次穿女装，秀发盘起，颊边垂落几缕发丝，身材消瘦，但肚子凸起。若是表情不这么生冷，那就更加好了。

裴云舒的表情不怎么好看，烛尤轻声哄着他，走出了客栈。

相比于他，小龙蛋可谓是万分雀跃，被结结实实缠在裴云舒身上的它乖巧极了，快要随着裴云舒的步子安心地睡过去了。

烛尤挽着裴云舒，裴云舒只能板着脸顺从："上了船我就要换掉这一身衣裳。"

烛尤："不用换。"

裴云舒低头看了一眼被捂得结实的龙蛋，毫不顾忌地朝着烛尤不满地瞪了一眼："怎么不是你穿？"

"它不喜欢我，"烛尤慢条斯理道，"不要多想了，我们快要到了。"

海口停了一艘极为奢靡精致的大船，船上还有许多佩着刀剑的人面色严肃地看守。烛尤扶着裴云舒慢慢登上了船，越是离得近，越是能感觉到有一股纸符的灵气包围了整艘大船。

裴云舒越过烛尤的手臂，眯着眼细细看着船的外侧，木头雕刻的船上贴了密密麻麻的纸符，一眼看过去，这些纸符如同船上的雕画一般，完全融入雕画之中了。

上船的地方有人把守，烛尤将两张请帖奉上。侍卫查完请帖之后，还搜查了他们所带的东西，特别是袖口和袍内，应当是怕带匕首等利器登船。

裴云舒这时候倒是庆幸如此妇人装扮了，若是龙蛋被他们找出，那时要处理的事就麻烦了。

确保他们身上没有什么东西之后，侍卫就将他们放上了船，有俏丽的丫鬟在前头领路。

船如此巨大，来来往往的人却很少，各个衣着华丽气质非常，单单一看，就知道这里没有什么简单的人。

裴云舒的神识如渔网一般慢慢铺开，占据了整艘船的任意一处，他的神识实在强大，几乎没有人可以察觉到他，很快，在前面带路的丫鬟还没把他们带到房间时，裴云舒已经察觉到百里、花月、清风的所在之处了。

他皱着眉，在心中传着密语：百里同花月被关在一处，清风被关在另一处。百里二人妖气微弱，我去救治他们，你去将清风救出。

烛尤拍了拍他的手，轻轻点了点头。

等丫鬟将他们带到地方之后，裴云舒就让她退下了，过了片刻，两人一左一右，去救被困在密室之中的好友。

裴云舒避开人往下走了一层，正要往深处走，却在廊道上撞见昨日喝完姜汤就晕倒了的富家公子哥。

那公子哥见他在前，正要让路，目光却移到了裴云舒的脸上，稀奇道："咦，这位夫人瞧着分外眼熟，我是不是在哪里见过你？"

富家公子哥身旁的侍从一副快要晕厥的表情，低声道："少爷，那是有夫之妇啊，还身怀六甲，你怎么能、怎么能！"

这种调戏女子的话，他家少爷是什么时候学来的！

富家公子哥不满地皱着眉头，眼睛还是不离裴云舒，又上上下下地看了看他整个人，最后落在凸显的肚子上，纳闷道："我说的是实话。这位夫人，我是不是最近才见过你？"

裴云舒朝着他微微一笑，嘴唇动了几下，富家公子哥和他身边的侍从只觉得眼前一晃，神志模糊一瞬，眼前就没人了。

富家公子哥摇摇脑袋，前后看了一下，自己挠着头道："真是喝多酒了。"

摆脱那两个凡人之后，裴云舒藏匿起了身形，一路畅通无阻地来到了密室，长锁被他捏断，门甫一打开，他就对上了百里戈和花月警惕发狠的眼神。

裴云舒轻手关上门，显露出身形道："你们这是怎么回事，怎么着了道呢？"

话音刚落，裴云舒就看见百里戈和花月目露惊骇，手指颤抖地指着他，都说不出连贯的话来了："云舒，你你、你——"

裴云舒低头一看，脸色一黑，他脱掉女子衣裙，背过身把龙蛋给掏了出来，从储物袋中拿出一身衣衫穿上，解释道："我只是将龙蛋缠在身上了。"

裴云舒叹了口气，走上前去："你们怎弄得如此狼狈？"

花月道："我们找到了一本妖魂化妖的秘籍，老祖修炼之后也确实管用，但化妖之前有段虚弱期，我们本想去找你们，谁承想经过此地时突然遇见几个见妖就杀的疯子，老祖没法使妖力，清风被围攻。"

裴云舒感叹道："原来花月只是被顺带抓过来的啊，或许你还要多谢你的长相，才让那几个疯子没有见你们就杀。"

花月假哭了起来："云舒你变坏了，你现在来欺负人家了。"

裴云舒笑着拍拍他的头，再将手里的龙蛋送了过去："抱好。"

花月好奇地抱住了龙蛋，龙蛋到了陌生的怀中，僵硬得一动不动，尖头朝着裴云舒的方向，好像随时都能从花月怀中逃走。

裴云舒扶起百里戈，百里戈撑着他的手臂站起，好奇地看着龙蛋："这是哪里弄的？"

"嘘。"裴云舒竖起指尖放在唇前。

百里戈很是虚弱，甚至连走路都很艰难，裴云舒将他放在青越剑上，带着一行人去找烛尤。烛尤已经将清风公子救出，相比起这二妖，清风公子的处境好得不是一星半点，他被那些散修当作贵客招待，一直劝说他加入他们，几日下来他只有些精神不济。

见一人二妖齐了，烛尤让裴云舒带着他们去船外等待，他自己想要去将那些人好好教训一番。

裴云舒点头应允，带着好友们离开时，百里戈笑眯眯地叮嘱："大王，莫要杀了他们，废了他们的修为，扔在妖窝里才是教训。"

烛尤赞赏地看了他一眼，沉声道："我也是如此想的。"

还好裴云舒及时将龙蛋捂在了衣衫之内，他瞪了这两人一眼，终究还是无奈道："快些出来，如今最重要的，还是将百里带到春晓谷，那里才安全。"

烛尤乖巧点头："我知道了。"

裴云舒便带着人下了船，不过半盏茶的工夫，烛尤也下船来到了他们身边。他身上还有些残留的炭气和血腥气，但龙蛋瞧了烛尤一会儿，就蹦到了烛尤的怀中。

"这只龙崽子胆子大得很，"花月惊道，"瞧它模样，非但不怕，还喜欢得紧。"

烛尤挑了挑眉，抱着龙蛋拉着裴云舒，带着他们一起走上了回家的路。

来回也不过三日的工夫，等到回来时，龙蛋的灵液还是干干净净的。裴云舒将它放在灵液之中，安排好了百里他们的住处，便一起聚在了百里的房中。

清风公子正在给百里戈把脉，眉头越皱越深："妖气越发稀少了。"

百里戈倒是毫不在意，他的眼睛发亮，含着强者的自信："便是没了，以后也能重新有的。"

"你能不能上点心？"清风公子冷笑一声，"那些散修不是想从你身上得来秘籍吗？他们对你做了什么？"

花月在一旁讷讷了会儿，忍不住说了出来："他们给老祖喂了一颗丹药，但老祖不许我说出来。"

"丹药？"裴云舒皱起眉，好几人的视线投在百里戈的身上，百里戈苦笑不止，躲开了他们灼灼的目光。

清风公子道："真是好厉害的大妖将军，为了不让人担心，就是生生吃了毒药也不肯说上一句。"

"清风，"百里戈被挤对得走投无路，"我认错了。"

裴云舒不承认自己有些幸灾乐祸，他一本正经地在一旁给清风公子助阵："说吧，那丹药又是怎么回事。"

百里戈叹了一口气："能是什么毒药？不过是使妖全身无力的小小药

丸罢了，真有什么能奈何得了我的丹药，那些散修也拿不出来。"

"云舒，"清风公子看向裴云舒，让出了位子，"你来。"

裴云舒点头，坐在了百里戈的一旁，用纯净的灵力探入百里戈的体内。四月雪树种族天赋的灵气温顺而轻柔，无论如何也不会伤着经脉，百里戈却是闷哼一声，疼得表情稍变一瞬。

裴云舒的表情立刻变了。

百里戈的体内犹如缺水干旱的沙漠一般，送入体内的灵力就像是一滴水，这滴水滴入沙漠，唤醒了整个沙漠的饥渴，这种饥渴使他疼痛万分，唯一能将这片干涸沙漠变成湖泊的办法，就是给它注入足够多的水。

裴云舒沉默地撤了灵力，转头对着烛尤道："灵植的量还须加倍，让百里戈同龙蛋一起去泡灵液吧。"

当晚，龙蛋在灵液池中漂来漂去地玩耍，突然有一片阴影罩下，龙蛋一停，百里戈苦笑着从一旁踏进灵液之中。

"小龙崽，真是不好意思，"他苦恼地道，"从今日开始，我就要和你抢灵液了。"

龙蛋："？？？"

第22章

说实在话，同一个还没破壳的龙崽抢灵液，饶是百里戈脸皮够厚，还是有些尴尬。而他化解尴尬的办法，就是不停地去逗弄龙蛋。

不到两天工夫，他就已经超过烛尤，变成了龙蛋心中最为可怕的人了。每次见到百里戈，龙蛋便会趴在龙父的怀里试图挡住自己身上的每一处蛋壳，但它越是尿，烛尤就越是眉头紧皱地把它扔给百里戈折腾。

身为龙族竟然会怕一只狐狸，这像话吗？！

百里戈玩出了乐趣，每日吸收灵液时也不觉得痛苦了："小龙蛋实在是太好玩了，云舒，能再给我找来一个吗？"

在一旁碾碎灵植的裴云舒道："你将龙蛋当作是随处可见的石头？"

"一日为师，终身为父。不若让龙崽拜我为师吧？"百里戈灵光一闪，笑呵呵地道，"我可是一个了不得的师父。"

花月不满道："老祖，你实在是太奸诈了，打算用这种方式让小龙崽大人叫你父亲吗？"

"小龙崽大人？"裴云舒好笑道，"花月，你为何这么叫它？"

花月不好意思地低着头将灵植洗净递给裴云舒："还未给小龙崽大人起名，我自然只好这样叫了。"

裴云舒笑着："何必用尊称？它要是破壳了，还须叫你们一声'阿爹'呢。"

花月眨巴了一下桃花眼，不着痕迹地说："可是烛尤大人他……"

"是烛尤让你这样叫的？"裴云舒眉毛一竖，冷笑着将灵植扔给清风，"我倒是要好好问问他，哪里来的这些华而不实的规矩。"

他风风火火地出了药房的门，花月狡黠地偷笑了两下，清风公子接手裴云舒的活，不自觉地勾起了唇角。

瞧他们俩如此，百里戈长叹一声，伸手将离得他老远的龙蛋抱在怀中："小龙崽，瞧瞧他们，看起来一表人才、姿容不凡，可对你龙父却是恶意满满。恨不得你龙父天天倒霉。"

清风"呵"了一声："你分明最为幸灾乐祸，现在却装起好人模样了。"

百里戈剑眉一挑，眼角没忍住露出了几分笑意："我这么容易便被看穿了吗？"

小龙蛋懵懵懂懂，但没感觉到爹爹的气息，身子一抖，就奋力想要挣脱抱着它的大掌。

"小东西听话一点，"即便百里戈不能动用妖力，以一个成年男子的力气还是将龙蛋握得牢牢的，"陪着本将好好泡上一会儿。"

灵植堆成了一座小山，慢慢流出晶莹剔透的莹绿灵液，这些灵液一滴就弥足珍贵，此时浸泡在一池灵液之中，百里戈从一开始感到灵力疯狂涌动而来的刺痛，到了如今，也只剩下一些羽毛拂挠的瘙痒。

龙蛋挣脱不开，只好委委屈屈地由百里戈抱着，它如今被养得如同火炉一般，抱在怀里舒适极了，百里戈抱着抱着，将下巴抵在龙蛋上认真思索："有什么办法能把这颗龙蛋拐为己有呢？"

花月洗灵植洗得双臂酸疼，闻言偷偷白了他一眼："老祖，你之前就打不过烛尤大人，现在妖气也没了，更是打不过了，我劝你还是别打龙蛋的主意了。"

百里戈哂笑："的确如此。"

他们说着话的工夫，裴云舒面无表情地带着烛尤走了进来，烛尤脸色不快，一双幽深黑眸从花月身上一扫而过。

花月心底陡然闪现出神龙秘境中那颗狰狞的龙头，呼吸一窒，恐惧重新袭来，他埋着头躲在了清风公子身后，苦着脸后悔招惹烛尤了。

察觉到了爹爹和龙父的气息，小龙蛋又开始活泼地挣扎了起来，百里戈抱不住，真的让它挣脱了，堂堂一个大妖，竟然连一个没破壳的崽子都奈何不了，百里戈双眼一眯，危险地在龙蛋的身上多看了好几眼。

裴云舒将朝着他扑腾的龙蛋抱起，看向清风公子："清风，你……"

他话音一停，耳朵敏锐地捕捉到了一道小小的"咔嚓"破壳声。

因为爹爹抱住自己却没把目光投在自己身上，小龙蛋着急地想要吸引爹爹的注意，它用力地拍打着蛋壳，坚硬的蛋壳在它的急切拍打之下，咔嚓裂开了一条拇指大小的裂缝。

听到这声音的所有人都停下了动作，呼吸变得极轻。

可是蛋壳太厚、太结实了，龙崽用了吃奶的劲儿也掰不开更大的裂缝，微光从裂缝中透过，但是一个爪子也伸不出去。

裴云舒屏息到了此刻，才心神恍惚地低声叫着："烛尤……"

"怎么办啊，"裴云舒无措地道，"龙崽没力气了。"

烛尤面色沉了下来，他闪身进入了银镯的神龙秘境之中，片刻后出来，平静道："只能等。"

裴云舒皱眉，轻声同蛋中的小龙崽道："不急，你会破壳而出的。"

这日之后，裴云舒就将龙蛋交由清风照看，他与烛尤在外寻找药效更好的灵植，三五日回一次春晓谷，浸泡在灵液中的龙蛋的那条缝，也变得越来越大了。

时光飞逝，等百里戈克服秘籍化妖的那段虚弱期重修妖力时，秋季也逐渐走向了冬季。

银装素裹，白雪弥漫天地，小屋之中热气腾腾，众人围聚在桌旁温着小酒就着热菜，破了三指大小裂缝的龙蛋被裹在柔软毛皮之中，还在努力地破着壳。

百年孕育的龙蛋，破壳尤为缓慢，但对于裴云舒他们来说，漫长的时间并不算什么。他们有耐心等着小龙崽的出生。

热闹的气息弥漫在屋内，屋外冷风中的雪花漂亮得如梦如幻，裴云舒喝了两口掺了水的酒，面色微红，但神志还是清醒的。

"烛尤还须变小一次吧？"

烛尤轻轻颔首："嗯。"

"那之后便可成龙了，"百里戈感叹道，"那时天大地大，都奈何不了你这条龙了。"

修士不得杀龙，烛尤真的是上天入地，谁也不怕了。

说到成龙，裴云舒便好奇道："我在心魔历练时得知化龙和你们狐狸化人都需要找人求助，传说中称为'封正'，可真是这样吗？"

百里戈觉得好笑地摇摇头："若真是如此，有一身修为却为人鱼肉，那我们还修炼什么？只为拼那一线希望，这修炼不修也罢。"

裴云舒眼睛一亮："那就不是真的了？"

百里戈和花月一起摇了摇头："不是。"

裴云舒侧头去看烛尤，烛尤微眯着眼，一身的傲气和锐意遮掩不住："我要化龙，谁能拦我？"

裴云舒端起酒杯一饮而尽。

一顿饭吃吃喝喝，正要结束时，百里戈却动了动耳朵，朝着龙蛋看去。

清风公子和花月随后，他们目光讶然，直直看向在软窝之中剧烈摇晃的龙蛋。

蛛网一般的裂痕慢慢变大、慢慢扩散，再下一瞬间，只听"咔嚓"一声响动，厚实巨大的龙蛋顷刻之间四分五裂。

周身沾着黏液的小龙崽摇摇晃晃地站了起来，一步没走出去又跌倒在柔软的地面上，小龙角顶在头上，龙爪粉嫩，他抱着尾巴，一双金色竖瞳纯真透彻，正懵懵懂懂地看着桌旁的大家。

"啊，"百里戈轻声站起身，朝着龙蛋而来，"竟然出生了。"

龙崽抱着肥嘟嘟的尾巴，察觉到可怕的气息接近，忙不迭地转头就跑，但他刚刚出生，一个趔趄，没站稳，脸着地摔在了地上。

还好底下就是毛茸茸的小窝，龙崽一身龙鳞皮厚得很，他还想赶快站起来，顺着爹爹的味道逃去，赶快逃离那股恐怖的气息。

"恐怖的气息"却把他给拎了起来。

百里戈将龙崽抱在怀中，丝毫不避讳地从龙爪手中扯过龙尾，好好检查了一番，玩味道："哦，原来是条雄龙啊。"

小龙崽推着百里戈的大脸，凭着本能发出一声奶声奶气的龙吟："嗷呜！"

小嗓子细细弱弱，听起来不像怒吼，像是在撒娇。

本来不喜爱幼崽的清风公子也不由得上前走到百里戈身边，垂眸审视地看着这条小龙崽，百里戈正拿着小龙崽的尾巴放在小龙崽的嘴巴前，小龙崽控制不住自己，抱住尾巴嗦了一口又一口。

百里戈玩得不亦乐乎，清风公子皱眉道："别玩他了，他都要被你欺负哭了。"

龙崽的金眸可怜兮兮，瞧着就让清风公子觉得百里戈跟个恶人一般。

百里戈"嘿嘿"笑了两声，从小龙崽嘴里扯出了尾巴，在他快要哭了时，又把尾巴塞到他的嘴里。

清风公子："……"

裴云舒眼眶微湿，由着心中的情绪填满整个胸腔。

亲人、友人。

此生全具，还有何求？

再是世间苦难，有你陪伴身侧，裴云舒便是什么都不惧了。

前世孤苦伶仃、受尽折磨，这一世甜蜜如糖，裴云舒远远看着就觉得心中欢喜，然后将糖放在嘴里，他才知晓，原来幸福是这般模样。

番外

这样的日子真是太好了。

如今的他,只是一个平平无奇、极其幸福的普通人罢了。

番外一

赶秋之时，无忘尊者也回到了单水宗。

单水宗上上下下一群人恭候师祖回来，心中多多少少对师祖此次出行有些好奇，无忘尊者在不知哪个地方整整待了好几个月，一回来便将一颗黑到冒着魔气的玉珠交给了掌门炼化，看上去师祖出门这几个月，是抓魔物去了。

世上能抓住这么多魔物，甚至让玉珠黝黑犹如有稠液的修士，怕是只有他们的师祖了。

单水宗的弟子无不骄傲，待掌门真人炼化玉珠时，全宗门有空的弟子都聚在了掌门这处，在正午阳光最盛时念着道经，助掌门真人更快地炼化魔物。

随着玉珠内一声狰狞尖叫，黑稠的魔气彻底烟消云散，掌门真人面色严肃地挥退众人，随即叹着气带着弟子回到峰上。

在他的峰上，掌门真人的师弟凌清真人正枯坐在洞穴之内，掌门回来时，凌清真人一双毫无波动的眼往他身上看了一下："师父回来了？"

掌门真人坐在一旁，点了点头："师父回来后就闭了关，他老人家的修为已恢复到渡劫初期，怕是再过百年，便要渡劫飞升了。"

凌清真人叹了口气，心中却知道师父道心已毁，若是真要飞升……怕是要就此陨落了。

掌门真人听他这一叹气，忍不住训教道："凌清，你这些日子总是沉不下心打坐修炼，到底在想些什么？"

凌清真人沉默了一会儿，突然道："师兄，你门下的大弟子，可是由你一手带大的？"

掌门真人抚须，面上露出慈爱和骄傲之色："云会真是由我带大的，他小时还未辟谷的时候，可真是为难死我了。这小子着实皮实，上上下下没有他不敢做的事。还记得有一次我把他吃剩的糖葫芦给扔了，他睡醒之后就要偷偷烧我的胡子，真是逆徒啊。"

凌清真人似乎陷入了回忆之中，也有了笑意："我甫接云舒上山之时，他也是调皮极了，只是在我面前实在乖巧，见人就带笑，整个无止峰上的人就没有不喜爱他的。"

掌门真人心中知晓："凌清，你是想云舒了？"

凌清真人却露出一个苦笑，这苦笑中的含义掌门真人看不透，只觉得无比沉重。凌清真人站起身，走到洞口前，飘飘扬扬的雪花被风吹落在他的身上，覆在发上时，就宛若白了一层。

凌清真人天资出众，踏上修仙之道时也分外年轻，容貌固定在盛时，只一双眼睛沧桑无比。如今脊背微弓，瞬间像是老了许多。

"师兄，你不懂。"凌清真人眉目如覆寒霜，深沉的冰冷和可笑往心窝中戳去，"亏我自诩是'人间清醒人'，所做的一切皆无愧于心，到头来，我才是闹了一个大笑话的那人。"

因为想要协助师父成功飞升的执念，便彻底抛弃了与弟子的师徒之情。

"我的徒儿，怕是恨极了我。"

雪花越落越大，掌门真人走到凌清真人的身旁，终究忍不住问道："凌清，这究竟是怎么回事？"

凌清真人的声音像是从远方而来："我痛骂云舒为白眼狼，呵斥他私欲过重、不顾人伦，师兄，那么小、那么信任我的孩子，一身傲骨偏偏被我带头给打碎了。"

凌清真人又想起了幻境之中他呵斥云舒时云舒的表情，他身形不稳一瞬，沉重地闭上了眼。二十多年过去了，玉瓷杯上也有了几丝裂痕。对于云舒，他的冷漠又何尝不似那盏玉杯？

送予他的那些奇珍异宝，就是对云舒说的白眼狼的偿还。

云舒念念不忘，他却冷眼相待。

因果报应，因果报应。

往无止峰上送酒的小童满脸大汗,将酒水送到院落门口就大喊一声:"师兄,酒水便放在这儿了。"

门内没有声响,小童见怪不怪地起身,他擦擦头上的汗,转身离开了此地。

真是怪事,无止峰上的几位师兄自从莫名其妙沉睡了几个月之后,就变得疯疯癫癫,吵闹着要去找已经离开师门的云舒师兄。凌清真人将他们关在了云舒师兄的院落之后,这几位师兄反而安静了下来,每日借酒浇愁,再也不闹着去找云舒师兄了。便是院落大门开着,几位师兄也是一副不想踏出院落半步的样子。

这副样子看在别人眼中实在古怪,但云蛮知道,他们只有在这里待着才能冷静。

自然,不出现在云舒师弟面前才是赎罪。大师兄和二师兄刚从幻境醒来,便想冲出去找裴云舒,那时云蛮就将他们拦了下来,他只眼眶通红地说了一句:"你们是想要幻境中的事重演一遍吗?"

大师兄和二师兄便平静下来了。

接下来,便是师父,或者说是师父连同师祖,将他们关在了门内。

大师兄和二师兄在幻境中待了数百年,那里没有裴云舒,只有无穷无尽的悔意和痛恨,漫长的时光成了一种折磨,幻境也成了某种意义上的牢笼。那种窒闷而压抑的漫长时间,足够逼疯每一个人。

幻境中时光仅仅过了二十年,云蛮便没有忍住,他向着师父恳求,让师父带着他挣脱了幻境。

回到现实中时,云蛮足足枯坐了一月。

大师兄和二师兄被困在幻境中过了数百年,相比于两位师兄,云蛮已经很是幸运,他也终于知晓,为何云舒师弟会有之前的种种行为了。

师弟想离开他们,是因为他们做错的那些事。"后悔"这两个字,是能折磨死一个人的。

云蛮踏出院落,将小童送来的酒水搬回院中,他站在门旁,眺望着远处连绵不绝的高峰,不由自主地猜想云舒师弟那些时日是如何挺过来的。

他可以出门,但云舒师弟连一间小小房子都出不去。

云蛮想了许久，半晌苦笑着摇了摇头，步伐沉重地回了院中。

一日，满身酒味的大师兄和二师兄找到了无忘尊者。在无忘尊者闭关洞穴之前求了许久，无忘尊者才让他们进去。

经过酒水常年浸泡的嗓音沙哑，大师兄直直看向师祖："师祖。"

他的唇瓣干掉了皮，面容憔悴，没有曾经的意气风发："师祖，我们不知师弟如今在哪儿，只想……只想看一看师弟如今是何模样。"

二师兄在一旁沉默着，听到了这句话，黝黑无光的眼睛便投向了无忘尊者。

无忘尊者没有睁开眼，姿势也未曾变动，只挥一挥衣袖，一面水镜便悬浮在了空中。

那是那日，魔物给无忘尊者看的镜像。

裴云舒被烛尤的模样逗得笑意盈盈，眉眼生动，是十分快活的模样。

二师兄眼珠转了一圈，定定地看着水镜之中的裴云舒。

这是还未身死的师弟。

二师兄的眉目之间染上了许久未曾出现的温柔，眼中陡然泛起波澜，看着裴云舒嘴角的笑意。这笑意是真实存在的，数百年之后，他还能看到师弟如此开心的模样。

二师兄垂下眼，只觉得心中一片酸涩。他顿了顿，从储物袋中拿出一件蛇皮薄纱，整齐叠放在师祖面前："这是云舒师弟的东西。"

放完这件衣衫，二师兄最后看了一眼水镜，眼中全是裴云舒大笑着的欢喜模样，他目光从裴云舒的眼滑到指尖，最终转身，无声地离开了这里。

云城是天之骄子，害了一个人一辈子，在无限的追思当中，他不敢上前了。还好这辈子云舒师弟修为高深，若是云舒师弟抵挡不了他，他是否会用修为逼迫师弟呢？

肯定会的。

洞穴之外，雪已经积了一地。

寒冷的空气吸入肺中，让人神志都清醒了几分。云城看着灰蒙蒙的

237

天际，身后的大师兄缓缓走到他的身边站定。

两个人沉默半晌，大师兄突然哑声道："我真想杀了你。"

云城哈哈大笑："那就来杀吧。"

大师兄沉默一会儿，苦笑："我都这么想杀你了，云舒师弟却对你没有杀意。"

云城本在大笑，嘴角却忽地僵了，然后默不作声地走了。

大师兄喃喃自语："师弟，我们这个师门，竟都害惨了你。"

出去了，就别再回来了。

别给我们这样疯狂的人再次伤害你的机会了。

冬雪足足下了五日，待到一眼望去万物全是银装素裹时，才意犹未尽地停下。

房中炉火烧得暖和极了，裴云舒靠在躺椅上小憩，龙崽趴在他的腰间，呼噜噜睡得口水直流。

火光映在他们身上，开门声响起，烛尤将风雨挡在门外，在火炉边烤热了手，俯身给他们盖上了被子，也不管趴在裴云舒腰间的龙崽会不会被闷着。

突然，烛尤的动作一停，面色无波地抬头往身后望去。

他出了门，走到了幻境和阵法之外，春晓谷外侧的一个满是积雪的枝头，一件蛇皮薄纱挂在上面，随风扬起又飘下。

烛尤抬手将薄纱收在手中，薄纱之中还有着一张字条，他拿起字条展开，上面笔锋遒劲地写着四个字："照顾好他。"

烛尤"呵"了一声，将字条和薄纱一起烧掉，满目不屑。

照顾好他，还需他们说吗？

不过是一群失败的废物罢了。

番外二

小龙崽亲近火，喜欢火，整条龙也是火一般耀眼的颜色，相比于火，面对自出生以来就没碰过几次的水，小龙崽有些怕了。

烈日当空，蝉鸣鸟叫，烛尤脸色沉沉地站在水边，冷冷地看着小龙崽抱着裴云舒的小腿哭得打嗝。

身为龙，作为江流之主，翻云覆雨的龙，竟然怕水？

真是滑天下之大稽！

裴云舒不知怎么去安慰龙崽。

小龙崽口齿尚且不清晰，爪子牢牢抓着裴云舒，大大的金眸眼泪汪汪，可怜兮兮："爹……爹……"

带着奶味儿，他喝的奶还是百里戈专门捉回来的一只烈虎的奶。

这么小巧的一条，裴云舒也心疼极了，但是一条龙不会水，这也实在是……

"阿崽，"裴云舒无奈地蹲下身，试图和小小的幼崽讲道理，"龙都会水的。"

奈何他劝了良久，小龙崽还是不愿意放手，烛尤脸色一冷，凭空将小龙崽抓到手中，深深看着小龙崽的金眸："你喜欢你爹爹？"

小龙崽虽然怕烛尤，但这点烈性还是有的，涉及爹爹，他忙不迭地点着脑袋："喜欢！"

"但除了你，还有很多人喜欢你的爹爹。"烛尤脸色是从未有过的严厉，他微眯着眼，黑眸中的残忍清晰可见，"你如果不强，就会被别人抢走爹。"

小龙崽吓得一顿，瞪大眼睛看向龙父。

烛尤能容忍小龙崽一而再，再而三地撒娇，已经是看在白龙面子上的了,也可以说是看在龙族将要灭族的面子上。

他此时看着小龙崽这样震惊而又恐慌的表情,嘴角咧出凶残的笑:"你这么弱,能保护你的爹爹吗?"

在小龙崽的眼里,龙父此时就如同百里戈那个坏大人所说的会吃龙崽的大妖怪一样,他眼中的泪水就要挂不住了,但临到要哭出来,又握着小拳头硬生生忍住——他要保护爹爹!不把爹爹让给任何人!

小龙崽抽抽鼻子,从龙父手里滑下来,不用龙父说,就鼓起勇气一跃,跳进了溪流之中。

"小心!"裴云舒只来得及说出这两个字,就震惊不已地看着小龙崽在激流当中奋力挣扎着浮起。

烛尤到底和阿崽说了什么,竟然能让阿崽自己跳进水里?

小龙崽实在是小,在裴云舒和烛尤眼中的一条小小溪流便能将他彻底卷走,但是心中想着要变强保护爹爹的小龙崽,反而是红着眼睛往更深的地方钻去。

整整待了一个时辰。一个时辰之后,溪流中的水忽然形成几根高柱,托着小龙崽"飞"了起来。

小龙崽精疲力尽,但眼中却亮极了,他操纵着水,托着他来到爹爹面前,骄傲道:"爹爹!"

裴云舒的目光一瞬间柔和下来,他抱下小龙崽:"乖崽。"

小龙崽抱着龙尾巴嘬了一口,欢喜地看着裴云舒,又抵不住疲惫,呼呼睡了过去。

裴云舒抬头朝着烛尤看了一眼,烛尤正阴沉沉地盯着小龙崽看,裴云舒"扑哧"一声笑出来,烛尤回过神,看着他的笑颜,也跟着勾起了唇。

裴云舒轻手轻脚地将小龙崽放在嘴里嘬着的尾巴尖拿出,如同红宝石般亮丽的尾巴尖上沾着亮晶晶的口水,裴云舒用手帕给他擦去,又将小龙崽蜷起来的爪子松开,扫去爪缝间藏着的沙粒。

"你同他说了什么?"照料好了小龙崽,裴云舒不免好奇地问道。

烛尤摇了摇头,换个话题道:"过几天就将他扔到神龙秘境中去?"

"就算你把他送进去了,阿崽哭闹一番,白龙也是会将他重新送回来的。"裴云舒无奈,"你每一日都要提上三四句将他送走的话,但我倒是没看出来你多么不喜欢阿崽。"

烛尤想了想,俯身在他耳边轻声说了一句话,裴云舒含羞带怒地扫了他一眼。

裴云舒咳了一声:"昨日百里还问我,为何不给阿崽起个名。"

烛尤总算正经了起来,他皱眉看着睡得香甜的小龙崽:"一旦给他起了名,就彻底和他有了因果。"

裴云舒笑道:"你不愿意让我多扯上因果?"

烛尤认真地点了点头。

修士总是不愿意自己身上的因果过多,若是飞升,那必定要斩断凡间的一切情缘、因果,龙能活得很长久,烛尤此意,只是怕小龙崽会拖累裴云舒罢了。

裴云舒接着道:"千年以来,我从未听说过有哪位修士飞升成功的事迹,距离飞升最近的便是无忘尊者。"

若是我真的飞升了……

心魔历练之中,飞升之后只有一片纯白的世界。对裴云舒来说,他早就对修为的巅峰或至尊没有想法了。

修为足够保护自己与在意的人即可,不求长生不死。凡间那么多的美景、美食,身侧如此好的亲人、友人,又何必独独要追求飞升呢?

只满足,就能觉出万般幸运。

心中满是感慨,周围的灵气忽然无风自动起来。烛尤眉头一皱,迅速从裴云舒怀中抱走小龙崽,而裴云舒则进入了一种玄之又玄的境界之中。

不过片刻,百里戈他们也赶了过来,他们看着裴云舒感悟,在一旁为他护起法来。

烛尤却死死盯着裴云舒,有些心神不宁。他不断想着裴云舒之前所说的话,忽然不想要裴云舒飞升了。

风围绕着裴云舒转了几圈,待到金光散落满地,黄昏漫上枝头时,裴云舒才醒了过来。他只觉得浑身顺畅,似乎是想通了一些事,又似乎是什么都没想,低头一看,才知道自己这是心境顿悟了。

随着心境顿悟，他先前压制的那些修为也跟着倾泻了出来，不过一睁眼一闭眼的时间，裴云舒的修为已经变成了分神期后期。

无论哪次进阶从未有如今这般爽快和舒适，裴云舒扬着笑转身，就对上了烛尤紧张的目光，心中自然而然地明白了烛尤在想什么，裴云舒上前摸摸烛尤的蛟龙头安抚他。

烛尤闷闷地不说话。

裴云舒道："我先前也很是担忧，同你此刻的心情无二。我担忧你成龙了之后，便会挣脱天地，飞到我们所追不上的地方遨游了。"

"不会，"烛尤眉头皱得死死的，"我不会如此。"

裴云舒笑了笑，眉目清亮地看着他："你相信自己不会离开我们，也要相信我不会离开你们啊。"

百里戈他们点头附和。

不远处的一棵巨树后面，百里戈抱着小龙崽津津有味地看着，小龙崽被他捂住了嘴巴，一双爪子奋力朝着爹爹的方向伸着，金色竖瞳里漫上了一层水光。

"嘘，"百里戈手指放在唇前，低声道，"你现在要老实一些，不然我就带你回去，让你连爹爹也见不到。"

小龙崽委屈地揉揉眼睛，屈服在百里戈的威严之下。

看他听话了，百里戈就放开了他，小龙崽也学着百里戈的样子压低了声音，奶声奶气、含混不清地说："百里阿爹，爹爹，痛。"

百里戈转身带着小龙崽回去，漫不经心地敷衍道："你龙父正在给他疗伤。"

小龙崽话说不清楚地追问："为什么？"

简直就是打破砂锅问到底。云舒明确告诉百里戈，不想让小龙崽知道自己飞升受伤之事，百里戈头疼得紧。正好小龙崽这话说得不甚清楚，百里戈就佯装没听清的模样："什么，阿崽说了什么？"

小龙崽坚持着问了一遍。

百里戈带歉意地看了他一眼："阿崽说的话不甚清楚，我听不懂你的意思。"

小龙崽恹恹地趴在他的肩上,抓着他的衣服不说话了。

等回到房间之后,百里戈就把他放在了地上,本以为没事了,但没想到小龙崽又屁颠屁颠地跑到清风公子面前,抓着清风公子的衣摆,费力说着:"爹爹怎么了?为什么要给爹爹疗伤?"

清风公子放下手中茶盏,低头看他,皱眉琢磨了一会儿:"给爹爹疗伤?"

小龙崽的眼睛倏地亮了起来,他重重点了下头。

清风公子双眼微眯,侧头朝着百里戈看了一眼,百里戈勾唇回望,一副无辜且文质彬彬的模样。

清风伸手将小龙崽抱到了腿上,难得缓声道:"你是见到了?"

小龙崽认真点着头,生怕清风公子不信,还指着百里戈道:"百里阿爹也看到啦!"

清风公子:"呵。"

百里戈摸了摸鼻头,他坐在清风公子一旁,四处看了看:"咦,花月怎么不在?"

"他混去青楼了。"清风公子捂住小龙崽的耳朵才回他,"据他所说,他去的那处要举办个花魁大会,各式各样的美人都聚在了城中,他也化作女相去凑个热闹了。"

"美人?"百里戈眯了眯眼,几分蠢蠢欲动,"这狐孙,有这等好事也不跟我说。"

"你还想看美人?"清风公子鄙夷地看了他一眼,"如今弱得连我都打不过,还是好好在云舒这里待着吧。"

百里戈摇摇头,笑得富有深意:"征服美人怎么能靠武力?"

有人推门进来,裴云舒正好听到这句,好奇地扬声问道:"百里又学什么新花样了吗?"

百里戈被口水给呛到了,不顾自己的咳嗽,瞬间站起身将裴云舒迎了进来:"云舒莫要多想,我可什么都没说。"

这一副此地无银三百两的模样让裴云舒狐疑:"你是不是又做了什么

错事?"

百里戈真是难掩心虚,他找借口出了门,之后便脚步飞快地跑了。

清风公子冷笑两声,放开怀里的小龙崽,同裴云舒道:"我去将他抓回来,抓回来后你好好处置他一回,让他以后再也不敢如此行事。"

裴云舒蒙着,看着他们都走了后低头问小龙崽:"阿崽,百里阿爹同清风阿爹可是出什么事了?"

小龙崽晕晕乎乎地从一个人怀里到另一个人怀里,此时只记得问:"爹爹还疼吗?"

裴云舒觉得头疼,等清风公子将百里戈捉回来之后,裴云舒就好好教训了百里戈一会儿。

他也开始琢磨着要不要给小龙崽找个先生教导了,正在这时,溜出去的花月邀请他们去看花魁大会最后一日的终局,正好可以在城中找教书先生,裴云舒欣然应约。

城中装扮得到处都是娇花,裴云舒一行人走在其中,恍惚之间还以为这是一座花城。

他的怀中正抱着一个粉雕玉琢的孩子,孩子好奇地四处转着脑袋看着,胖乎乎的如同一个白嫩莲藕。

龙崽化形之后也不过两三岁的年龄,这可是一个幼童最最可爱的时候,他的龙角和龙纹还不会收去,裴云舒须用幻境罩住这些妖族特征才敢带着他进城。

烛尤在一旁道:"我来抱?"

龙崽听懂了,抓紧了裴云舒的衣裳,埋头钻在裴云舒的怀里,扭着身子躲过烛尤伸过来的手。

"我来吧,"裴云舒实话实说,"阿崽对我来说,比一片羽毛还要轻。"

分神期后期的修士,一座山的重量也就如羽毛一样,何况这个小小的孩子。

小龙崽知道自己可以被爹爹抱之后就安心了,他探出头,一双眼睛四处乱转,突然看到了一个和他一样大的幼童,激动地抓着爹爹的手,急得说话时都喷出了口水:"阿崽!"

那儿也有一个阿崽!

裴云舒转头去看,就看到一个幼童被父母牵着在后方漫步,他笑着道:"阿崽想要交朋友了?"

龙崽的胖腿蹬着,很是新奇地看着后面的那个小孩,却正好看到了牵着小孩的父母在小孩身上狠狠掐了一把。

小龙崽一抖,愣愣地看着他们。

裴云舒觉得奇怪,低声问道:"怎么了?"

小龙崽指着后面,懵懵懂懂道:"他们掐阿崽。"

一行人都听到了这句话,不约而同地往后看去。

他们一行四人连同一个幼童都是相貌不凡,衣着也华贵非常,被他们注视着的人身子一抖,谄媚着笑道:"几位公子有何指教?"

这一对父母面容普通,皮肤粗糙,身材消瘦,骨节粗大,穿的也是普通的麻布衣裳,而他们手中牵着的那个孩子却长得清秀俊气,一双黑眸中满是麻木,颜色灰暗,身上穿的虽也普通,但麻布衣裳在他的脖颈处却划出一道道细痕。

只看了几眼,百里戈就低声同裴云舒说:"这应当是两个拐子。"

裴云舒眼中一冷,朝着两人手中的孩子一招手,柔声道:"孩子,过来。"

孩子黑眸中闪过一丝希望,他小心翼翼地看着身边的一男一女,见他们不知为何僵在原地,就鼓起勇气挣脱了他们的手,直直扑到了裴云舒怀中。

清香扑鼻,温暖的怀抱让小孩抽泣了起来,抱着裴云舒的手就像抱着最后的救命稻草。

听到小孩的哭声,那两个被定在原地的拐子才一个恍神动了起来,他们惊疑不定地看着裴云舒,最后瞪了一眼从他们身边跑走的小孩,知道这些人身怀神通不敢得罪,一句话没说就转身想跑。

裴云舒命令道:"站住。"

两个拐子不由自主地停在了原地,这等手段已非人能有,其中一人竟双腿一软,当众尿了出来。

周围围观的人一阵哗然,指指点点地嫌弃,又想看热闹。

百里戈将扒着裴云舒哭得上气不接下气的小孩抱在怀中,从一旁商贩那里买了两个包子,给了两个孩子各一个:"云舒,这怎么办?"

"自然是报官了。"裴云舒奇怪地看了他一眼,"你在凡间待过许多年,这也不知道吗?"

话本里都说了,这事需官府做主,但把人送到官府之前裴云舒还问了问身旁看热闹的人:"管着这片地方的大人如何?"

得到"清正廉洁,肯为百姓做主"的答案之后,裴云舒才将这两个拐子连同小孩一起送到了官府之中。

被拐带的孩子已经不哭了,只睁大眼睛深深记着救了他的是谁,随后朝着裴云舒等人行了一礼,可看出必定出身不凡。

事实也是如此,随着官府大人的震怒,牵扯出了一个拐卖幼童大案,而能让官府大人这样大胆查下去的原因,正是这被拐孩子的身份。

这孩子是一位王爷家的嫡子。这可是皇亲国戚,有整个皇室作为靠山,官府大人可要大展拳脚了。

但这些同裴云舒他们已经没了关系,他们将人送到官府之后,便转身去找花月。花月的性子就是爱玩闹,他变化了一身女装参加了一回花魁的选拔,好在最后觉得没趣,悄悄地出了青楼,化作原样陪着裴云舒他们一起看了最后的选拔。

小龙崽很早就困了,他在裴云舒的怀中睡着了,烛尤将他随手扔给百里戈,随后就带着裴云舒逃之夭夭了。

百里戈怀里抱着一个小孩,哭笑不得:"烛尤真是够狠,他将阿崽给了我,我还有什么时间去夜会美人?"

清风公子在一旁伸出手,脸色不耐烦:"给我。"

百里戈避开了他的手:"清风竟然如此善解人意,但还是不了,这小龙崽调皮得很,一脚踹过来你不一定能受得住。"

清风公子也不勉强,只是盯着他道:"由我看着你,你不要想着带着他再去干些龌龊的事。"

百里戈朝一旁看去，花月正和一个美人说笑打闹，百里戈叹了一口气："活了这么长时间，到头来还比不过自己的狐孙。"

他说是这样说，眼中却清亮极了，怀中的小孩突然动了一下，百里戈低头，就见龙崽含着手指，吧唧吧唧着流出了口水。

百里戈眼中一柔，他低着头，珍重地在小龙崽的头上落下一吻。

奶香气息扑鼻，柔软得不可思议。

百里戈顿了顿，又忽地咬了口小龙崽粉嫩的侧颊。

"好吃，"他若有所思，喃喃自语，"怪不得云舒那日也偷偷吃了口孩子的拳头。"

一个清晰的牙印在小龙崽的脸颊上显现了出来，小龙崽却还是睡得香甜，完全不知道发生了什么事。

清风公子眼角一抽，没眼看地偏过了脸。

算了，当没看见吧。

番外三

爹爹喜欢叫我"阿崽",龙父为我起了一个"裴琰"的名字,我虽然已经七岁了,但还是喜欢"阿崽"这个名字,我不能表现出来,以防龙父打断我的龙腿。

没错,我虽然在凡人的地界读书识字,以傲人的聪慧超脱于他们的认知,不仅俊俏可爱,而且文武双全,这些凡人喜欢极了我,称赞阿崽我为"万中无一的奇才",却不知我与他们的差距已经不是万中无一那般简单。

他们永远不会知道,其实——

我是一条龙。

——《天上地下第一强龙杂记》

裴云舒一脸茫然地坐在茶馆中,听着对面的教书先生滔滔不绝地和自己说着话。

"裴公子,裴琰天生是做学识的料,他学起东西来很快就能融会贯通,旁人须读上五六遍才能背下来,他则不,看上一遍就能完整无误地背下来,且还有自己的理解。"教书先生情绪激昂,满面红光,"裴公子,他如今虽年岁尚小,但此等良玉美才,要从小就好好教导啊。"

教书先生面色一顿,有些怪异地摸了摸胡子,咳了一声继续道:"裴公子,只是裴琰他……他性子似乎……似乎有些不大对。

"这样傲然和太过自负的性子,上官场必定是要吃亏的。"

每一句话裴云舒都能听懂,但放在一起他就有些不明白了。裴云舒耐着性子又听了一会儿,越听越迷茫,教书先生一会儿夸小龙崽夸上了天,一会儿又满脸难受地同裴云舒说着裴琰的性子是怎么折磨人的,整个私塾的同窗都要被裴琰得罪完了。

这真是他乖巧十足的阿崽吗？

裴云舒十分怀疑。

教书先生看他满脸不信，一言难尽地邀请他去私塾看看，裴云舒颔首，同着教书先生一起去。一路上教书先生苦不堪言，一个劲地朝裴云舒倒着苦水，看起来不像是装的。

裴云舒更加蒙了。

来到私塾，正好是学子们写大字的时间，屋内没有先生，这群半大的孩子没有几个能坐得住的。

裴云舒跟在弯着腰、轻手轻脚的教书先生身后，无奈地掩藏住二人的身形和气息，趴在窗口，从角落里看着屋内的学子。

小龙崽坐在中间，他如今的外貌已有了几分龙族的冷峻和妖异，只凭气息，便能轻松制住各类禽兽和这些尚小的孩子。

阿崽的脸上肉乎乎的侧颊和一双泛着稚嫩气息的眼睛怎么看怎么可爱，裴云舒心想：他的阿崽这样瞧着就好相处极了，怎么还会得罪同窗呢？

他刚这么自信地一想，那边就有人起身走到龙崽桌前，双手抓着裴琰的桌子，怒气冲天道："裴琰你别装了，昨日傍晚绊倒我的人究竟是不是你？！"

裴琰白了他一眼，嘲讽地勾起唇，小小年龄，看起来却极其欠打："小爷的腿金贵极了，绊你？小爷嫌你脏了爷的腿。"

"你！"怒火冲天的人更是脸红脖子粗，他伸手就要往裴琰身上打去，"我今天就要好好教训你！"

用尽全身力气的一拳却被裴琰拿毛笔轻松挡住，裴琰双目沉沉地看着他，走出位子，脚尖一踢，就将这人踢得双膝一软，"扑通"一声重重跪在了地上。

周围的人发出几声小小的惊呼，跪着的人疼得面目狰狞，眼圈都不由自主地红了，裴琰蹲下身，拿着毛笔在这人的脸上点了又点，嚣张地挑衅："哭啊。"

"你欺负人！"跪地的少年抽抽鼻子，真的疼得哭出来了，"我要告诉先生！"

"告诉先生？你敢告诉，我就敢下狠手。你现在能给我跪下，还是看在你哭起来挺好看的份上。"裴琰挑眉一笑，精致小巧的脸蛋上流里流气，"我裴琰亲自抬脚踢你一下，你应该备感荣幸才对。"

少年呜呜哭得更加凄惨，他明明比裴琰还大上不少，但在裴琰面前就好像是见到了蛇的老鼠一般。

裴琰苦恼地皱起小眉头："别哭了。"

少年反而哭得更加厉害了，脸上脏污一片，丑得难以直视，裴琰嫌弃地移开目光，拍拍衣袍站了起来，将毛笔搁下："行了，给爷站起来，昨晚不是有人欺负你吗？你现在和爷乖乖道歉，以后小爷罩着你，绝对没人再敢欺负你了。"

他说完这句话，少年还不停下，哭声放肆，裴琰声音陡然冷了下去，夹杂着不耐烦："我说——别哭了。"

少年被吓得将哭声咽下，惊恐地看着他。

裴琰的目光在屋内巡视一圈，随手指向了一个人："过来。"

被他指着的人容貌不凡，此时略显惊讶地张开了嘴，随即抿着唇走了过来，低声道："裴弟弟，怎么了？"

"你绊他作甚？"裴琰问道，"一个傻子，管他干吗？"

长相俊俏的少年人说道："他总是找你事。"

裴琰双眼一弯，倒是有了几分孩童的纯真可爱："我知道我的魅力极大，但不论是你还是他，都入不了我的眼，有这工夫，不如去写几首诗夸夸我的美貌，多让我开心开心。"

少年笑着道："是。"

裴云舒被教书先生扯着离开了窗口，他被打击得心神恍惚："刚刚那人真的是我的阿崽？"

教书先生奇怪地看了他一眼，好奇道："裴琰在家中不是如此吗？"

裴云舒此时已经听不到教书先生的话了，他迷迷瞪瞪地站了一会儿，难以相信那个满身邪气的崽是今早才同自己撒娇，抱着自己不撒手的泪眼汪汪的阿崽。

教书先生见他这般模样，同情地拍了拍他的手臂，给他留下独自平静的空间，自行走了。

裴云舒过了一会儿才勉强回过神，他一言难尽地走到书房门前，面无表情地唤道："裴琰。"

正低着头写字的裴琰手指一抖，墨水染了一幅好字，他偷偷摸摸抬起头，见是裴云舒，双眼登时一亮，又很快心虚地闪躲起来。

他站起身，一下扑到了裴云舒的怀里，扬起的脸满是孺慕，双眼欢喜，声音像是掺着糖："爹爹！"

裴云舒被他唤得心软一瞬，脸又立刻板了起来，他朝着屋内学子点了点头，就冷着脸带着裴琰回到了家。

不过是瞬息的工夫，裴琰眼前景色一转，他就已经回到了春晓谷。

裴琰脸上满是怆然欲泣的可怜表情，胖嘟嘟的脸挤成了一块，他索性变成小奶龙的样子，奶乎乎地拽着爹爹的衣衫，抱着尾巴，眨着金眸："爹爹今天来接阿崽啦！"

裴云舒无视他的讨好，将他带到房中质问："是谁把你教成了那副样子？"

简直看起来讨打极了。要不是裴云舒是爹，当时就要冲进去好好打他屁股。

还自称"爷""小爷"，是谁教坏了龙崽？！

春晓谷中的人接二连三地赶了过来，过来时就对上了裴云舒带着怒意和怀疑的视线，百里戈摸摸鼻子，凑到一脸蒙的烛尤身前打听："这是怎么了？"

烛尤云淡风轻地看了他一眼，淡淡道："不知。"

烛尤都不知道的事，那一定是大事了啊。

等一屋子的人都老老实实地坐下来之后，裴云舒冷哼了一声，一屋子的人竟都随着他的这一声冷哼抖了抖身子，其中小龙崽最厉害，他都忍不住紧张地抱着尾巴嗫起来了。

这是他从小养成的习惯，一紧张或者一害怕就想要嗫尾巴，尾巴尖上的鳞片都被他嗫软了。

"爹爹……"他忐忑不安。

裴云舒倒是冷静了下来："说吧，是谁教你的。"

一屋子的人——爹爹不能惹；龙父不能惹；清风阿爹对他好，不想惹；花月阿爹长得美，不想惹……

小龙崽颤颤巍巍地伸出手，害怕地指了指百里戈。

百里戈悠然看戏的表情一凝："什么？"

小龙崽突然一声大哭，扑到了裴云舒的腿上："爹爹，不是百里阿爹的错，都是阿崽好奇，才跟上百里阿爹去那个奇怪的地方。"

裴云舒头上的青筋都要暴出，他强撑着露出一个柔和的笑："奇怪的地方？"

"到处都是美丽姐姐的地方，"小龙崽打了个哭嗝，乖乖说道，"那里的人都叫自己是'爷'，阿崽觉得好玩，也就学会了。"

小龙崽真是实话实说的："不过那些姐姐都没有花月阿爹好看，她们奇怪得很，阿崽要进去找百里阿爹，她们还笑话阿崽年龄太小。"

说着，小龙崽还扬起一个骄傲的笑："那里的人都夸阿崽漂亮，说阿崽以后长大了一定要多找她们玩，阿崽也觉得自己漂亮极了。"

是条又漂亮又强大的龙，是世上最好看、最可爱、最年幼的龙。

他这几句话说完了，所有人的冷眼都戳在了百里戈的身上。

百里戈茫然道："你何时跟在我身后了？我竟然不知道。"

"哼，"小龙崽道，"小爷的修为何其厉害，怎么能是你一只老狐狸能察觉的？"

花月捂脸抽泣："天呢，那么可爱善良的一个崽崽，竟被老祖给带成了这副样子。"

百里戈眼角一抽，随即严肃了表情，郑重教训着小龙崽："那种地方你去不得。我大约知道你是何时跟着我去的了，但那次只是因为有狐狸深陷困境，我不得不出手相救。你还小，听我的话，好不好？"

说到最后，他还是忍不住柔了语气。

裴云舒气得麻木，闷声道："我被气得难受。"

烛龙能杀死人的凌厉眼神猛戳在龙崽和百里戈的身上。

小龙崽没忍住又曝了一口尾巴尖，忍不住道："阿崽也没有说错话呀，私塾里的那些人没有阿崽厉害，也没有阿崽长得俊，阿崽在里面总是要应付他们借口接近，阿崽很累的。"

他说完，有模有样地深深叹了口气。

烛尤和裴云舒离开，离开之前很信任地将这一事交给了清风公子处置："让他下次再也不能气到他的爹爹。"

清风公子点头，裴琰不在意自己会受到的惩罚，只是又愧疚又担忧地看着爹爹。

他这次真的气到爹爹了……

金眸里瞬间涌上水光，龙崽抽抽鼻子，认罚。

裴云舒拉着烛尤快步来到了阿崽的房里，做贼心虚地隐下身形，打算找一找小龙崽平日里写的那些杂记。

"没准那上面也写了他自己心中想法，"裴云舒认真道，"我想知道阿崽到底在写什么。"

孩子年龄大了，都知道在外一副面孔，在他面前另一副面孔了。

这怎么能行？

烛尤陪着他找，找了一会儿，裴云舒就找到了一本《天上地下第一强龙杂记》。

裴云舒："……"

烛尤："……"

两个人无言以对地看了一会儿这书名，随手翻开了一页。

阿崽今日又长高了一寸，照着这个速度，以后必定是身高八尺的英俊美男子。不过若只是这样，那就太过敷衍了，阿崽向来知道看人不只看皮还须看骨，但以阿崽的珍贵，想必这骨与皮都是完全具备的。

今日上学时又来个人试图接近阿崽，阿崽对这种凡人不耐烦极了，他们想把阿崽捧在手心，却不知道阿崽已经是爹爹的掌上小龙了,他们想都别想能把阿崽从爹爹掌心里抢走。

不过他们对阿崽的痴迷也有道理,毕竟这世间出生便是一条漂亮龙的家伙,只有阿崽自己了,就连粗鲁的龙父也不是。

真是没有办法,谁让我是龙呢。这些凡人的孝敬,我偶尔还是要勉强接受的。

不然他们要是忧心神龙降罚,就不好了。

——《天上地下第一强龙杂记》

烛尤冷笑一声:"呵。"

一整本都是龙崽的自夸,这个"第一强龙"写出来的杂记,让裴云舒都没眼睛看。

两个人对视一眼,默默出了房门,装作没看过的样子。

只是裴琰,真的要交给白龙指导指导了。有自信自然是好事,但太过自信,那就不好了。让白龙教教他,让他明白"第一强龙"应当是什么样子的。

裴云舒和烛尤商议之后,说做就做,当天傍晚裴琰便被送到了神龙秘境之中。

裴琰无论是哭是闹,都不被允许出来,可怜的七岁龙崽只能乖乖地待在白龙身边,和整个龙谷之中的龙魂一起训练本事。

而他在神龙秘境中朝着"第一强龙"进发的时候,烛尤也迎来了最后一次蜕皮。

两年之后,裴琰强行撕开了空间裂缝,凭一龙之力出了神龙秘境。

小龙崽心中满是欢喜地想对爹爹和龙父表达想念,他脚下如风,嘴上喊道:"爹爹!"

这一声在打开房门时戛然而止。

一个白嫩的婴儿躺在爹爹怀中,爹爹面上带着如沐春风的微笑。

裴琰心中一冷,如坠冰窟,他眼圈一红:"爹爹,这是什么?"

裴云舒没想到他会突然出来,面上有惊慌一闪而过。而这惊慌看在裴琰的眼里，更是爹爹背着他又养了一个阿崽的证据。

眼泪再也忍不住了，裴琰眼中一片模糊，感觉自己快要被抛弃了。

天底下最漂亮、最强大的那条龙，爹爹也不想捧在掌心了。

整个春晓谷内的水都被影响，疯狂地旋转了起来，裴云舒一言难尽，用复杂的眼神看了裴琰半晌，指着腿上看着自己不眨眼的婴儿道："这是你龙父。"

疯狂涌出的水一停，裴琰一愣。

他连忙擦干眼睛，不敢置信地看着那个面无表情的婴儿："龙父？！"

幼小的心灵被打击得晕晕乎乎。

裴云舒朝他招手，让他上前，幸灾乐祸道："还不同你龙父说句话？"

裴琰选择相信爹爹的话，结结巴巴："龙父、龙父好……"

婴儿看了他一眼，淡定地"啊"了一声。

裴琰："……"

竟然还真的应了！

番外四

元宵节，一大早，裴云舒还未醒，房门便被人用力敲响。

"爹爹，爹爹救我！"

裴琰在外头敲着门，金眸里满是做作的眼泪，大喊大叫道："爹爹，百里老祖要打死我啦！"

裴云舒被吵醒了，他睡眼惺忪地睁开眼，又打了个哈欠翻过身。

隔壁房间的烛尤听到动静，黑着脸起身，打开门道："何事？"

烛尤在最后一次蜕皮后已经长到了少年模样。

裴琰看着变小的龙父，眼睛转了转，刚动了下坏心思，就被烛尤冰冷的目光给打消了。他嘴巴一撇，忽然变成了小奶龙的模样，抱着龙尾就扑到了龙父的怀里："呜呜呜……龙父，百里老祖要打我。"

百里戈从后方追来，就听到裴琰在哭诉。他皮笑肉不笑地抱臂走了过来："你好好说一说，我怎么要打你了？"

裴琰可怜巴巴地道："百里老祖同我说凡人的元宵节都要吃汤圆、猜灯谜、耍龙灯，我好奇之下问他什么是龙灯，他就说把龙的皮扒下来做成的灯笼叫作龙灯！他还说咱们家里没有龙灯，要拿我做一个试试！"

烛尤冷酷无情地推开了假哭的裴琰，看了百里戈一眼。

百里戈心中一紧，讪笑着道："我只是吓唬吓唬他而已，阿崽也是我从小看到大的，我怎么舍得把他做成龙灯？"

说着，百里戈就把裴琰拉到了怀里，语气温柔，左手牢牢按住裴琰："百里阿爹说的对不对，阿崽？"

裴琰想大声反驳，但在爹爹和龙父面前，他可是个乖孩子，最终恹恹地点了点头。

烛尤沉思一会儿，眉头越皱越紧。百里戈心虚得厉害，正想要跑时，就听烛尤语气认真地道:"凡人耍的龙灯竟然是龙皮做的灯笼?他们哪里弄的龙皮?怎么会有这种本事?"

越想越不悦,烛尤嗤笑一声,嘲笑道:"哪条龙这么蠢,还能被凡人剥了皮做成龙灯。"

百里戈和裴琰呆呆地看着他。

裴琰在心里尖叫:不是吧不是吧,这种他这个小孩子都不相信的话龙父竟然信了?!

百里戈这才想起来,相比起年龄小但自小在凡间学堂长大的裴琰,烛尤这条只知道修炼、从蛟化为龙的家伙对凡间的东西更一窍不通。

一时之间,他们俩想笑又不敢笑,表情都扭曲了。

"扑哧。"终于有人忍不住笑出了声。

百里戈以为是裴琰这小龙崽笑出了声,正觉得他倒是有大胆的时候,便看到了裴云舒忍俊不禁地从屋内走出来。

裴云舒听完了全程,只觉得好笑。他走到烛尤身边,屈指轻轻敲了下烛尤的脑袋:"你是傻子吗,怎么连这种话都信?"

烛尤回头看着他,在妖族特有的妖异之余,还有点傻气。

裴云舒耐心地向他解释什么叫龙灯。烛尤明白了之后,顿时皱起眉头,立刻眯着眼睛看向百里戈:"那就是你说谎骗我了?"

百里戈没忍住翻了个白眼:"我是骗你吗?我分明骗的是你崽。"

裴云舒又笑了一声,也不困了。他问百里戈:"清风同花月去哪里了?"

百里戈想了想道:"清风好似在弄那叫汤圆的东西。花月去凡间买花灯了,他兴致勃勃的,说是要将整个春晓谷都弄得喜气洋洋起来。"

裴云舒双眼亮起,他最喜欢热热闹闹的节日了,撸起袖子道:"那我去厨房找清风!"

他一离开,烛尤立刻跟了上去。裴琰喊着"爹爹等我",小跑着追去。百里戈在最后看着他们的背影,不由得笑了几声,也抬步追去。

清风正在厨房里弄汤圆,却总是不成功。他沉着脸,已经和汤圆杠上了。

裴云舒来得正是时候,瞧见清风的动作,他急忙叫停,哭笑不得地道:"清风,糯米粉需要先用小火炒一炒,炒完后再加水揉成面团。"

清风惊讶至极:"这还要先炒?"

裴云舒点了点头,熟练地烧火。身为一个喜爱美食、话本等一切凡间小东西的人,裴云舒这些年来做饭的手艺越来越好,哪怕是龙和狐狸喜欢的鸡,他都能眼也不眨地想出一百种吃法。

他每次做东西,大家都会围在旁边帮忙,这次也一样。

虽然知道凡人会过元宵节,但在一群人和妖里面,能正儿八经地和家人一起过元宵节的也不多。他们看得认真极了,裴云舒揉一下面、浇一下水他们都能惊呼不断。

裴云舒无奈,索性让他们上手,一起来包汤圆。

众人兴致勃勃,半是认真半是玩闹,等花月带着各式各样的喜庆花灯回来之时,他们的汤圆也做得差不多了。

花月循着声音而来,就见他们闹成一团、煮着汤圆的模样,顿时可怜兮兮地想要掉眼泪:"狐狸这么辛苦地出去买花灯,云舒,你们做汤圆怎么可以不带狐狸!"

裴云舒给了他一个歉意的眼神,绞尽脑汁地想着话安慰他:"等你来了再做只怕天也晚了,你看你才回来就能吃上我们做的汤圆,这不是很好吗?"

百里戈一边下汤圆,一边熟练地道:"狐孙,你可别哭了。一会儿汤圆熟了,你想吃多少就吃多少!里头可有不少你烛尤大人和你老祖做的汤圆,这你还不高兴?"

花月听了这话,心想"也是",顿时高兴了起来,笑靥如花道:"高兴!"

裴琰叹气摇头,无比怜悯地看着空有美貌、极其好哄的花月阿爹,上前牵住了花月阿爹的手晃了晃:"阿爹,你是不是买了好多花灯?阿崽陪你去挂花灯啊?等爹爹他们煮好汤圆,咱们就已经把春晓谷弄得漂漂亮亮的了。"

花月更高兴了,兴奋地跟着裴琰走了。

裴云舒看着他们一蹦一跳的背影,眼角眉梢荡开笑意,轻松地拿着勺子拨弄着锅内的汤圆。

这样的日子真是太好了。

好得裴云舒已然从心底彻底抹去他上辈子的那些伤心事了。

如今的他，只是一个平平无奇、极其幸福的普通人罢了。

图书在版编目（CIP）数据

师门上下都不对劲：全2册/望三山著. -- 北京：国文出版社有限责任公司, 2024. -- ISBN 978-7-5125-1641-0

Ⅰ.I247.5

中国国家版本馆CIP数据核字第2024MX3823号

师门上下都不对劲（全2册）

作　　者	望三山
责任编辑	戴　婕
责任校对	苏智芯
出版发行	国文出版社
经　　销	全国新华书店
印　　刷	嘉业印刷（天津）有限公司
开　　本	880毫米×1230毫米　　32开
	16.375印张　　　　　　481千字
版　　次	2024年10月第1版
	2024年10月第1次印刷
书　　号	ISBN 978-7-5125-1641-0
定　　价	85.00元（全2册）

国文出版社
北京市朝阳区东土城路乙9号　邮编：100013
总编室：（010）64270995　传真：（010）64270995
销售热线：（010）64271187
传真：（010）64271187-800
E-mail: icpc@95777.sina.net